El anillo del general

Benjamín Prado

El anillo del general

ALFAGUARA

Papel certificado por el Forest Stewardship Council®

Primera edición: mayo de 2024

Printed in Spain – Impreso en España

ISBN: 978-84-204-7698-8
Depósito legal: B-5887-2024

Compuesto en MT Color & Diseño, S.L.
Impreso en Unigraf, Móstoles (Madrid)

AL76988

La única guerra que importa
es la guerra contra la imaginación,
las demás son batallas de ese mismo combate.
                                                DIANE DI PRIMA

Capítulo uno
Buenos Aires, junio de 1987

Los tres hombres tenían el aire fantasmal de todo el que camina de noche por un cementerio. No llevaban linternas ni hablaban entre ellos, atentos a cualquier ruido que pudiese delatar si alguien o, peor aún, algo los perseguía. Pero lo cierto es que allí los únicos sonidos que se oían eran sus pasos y el de las doce llaves que tintineaban en el bolsillo de aquel cuya misión era defenderlas, si hacía falta, con su propia vida. En buena lógica no tenían nada que temer, porque con semejante frío y a esas horas el camposanto estaba desierto y, en segundo lugar, porque las dos personas que les habían visto la cara mientras llevaban a cabo el trabajo ya estaban una de ellas muerta y la otra, sentenciada. Pero la razón y lo sobrenatural no siguen las mismas reglas, y por eso los ladrones huían entre las tumbas como alma que lleva el diablo, en dirección a una de las puertas del recinto, donde les esperaba el coche en el que se darían a la fuga con su botín. Eran tipos duros pero también supersticiosos, curtidos en mil batallas y dados a creer en espectros o maldiciones, y lo que habían robado les daba miedo, no sólo porque fueran conscientes de la magnitud de su golpe y de que la noticia de aquella profanación daría pronto la vuelta al mundo, sino también porque su conciencia les pesaba, el más allá parecía acercárseles hasta casi rozarlos con sus uñas y sabían de sobra que el dinero que iban a pagarles no es ya que fuese negro, como de costumbre, sino aún mucho más oscuro: esta vez no cobraban por atacar a alguien de este mundo, sino del otro; y eso no era un delito, era un sacrilegio.

Sin embargo, antes que nada eran profesionales y en consecuencia habían seguido su plan a rajatabla, hecho el teatro previsto y dejado en la escena del crimen todas las pistas falsas que pudieran confundir a los investigadores o, al menos, desviar su atención durante un tiempo, especialmente las pensadas para dar a entender que el hurto había sido más dificultoso y la fuerza empleada, mayor: unos agujeros hechos con una máquina taladradora en el cristal blindado que protegía el féretro; golpes de martillo contra las cerraduras triples de seguridad; unos cuantos jarrones y urnas caídos... Cualquier cosa que impidiera deducir que habían actuado sin precipitación alguna y abierto con toda facilidad puertas y candados.

El féretro que acababan de saquear estaba ubicado en el primer subsuelo de la bóveda que lo contenía, al que se bajaba por una escalera de mármol blanco, y aparte del grueso cristal antibalas de diez centímetros de espesor y ciento setenta kilogramos que permitía verlo desde el exterior, tenía la caja de madera reforzada por una cubierta de plomo. En aquel espacio y con ese peso no debió de ser fácil mover el ataúd y abrir sus dos tapas, lo que desde el primer momento llevó a la policía a deducir que los asaltantes habrían estado allí horas, incluso en días distintos, por supuesto siempre fuera del horario de visitas, porque aquella cripta era una de las más frecuentadas y los devotos del difunto solían dejar a su puerta flores, mensajes y, en ciertas ocasiones, velas encendidas. También era obvio que estaban al tanto de las rondas de los serenos municipales, cuya vigilancia ya no se hacía a caballo, como antiguamente, ni en coche, dado que los dos que tenían estaban fuera de servicio y no los reparaban por cuestiones de presupuesto, sino a pie. Ni que decir tiene que, en pleno invierno y con aquella temperatura, lo habitual era que en lugar de salir a patrullar por aquella inmensidad vacía optaran por quedarse en sus garitas, al resguardo de una estufa de gas. Al que no lo hizo y, sin duda, vio lo que no debía, lo encontraron sus compañeros una mañana, tirado en el suelo, inconsciente, bajo la lluvia y, según un primer diagnóstico de los médicos que lo inspeccionaron, víctima de un paro cardiorrespiratorio; sin embargo, una autopsia posterior, ordenada por la justicia, determinó que había sido asesinado a palazos.

Para ponerse a salvo, los autores del atentado lo dieron a conocer, según se cree, entre cuarenta y ocho y setenta y dos horas después de haberlo cometido, mediante dos cartas enviadas a otros tantos dirigentes del movimiento político del que el finado había sido fundador y líder, en cada una de las cuales se aportaba como evidencia una mitad del poema que su viuda había mandado poner dentro de su sarcófago, y mediante las que pedían a sus correligionarios un rescate de ocho millones de dólares, que se atribuía a una deuda no satisfecha que había adquirido con ellos en el pasado. Pero ¿cuándo, con quiénes y por qué? El anónimo iba firmado por «Hermes *lai* y los 13», lo que constituía un enigma de tintes cabalísticos al que pronto se le encontraron lecturas entre mitológicas y esotéricas, que en vez de resolverlo le añadían un misterio aún mayor: en la Grecia clásica, Hermes es el dios de los muertos, el inventor del lenguaje y de la escritura, al que Homero describe como «cuatrero de bueyes, gobernador de los sueños, espía de las sombras y guardián de las entradas y salidas del inframundo»; y en cuanto al número, trece son las partes en las que se divide el cuerpo humano y los arcanos dicen que si falta alguna de ellas, el alma no puede completar su tránsito al reino de los dioses. ¿Por eso quienes violaron aquel panteón habían mutilado con una sierra eléctrica los restos que albergaba? De este modo, si no se cedía al chantaje, su espíritu vagaría sin descanso por toda la eternidad. El símbolo había sido pisoteado, el santo ardía en el infierno.

Tras darse a conocer el suceso y estallar el escándalo, las autoridades quisieron dejar claro ante una opinión pública indignada y asustada que se hacía cruces con aquella herejía que le había vuelto a meter el miedo en el cuerpo, que a los representantes de la ley no les iba a temblar el pulso, ni se iban a escatimar medios, voluntades y esfuerzos para atrapar a los culpables, esas «minorías del odio», según las quiso definir el presidente de la nación en uno de sus discursos televisados, que buscaban «generar disturbios» y «echar abajo la democracia». Para evitarlo, dar una impresión de solvencia y hacer que las aguas se calmasen en la medida de lo posible, se montó un despliegue espectacular, con la movilización de centenares de agentes para hacer batidas por diversos barrios de la ciudad en coches —patrulla, helicópteros y a bordo de lanchas motoras; se siguieron pistas, se recabó información puerta a puerta, se llevaron a cabo redadas y se interrogó a miembros del hampa y confidentes, pero sin resultado alguno. Tras dos o tres semanas de rumores y conjeturas de toda clase, que hicieron correr ríos de tinta y que hablaban, según de dónde viniesen los tiros, de ajustes de cuentas, logias masónicas, grupos de extrema derecha, intentos de desestabilización, coleccionistas de reliquias, buscadores de tesoros o rituales de magia negra, llegaron a producirse seis arrestos, entre ellos el de un veterano de los servicios de inteligencia que, según se dice, llegó a autoincriminarse y a señalar a algunos de sus colegas del mundo del espionaje; pero tanto él como el resto de los detenidos terminarían por ser liberados sin cargos.

El drama no había hecho más que comenzar, sin embargo, y las muertes sospechosas empezaron a sucederse: el juez que llevaba la causa falleció junto a su mujer al salirse de la carretera el automóvil que conducía, en una recta de aspecto inocente y sin que después, por motivos desconocidos, se hiciera el peritaje legal que debía esclarecer las causas del siniestro, pese a que había una contradicción flagrante entre las pruebas recabadas y el relato de la tragedia hecho por el hijo del matrimonio, que viajaba en el asiento trasero y sobrevivió de milagro, al salir despedido del vehículo por una de sus ventanas: el niño recordaba perfectamente que el coche había explotado de repente y que se vio envuelto en llamas; pero los encargados del desguace al que fue llevado insistieron después en que el tanque de la gasolina se encontraba intacto. A esto se suma que, en los días previos al accidente, el magistrado había recibido varias amenazas telefónicas y alguien había disparado contra su domicilio desde una motocicleta.

Su colaborador más directo, el comisario al mando del operativo, fue encontrado sin vida en su despacho, aparentemente como consecuencia de un ataque de asma, y su segundo en el escalafón, el detective que lo secundaba en sus investigaciones, se salvó de milagro, tras irrumpir en su casa unos individuos que le dispararon en la cabeza. Para cerrar ese círculo siniestro dibujado con sangre, una mujer que solía ir a poner claveles a la sepultura mancillada y que había telefoneado a las fuerzas del orden para declarar que había visto a un individuo merodear por aquel lugar, y ofrecerse a darles su descripción, nunca llegó a hacerlo, fue liquidada a golpes por unos desconocidos que entraron en su domicilio y a los que se consideró atracadores, pese a que no se llevaron nada de la vivienda, ni siquiera una lata llena de dinero que estaba sobre la mesa del comedor.

Entre unas cosas y otras, los malos presagios se sucedían y el horizonte era más que sombrío. La tensión crecía, las protestas elevaban el tono, los árboles parecían llenarse de pájaros de mal agüero. Nada más conocerse lo acontecido, los sindicatos devotos del caudillo ultrajado se habían rasgado las vestiduras y dado sus voces en el desierto, habían puesto el grito en el cielo y convocado manifestaciones, huelgas y actos de desagravio, entre ellos una «jornada de duelo» y una misa a la que asistieron más de cincuenta mil personas, y en sus proclamas alertaron de que sabían de buena fuente que entre los inductores de aquella ofensa contra uno de los personajes históricos más queridos por la ciudadanía se encontraban elementos subversivos que tramaban actos de sedición «que hiciesen regresar la patria a una época de horror y angustia». Y no era simple retórica, había motivos auténticos para preocuparse: a fin de cuentas, sólo habían transcurrido un par de meses desde la última tentativa grave de alzamiento militar, en los cuarteles se oía ruido de sables y la sociedad estaba convulsionada por una ola de violencia que había incluido algunos homicidios, disturbios callejeros de toda índole y la colocación de varias bombas en puntos estratégicos de Buenos Aires y de otras capitales. Una vez más, se mascaba la tragedia, cundía el pánico y la catástrofe daba la sensación de estar a la vuelta de la esquina.

Para negociar una especie de alto el fuego sigiloso con los oficiales intermedios del ejército, que amenazaban con levantarse en armas si se iniciaba un proceso contra ellos, el Gobierno, actuando ya casi a la desesperada, había promulgado hacía tres semanas la ignominiosa Ley de Obediencia Debida, una amnistía bajo cuerda que indultaba por los innumerables delitos cometidos durante la más reciente dictadura a miembros de las Fuerzas Armadas cuyo grado estuviera por debajo del de coronel. No querían otorgarles la impunidad, es decir, plegarse a la humillante condición impuesta por las jerarquías castrenses según la cual «los posibles errores cometidos en el ejercicio de la represión legal» debían ser sometidos «sólo al juicio de Dios, al de la historia y a la comprensión de los hombres»; pero hacerles algunas concesiones fue el único modo de aplacar a los llamados *carapintadas*, que acababan de protagonizar aquel conato de rebelión en Semana Santa, se habían acantonado en el Regimiento 14 de Infantería Aerotransportada y en la guarnición de Campo de Mayo, incluso con la exigencia de que fuera allí el entonces presidente, Raúl Alfonsín, que había montado un gabinete de crisis en la Casa Rosada, con los granaderos apostados en las ventanas para repeler un posible asalto, porque sólo ante él se rendirían. El mandatario accedió, viendo que su famosa teoría, «ni revancha ni claudicación», se venía abajo. Las aguas volvieron a su cauce, pero a pesar de conseguir esa y otras de sus reivindicaciones, los díscolos aún llevarían a cabo, en el futuro, otros tres levantamientos, conocidos como los de Monte Caseros, Villa Martelli y 3 de Septiembre. La espada de Damocles seguía allí y continuaba afilada.

En esa situación, era comprensible que cualquier altercado grave hiciese cundir el pánico ante las posibles represalias y enfrentamientos, las acciones y reacciones, la espiral del ojo por ojo y diente por diente que llevase de forma inevitable a una guerra civil o desembocara en otro régimen totalitario. El último, precisamente el que había depuesto al Gobierno póstumo del dignatario cuya momia acababa de ser vejada, se había saldado con más de treinta mil víctimas y nadie ignoraba lo que había ocurrido durante el conocido como Proceso de Reorganización Nacional, entre 1976 y 1983: las cacerías humanas, las violaciones, las torturas y homicidios llevados a cabo en la Escuela Superior de Mecánica de la Armada, en Automotores Orletti, en el Pozo de Quilmes, en El Olimpo y en tantos otros centros de detención ilegal; el robo de niños, el lanzamiento al Río de la Plata de los llamados subversivos desde avionetas y helicópteros militares... El diablo no existe, pero sus seguidores sí.

Con esos antecedentes, la conmoción fue enorme cuando se supo lo que acababan de hacer esos tres hombres que hemos visto escapar del cementerio de la Chacarita después de entrar en el mausoleo más celebre y venerado del lugar, para cortarle las manos al cadáver embalsamado de quien tal vez sea, para bien o para mal, la personalidad más famosa, polémica, odiada e idolatrada a partes iguales de toda la historia de su país; el héroe y el mártir; el gran ausente; el dios de carne y hueso; el mago que supo combinar autoritarismo y justicia social para llegar al poder sobre alfombras rojas; el abanderado de los obreros; el exiliado que no supo volver; la leyenda; el oráculo; el sindicalista; el autócrata; aquel cuyo apellido se había convertido en un adjetivo que lo calificaba casi todo; el marido de Eva Duarte; el camarada de los oligarcas y el padre del pueblo: el general Juan Domingo Perón, tres veces presidente de la República Argentina, que estaba allí enterrado desde hacía trece años pero jamás se había ido del todo. A veces las tumbas mienten o, como mínimo, no cuentan toda la verdad.

Capítulo dos

—¿Y el misterio nunca se resolvió?

—Nunca.

—Así que el delito ha quedado impune.

—Eso es. Al menos, hasta ahora.

—¿Tampoco se llegó a identificar a los profanadores o a sus jefes?

—No. Hubo diversas hipótesis y líneas de investigación, varios sospechosos, algunas pistas borrosas que obligaron a dar palos de ciego..., pero, si eso es lo que me está preguntando, nadie acabó en la cárcel.

—... Ni las manos de Perón volvieron a su tumba...

—Correcto: a día de hoy, siguen en paradero desconocido.

—Pues, a estas alturas, no parece muy probable que eso cambie: si no me fallan las cuentas, han pasado casi treinta años...

—Veintiséis, exactamente —me corrigió el comisario Sansegundo.

La vida no le había pasado por alto y el tiempo le había dejado sus marcas, pero en lo esencial era la misma persona de la última vez. Los ojos entre marrones y amarillos seguían dando la impresión de volverte transparente al clavarse en ti; el rostro duro, anguloso, era tan ilegible como siempre y el mentón cuadrado, que se acariciaba al cavilar sobre algún tema con un gesto ensimismado, igual que si frotase una lámpara mágica, aún le daba un aire de policía de tebeo. Sus manos tampoco habían cambiado: las mirabas y dabas por seguro que podría tumbar con ellas, de un puñetazo, una estatua ecuestre. Sus gestos trataban de ser neutros, pero no podía ocultar que estaba acostumbrado a dar órdenes y cuando se le contrariaba las líneas de expresión de su frente le daban a lo que decía un aspecto de frase subrayada o escrita en mayúsculas. Las sienes, ahora levemente plateadas, le añadían un toque de elegancia, un rasgo venerable.

Nuestra relación venía de lejos, habíamos compartido algunas de mis aventuras en el pasado, y quienes las conocen saben bien hasta qué punto me salvó la campana en un par de ocasiones gracias a él. No se puede decir ni por asomo que fuéramos uña y carne, porque nos separan demasiadas cosas: él es reservado y yo expansivo; él es metódico y yo amante de la improvisación; él nunca va a estar de acuerdo con el novelista Jack Kerouac en que la felicidad sería «recorrer el mundo hablando sólo con los camareros», y yo sí; pero nos teníamos simpatía mutua y éramos todo lo amigos que pueden llegar a serlo dos personas tan diferentes, y del único modo en el que eso es posible: guardando las distancias. Por mi parte, admiraba su honradez, por la que pondría la mano en el fuego sin dudarlo; su fe en la justicia, aunque me pareciese en ocasiones algo utópica, y hasta su rígido sentido del deber; de manera que, en ese territorio, lo tenía en un pedestal... del que acababa de verle bajar aquella tarde, cuando descubrí en él a otra persona, y del tipo más inesperado. De pronto, aquel defensor a capa y espada de la ley y las normas, aquel alto mando de la Unidad de Delincuencia Económica y Fiscal que yo consideraba un fanático del reglamento, me dejó caer que pretendía saltárselo. O, más bien, que me había llamado para pedirme que lo hiciese yo en su nombre.

Pero no adelantemos acontecimientos y volvamos al instante en el que yo no estaba al corriente de nada, excepto del hecho de que Sansegundo quería hablar conmigo «para hacerme una oferta de importancia», según me dijo cuando me llamó por teléfono, la noche anterior.

Estábamos tomando un café en el Montevideo, el bar que hay enfrente del instituto donde doy mis clases de Lengua y Literatura, en el que desayuno cada mañana y que a veces uso para mis citas de trabajo. Al escucharnos hablar de la Argentina y del general Perón, su dueño, el uruguayo Marconi Santos Ferreira, se había demorado más de lo que suele junto a nuestra mesa. Cuando nos sirvió lo que le habíamos pedido, entrecerró los ojos y puso la expresión de quien oye a lo lejos una música que le trae recuerdos de otra época, en su caso de los años que había vivido en Buenos Aires, que pronto supe que eran justo los que coincidían con el regreso del dirigente exiliado al país y a la Casa Rosada, con los escándalos y revueltas que transformaron la ilusión de su vuelta en decepción y con el golpe de Estado contra el Gobierno que, tras su muerte, había heredado su esposa y vicepresidenta, María Estela Martínez. En ese momento yo no sabía lo de cerca que le tocaba toda esa historia.

—Tal y como le he dicho —continuó Sansegundo—, una de las teorías más repetidas acerca de la profanación es que fue instigada por el jefe de la logia masónica italiana P2, Licio Gelli, que había tenido relaciones estrechas con la Junta Militar y, por lo tanto, interés en echar abajo la democracia.

—Bueno, con ellos y con cualquier movimiento de ultraderecha en Europa: su banda era parte de la red Gladio, el grupo terrorista que mató a cientos de personas por todo el continente, para provocar el caos y echarles la culpa a los partidos de izquierda. Dediqué muchas horas de documentación a ese tema, en su momento.

—Entonces ya sabe que algunos de sus mercenarios tomaron parte en la represión llevada a cabo en Uruguay, Chile, Bolivia, toda Centroamérica y, sobre todo, en Argentina. El sistema era el mismo, hay quien sostiene, por ejemplo, que el secuestro y ejecución del dictador Aramburu, atribuido a los Montoneros por razones obvias, dado que él había sido quien derrocó a Perón, quien retiró e hizo esconder el cadáver de Evita y quien ejerció una represión sanguinaria contra sus partidarios, en realidad lo planearon los italianos, calcando lo que habían hecho en Roma con Aldo Moro.

—Pero no se vaya tan lejos: también actuaron en España, durante la Transición —dije, mientras observaba cómo Marconi, que simulaba limpiar la mesa de al lado para poder espiarnos, movía ostensiblemente la cabeza en señal de desaprobación.

—Y usted no se adelante —me cortó Sansegundo—, tenga paciencia y verá dónde quiero ir a parar.

—Claro, tómeselo con calma y cuando el avión de Buenos Aires a Madrid, que tarda unas trece horas, le adelante, lo saludamos —bromeé. Le hizo gracia, pero intentó que no se le notase. Estaba de servicio, al parecer.

—Lo cierto es que Licio Gelli, que había sido un destacado líder de los camisas negras de Mussolini, andaba ya por aquí desde mucho antes, vino en los tiempos de la guerra civil, para luchar en el bando de los nacionales...

—Los sublevados —le corregí.

—Bueno, sí, muy bien, llámelos como prefiera. El caso es que ese individuo, al que la prensa apodaba «el hombre de las mil caras» por su capacidad de transformación, se hizo militante de Falange Española y estableció lazos muy estrechos con algunos jerarcas del nuevo régimen. Luego, al ganar los Aliados se sintió en peligro y huyó a Argentina, donde estuvo de 1944 a 1960 y se hizo íntimo de Perón.

—Las amistades peligrosas...

—Pero lo que a nosotros nos importa es que la relación entre ellos se mantuvo y el ultraderechista fue un visitante asiduo de la famosa Quinta 17 de Octubre, la casa de la urbanización Puerta de Hierro donde sobrellevaban su destierro los Perón.

—Su famosa jaula de oro... La conozco porque una temporada viví en un piso de alquiler de la zona y cuando salía a pasear me encontraba, de vez en cuando, con turistas que iban a hacerse fotos delante de la fachada, sobre todo porque allí había estado el cuerpo embalsamado de Evita. El edificio original ya no existe, lo derribaron para hacer varios chalés de lujo en la parcela.

—Sí, ella vino dos veces a España: una viva y otra muerta —dijo, con un ramalazo de humor negro.

—La primera de ellas mi madre fue a verla saludar desde el balcón de la Plaza de Oriente y siempre contaba que había una multitud y que la vitoreaban coreando el lema «Franco, Perón, un solo corazón».

La visita, según cuentan las crónicas y demuestran las grabaciones que han quedado de ella, fue apoteósica. Se la agasajó como a una libertadora por dondequiera que fuese y hasta se instauró un torneo Eva Duarte de fútbol, un campeonato oficial que enfrentaba a los campeones de Liga y Copa, que ganó en su edición de 1947 el Real Madrid y que se celebró hasta 1953. A nadie le parecía mal, la gente estaba agradecida por los miles de toneladas de trigo, carne, maíz y huevos que el Gobierno de su marido nos había mandado para atenuar el hambre que se pasaba en todo el país. «Mientras en los campos de mi país quede una sola espiga», declamó, «la compartiremos con vosotros: no vamos a permitir que existan ni una mesa sin pan, ni un niño sin leche». Estábamos en 1947 y mientras la población sufría, el dictador se gastaba el dinero en intentar fabricar una bomba atómica a la que pronto bautizaría con el nombre de Islero, como el toro que mató a Manolete. Debió de ocurrírsele porque el uranio necesario para construirla iba a salir de las minas de Arjona, en Jaén, a cincuenta kilómetros de la plaza de Linares, donde ocurrió la tragedia. El proyecto, igual que tantas otras entelequias del tirano, nunca salió adelante.

—Es muy oportuno hablar de esto —dijo Sansegundo, interrumpiendo mis pensamientos—, porque fue justamente Gelli quien hizo las gestiones necesarias para que le fuera devuelto a Perón el cuerpo de su esposa, que había sido expatriado por la

Junta Militar y estaba enterrado de forma clandestina en Milán, bajo el nombre inventado de María Maggi de Magistris.

—Imagino que eso le hizo contraer con él una deuda de gratitud eterna —dije, señalando al cielo para realzar el doble sentido de la frase.

—Eso y que Gelli financiara su retorno a Argentina, algo que no era tan sencillo: a finales de 1964 el general lo había intentado por su cuenta, se dirigió al aeropuerto de Barajas escondido en el maletero de un coche y llegó a embarcar con destino a Buenos Aires; pero se informó de su presencia por radio, el piloto fue obligado a aterrizar en Brasil, a él lo mandaron por donde había venido.

—Así que, en este caso, a la segunda fue la vencida.

—Efectivamente: el mafioso italiano, que tenía contactos de alto nivel en Estados Unidos y el Vaticano, persuadió a ambos de que, si recuperaba el mando, el general frenaría la propagación del comunismo en América Latina. Cuando unos y otros le dieron el sí, lo llevó a Buenos Aires con escala en Roma y pudo reintegrarle al país del que había escapado hacía diecisiete años y en el que, durante ese periodo, el simple hecho de pronunciar su apellido estaba castigado con la cárcel.

—La jugada les salió bien, dado que volvió a ser elegido presidente.

—Y mal, porque nada fue como antes. Las cañas se tornaron lanzas, como suele decirse.

—Segundas partes nunca fueron buenas, hubiera dicho mi madre. O sea, que se puede desandar lo andado, pero no volver atrás.

—Él no era la misma persona —siguió, omitiendo mi adorno filosófico—; o bien, según algunos, era el de siempre, un populista admirador del fascismo, sólo que sin su careta de benefactor de los trabajadores y los sindicatos. Muchas cosas habían cambiado, el aura de Evita ya no lo protegía, su naturaleza autoritaria se había impuesto a su especulación liberal y una de las consecuencias de la transformación fue que en aquel momento ya consideraba un peligro los grupos de la resistencia que él mismo había alentado desde la distancia para que el clima de inestabilidad favoreciera su retorno. Así que tenía que combatirlos y pensó que la mejor forma de hacerlo era con sus mismas armas.

—¿Recurrió a la guerra sucia? ¿Contra sus propios partidarios?

—Lo hizo contra el ala que podríamos llamar revolucionaria, con la que en realidad nunca había tenido ninguna sintonía, más bien todo lo contrario.

—Sí, ya he comprendido: un admirador de Mussolini no va a simpatizar nunca con una guerrilla comunista, por supuesto.

—Y además lo explicó muy claramente, nada más aterrizar; pese a que muchos no lo quisieran oír o no lo llegasen a entender; pero el caso es que mientras ellos cantaban «Perón, Evita y patria socialista», él advertía en sus discursos que «era necesario erradicar esos grupos de presión, de una o de otra manera, si se puede, pacíficamente; si eso no bastara, tendríamos que emplear una represión más fuerte y más violenta».

—Pues es verdad que no dejó mucho espacio a la imaginación...

—Y para dar ese paso, ¿quiénes mejor que sus compadres de Propaganda Due, que ya conocían el terreno, a las víctimas y los métodos a seguir?

—Sicarios puros y duros...

—No en un sentido estricto, porque actuaban menos por dinero que por razones ideológicas: su odio a cualquier manifestación de la izquierda era el motor de sus actividades. O sea, lo mismo que ocurría con algunos nostálgicos del pasado aquí en España. Así que unos y otros se entendieron a la perfección.

—Eran astillas del mismo palo —dije por decir algo, dado que aún no vislumbraba con claridad el objetivo final de aquella conversación; aunque, desde luego, algo me veía venir, como sin duda se lo ven venir ahora ustedes. Pero no se confíen: les aseguro que esto es lo que parece y, al mismo tiempo, es también otra cosa.

—Está en lo cierto —continuó el comisario Sansegundo, mientras bajaba ostensiblemente la voz y le echaba una mirada disuasoria a Marconi, que había vuelto a merodear por los alrededores de nuestra mesa—. Hablamos de los mismos perros con distintos collares, si se me permite la expresión. Y eso nos lleva al asunto que le he venido a plantear. Me veo obligado a avisarle de que es un tema poco ortodoxo. ¿Cuento con su discreción?

—Miedo me da cuando se pone ceremonioso —bromeé, aunque no dejaba de ser verdad—. Pero, claro, puede darla por hecha.

—Bien, aunque antes de ir al grano, creo que para que se sitúe tenemos que resumir lo que había sido la vida de Perón en Madrid y lo que ocurrió en su casa de Puerta de Hierro, la famosa Quinta 17 de Octubre. ¿Sabe, de entrada, por qué la llamó así?

—Ni idea.

—Yo se lo cuento —dijo.

Y lo que sigue, es una síntesis de su relato.

Capítulo tres

En 1960 llegaron a España algo más de seis millones de visitantes. Al calor del turismo de playa, sol y folclore, el país evolucionaba poco a poco, había un movimiento constante de la población rural hacia zonas urbanas y el famoso desarrollismo empezaba a asomar en el horizonte, con su incipiente clase media, sus coches utilitarios y sus edificios junto al mar. Las divisas entraban al país por dos vías: unas las mandaban los emigrantes que recorrían Europa en busca de trabajo y otras las traían los extranjeros que venían aquí de vacaciones. El régimen y su prensa orgánica escondían lo primero y alardeaban de lo segundo.

Pocos de esos viajeros, sin embargo, deberían de haber sido tan relevantes como el que llegó el 27 de enero a Sevilla con vitola de refugiado político y que no era otro que Juan Domingo Perón, el santo cuyo nombre jaleaba la muchedumbre, apenas doce años y unos meses antes, en la Plaza de Oriente, conmovida por la ayuda humanitaria con que nos socorría, sus famosos barcos de alimentos. Ahora, sin embargo, Franco no lo esperaba en la pista de aterrizaje, como hizo con la difunta Eva Duarte entonces; ni envió siquiera en su representación a ningún alto cargo del Gobierno; ni lo invitó a su residencia del palacio de El Pardo; y con ese primer desaire le dio un aviso: lo acogía casi por caridad y sin ningún entusiasmo. Había dejado de ser bienvenido, le resultaba una presencia molesta, comprometedora, y de hecho lo ignoraría durante las casi dos décadas que estuvo entre nosotros y en las que sólo se vieron una vez: el día en que se marchó, y porque el protocolo exigía despedir en el aeropuerto de Barajas al entonces presidente argentino, Héctor J. Cámpora, que estaba de visita oficial para llevárselo consigo y que, paradójicamente, era un títere suyo que había manejado desde la distancia para que preparase su complejo retorno al país.

El Perón que llegaba ahora a España era un hombre derrotado, al menos por el momento, un proscrito que había abandonado el poder y su nación tras una segunda etapa calamitosa en la Casa Rosada y varios intentos de golpe de Estado contra él por parte del Ejército, en uno de los cuales las fuerzas aéreas llegaron a bombardear a plena luz del día la Plaza de Mayo, donde se concentraban en calidad de escudos humanos los defensores del presidente, causando más de trescientos muertos. En septiembre de 1955, y con el fin de evitar un baño de sangre todavía mayor, renunció a su cargo y tras ir dando tumbos por el continente, de Paraguay a Venezuela y de ahí a Nicaragua, Panamá y la República Dominicana, siempre a la sombra de sátrapas como Alfredo Stroessner, Anastasio Somoza o Leónidas Trujillo, tomó el camino de España, donde esperaba, al menos, un reconocimiento a su antigua generosidad. No obtuvo más que desdén y, si acaso, un punto de condescendencia.

El general era viudo, su esposa había muerto en 1952, pero no estaba solo: lo acompañaba una bailarina más o menos profesional llamada María Estela Martínez, a la que había conocido en un club nocturno de la ciudad de Panamá. Él le preguntó si era una espía de la CIA cuya misión fuese vigilarlo o algo peor, pero lo cierto es que hubo un flechazo y no volvió a separarse de aquella mujer, cuyo nombre artístico era *Isabelita*. Se casaron en 1961, al parecer porque se lo exigieron la muy religiosa señora de Franco, Carmen Polo, y la jerarquía católica, quienes no pensaban tolerar que el ilustre huésped y su pareja vivieran «en pecado». La otra condición que le pusieron fue que se abstuviese de interferir, por cualquier medio, en la política argentina, algo que desobedeció desde el primer día. También le recomendaron que se estableciese en Torremolinos, Málaga, para disfrutar del clima mediterráneo; pero tras unos meses allí, después de hacer algunos viajes a Suiza, sin consultarlo ni pedir permiso a nadie se trasladó a la capital.

A su llegada a Madrid, Perón e *Isabelita* se alojaron en una casa de la zona residencial de El Plantío y después en el barrio exclusivo de El Viso, donde tuvieron como vecina a la actriz norteamericana Ava Gardner, cuyas escandalosas juergas nocturnas, de las que se quejaron en numerosas ocasiones, les hicieron mudarse a otro barrio de alto nivel, el de Puerta de Hierro, donde mandaron construir el hotel de dos plantas que llamarían Quinta 17 de Octubre, en recuerdo de ese día de 1945 en que una gigantesca marea humana exigió en Buenos Aires la liberación del entonces coronel y secretario de Trabajo, detenido por sus superiores, que veían con recelo su creciente popularidad entre las clases trabajadoras a las que había beneficiado enormemente con sus medidas sociales. Cuando las presiones dieron su fruto y Perón salió al balcón a saludar, todo el mundo supo que su ascenso a la presidencia era ya imparable.

Su carrera había sido vertiginosa. Empezó a hacerse notar como uno de los ideólogos del grupo de oficiales nacionalistas que reclamaba, ya en los años cuarenta, una Argentina libre de injerencias extranjeras y tenía entre sus objetivos el de seducir a los obreros y mejorar en lo posible sus vidas, para que no fuesen reclutados por las filas del comunismo. Su primer cargo público fue como responsable de la Secretaría de Trabajo y Previsión, que usó, a modo de trampolín, para llevar a la práctica algunas de sus convicciones. A comienzos de 1944 un drama le puso en bandeja la oportunidad de vestirse de héroe: el terremoto de San Juan, que dejó más de siete mil muertos y a él le permitió lanzar una campaña solidaria de ayuda a las víctimas de la tragedia, con la que se recaudaron millones de pesos. Para conseguirlo, había hecho llamar a profesionales del mundo del espectáculo que actuasen a beneficio de los damnificados; y en una de esas fiestas conoció a una joven intérprete que marcaría su destino: Eva Duarte.

Durante su mandato, cuyos éxitos pronto fomentaron su ascenso a vicepresidente y ministro de Guerra, creó un estatuto para defender a ganaderos y agricultores, impulsó convenios laborales, seguros médicos, vacaciones pagadas... El pueblo lo adoraba y los recelos de los poderes en la sombra eran cada vez mayores; tanto que uno de los eslóganes que se usarían más adelante para resaltar el temor de esas oligarquías a su movimiento afirmaba que este era de tal envergadura, que antes de que existiese el peronismo ya existían los antiperonistas.

Para intentar frenarlo se lanzaron contra él campañas de desprestigio feroces, llevadas a cabo, por cierto, con la complicidad entusiasta de los Estados Unidos, cuya embajada llegó a acusarlo de ser un agente infiltrado de la Unión Soviética; se le culpó asimismo de cometer toda clase de abusos e irregularidades y, finalmente, le pusieron entre la espada y la pared y fue obligado a presentar su renuncia, detenido y trasladado a la isla Martín García. La respuesta no se hizo esperar y se convocó una marcha que salió de todas las localidades grandes y pequeñas del país en dirección a Buenos Aires y se agolpó en la Plaza de Mayo, frente a la Casa Rosada, que los más exaltados amenazaban con quemar.

Para evitar la tragedia que se avecinaba, sus captores lo trasladaron a la capital y le pidieron que apaciguara a los reunidos y les conminase a que se disolvieran. Él exigió, a cambio de salir al balcón y calmar las aguas, que se convocasen unas elecciones que, por supuesto, iba a ganar. Y todo eso ocurrió el 17 de octubre de 1945, la fecha que más tarde daría nombre a su casa de Puerta de Hierro.

Una vez alcanzada la jefatura del Estado, Perón promulgó más reformas de toda clase, puso en funcionamiento ambiciosos planes quinquenales, estimuló la industrialización del país, se nacionalizaron bancos, ferrocarriles y compañías hidroeléctricas, se llevaron a cabo incontables obras públicas, se edificaron más de doscientas mil casas para los más desfavorecidos, ocho mil escuelas y cuatro mil trescientos centros de salud. Su señora, la ya célebre Evita, era la cara amable de la mayor parte de esas conquistas, era la heroína de quienes ella llamaba «sus descamisados», y en sus apariciones públicas se daba continuos baños de multitudes. Su marido pensó en mandarla de gira por Europa, para vender los logros de su Gobierno y favorecer determinadas alianzas comerciales. Así llegó a España, en junio de 1947. A su regreso, era una estrella internacional.

Pero la Historia se mueve por ciclos y todo lo que iba bien empezó a ir mal. El general se fue endiosando, el rasgo más autoritario de su naturaleza se fue imponiendo a los otros, los que dulcificaban su manera de proceder y lo volvían más tolerante o, al menos, más pragmático. Su empeño por lograr una reforma constitucional que hiciera prácticamente intocable su obra y posible su reelección, le granjeó acusaciones de estar convirtiéndose en un autócrata. Por otra parte, una nueva crisis, diseñada en gran parte por Washington, con su Plan Marshall, azotaba el mundo, la economía se derrumbaba, la inflación crecía y la entrada de divisas se ralentizaba. A nivel local, hubo dos años de sequías terribles que arrasaron cosechas y mataron de sed a decenas de miles de cabezas de ganado. Y, por añadidura, una tragedia se había declarado en la familia Perón: un cáncer que los doctores le habían detectado a Evita y que hizo imposible que asumiera el puesto de vicepresidencia al que parecía destinada tras la exitosa fórmula de campaña del tándem Perón y Perón. La victoria fue contundente, ganaron con más del sesenta por ciento de los votos, pero ella tuvo que emitir el suyo desde el hospital. Se la vio por última vez en el coche descapotable que los llevaba, una vez más, hacia la Casa Rosada. Moriría poco después, en el mes de julio, a los treinta y tres años y convertida en un mito. A pesar de ello, aún la esperaba un auténtico calvario.

Sin ella, Perón se hizo cada vez más autoritario; recurrió a la censura de la prensa e incluso llegó a cerrar medios críticos y encarceló a opositores o les empujó al exilio. La reacción no se hizo esperar: hubo disturbios, se incendiaron locales y explotaron artefactos caseros… La iglesia afiló sus cuchillos al salir adelante la ley del divorcio y permitirse que dejara de ser obligatoria la enseñanza del catolicismo. Y a río revuelto, ganancia de pescadores: la parte de las Fuerzas Armadas que le era hostil aprovechó las circunstancias para sacar los tanques a la calle; varias dotaciones de la marina y la aeronáutica se rebelaron y fue entonces cuando la Plaza de Mayo y la Casa Rosada fueron salvajemente bombardeadas. La batalla campal entre soldados leales y sediciosos duró cuatro días y dejó un río de sangre. Para detenerlo, Perón tuvo que rendirse y huir. Y ese es el hombre que, cinco años después, tras peregrinar como alma en pena por medio continente sudamericano, dio el salto a Europa y llegó a España con una sola idea en mente: preparar su revancha y, con ella, su regreso triunfal. La cocinaría a fuego tan lento, que cuando al fin pudo llevarla a cabo ya estaba en la tercera edad y, sin duda, lleno de rencor: olvídense del lugar común, no hay nada frío en la venganza, sólo brasas que reviven con el más leve soplo.

La Quinta 17 de Octubre, su residencia de Puerta de Hierro, se convirtió en su cuartel general, desde donde daba indicaciones a sus correligionarios y exhortaba a sus devotos a hacer lo que fuera necesario para devolverle lo que consideraba suyo. También pasaban por allí disidentes, admiradores, oportunistas, curiosos y una serie de personajes de toda índole y ámbitos diferentes, que iban desde la hermana del dictador local, Pilar Franco, muy amiga de *Isabelita*, hasta una especie de guía espiritual o chamán que aconsejaba a esta última y con el que daba rienda suelta a su obsesión por el esoterismo. Sin embargo, ese mediador con el más allá tenía los días contados en aquella mansión donde lo trataban a cuerpo de rey: muy pronto sería sustituido por el maquiavélico José López Rega, inminente hombre de confianza de los Perón y futuro ministro todopoderoso, a quien no se apodaría por casualidad *El brujo* y del que llegaron a correr noticias y leyendas, a cuál más siniestra, que le atribuían la creación de bandas paramilitares y aparatos represivos, la entrega del Estado a una logia masónica y la celebración de rituales satánicos y experimentos de magia negra con el cadáver momificado de Evita: el testimonio de varias empleadas domésticas, que lo vieron con sus propios ojos, asegura que uno de ellos consistía en hacer que *Isabel* se tumbase junto al cuerpo embalsamado, cabeza con cabeza, para que él pasara, gracias a su dominio de la telepatía, el aura y las virtudes oratorias de la muerta a la viva.

Ese antiguo cabo de la policía metropolitana, que afirmaba, sin base alguna, haber sido escolta y confidente de la propia Evita, había entrado en contacto con la nueva mujer de Perón cuando este la envió a Argentina en 1965, tras obtener garantías de que no sería arrestada, para reunirse con cabecillas de su movimiento y líderes sindicales, con el fin de tantear las posibilidades de su propio regreso. Tal vez en ese primer encuentro aquel hombre, que había publicado varios libros divulgativos sobre ciencias ocultas, le expusiera los principios de lo que pronto sería su empresa más siniestra: la Triple A, una alianza de potencias de América, África y Asia cuyo destino era dominar la Tierra y que no tardaría en derivar, sin molestarse ni en cambiar de siglas, en la banda criminal Alianza Anticomunista Argentina. Debió de convencerla con sus delirios, porque cuando María Estela, o *Isabelita*, volvió a Madrid, él fue tras sus pasos y se convirtió en un asiduo de su casa.

Al principio iba sólo de visita, desde la pensión en la que se había alojado, en el centro de la capital, pero fue haciéndose imprescindible a base de ofrecerse a realizar todo tipo de gestiones y recados para el matrimonio. Su influencia creció hasta que un día se instaló de forma permanente en la Quinta 17 de Octubre, convertido de la noche a la mañana en el principal asesor de Perón, en el secretario que controlaba su agenda, respondía las llamadas telefónicas, filtraba la correspondencia, establecía las citas y decidía a quiénes se les abría o no la puerta de la mansión. Muchos mensajes de figuras de la izquierda fueron interceptados y numerosas reuniones se pospusieron hasta enfurecer a quienes las solicitaban y conseguir que desistieran. Mientras tanto, el general pasaba el tiempo entregado a la lectura, jugando con sus caniches o iniciándose en las técnicas relajantes del yoga. La procedencia del dinero que le permitía llevar esa existencia ociosa era y aún es desconocida y sospechosa: se hablaba de millonarios enriquecidos con el juego ilegal, de la mafia, de fondos públicos robados durante sus mandatos...

Fuera de la residencia, Perón tampoco tenía gran cosa que hacer: alguna salida para ir al teatro, un cóctel, una invitación a cenar en un restaurante de moda... Para el régimen y sus mandamases ya hemos dicho que no existía, o no se le quería ver, y hay que añadir que si el acercamiento que él esperaba nunca se produjo, sí hubo en cambio algunos feos que resumen de una manera muy gráfica el menosprecio al que se vio sometido: una tarde en la que se celebraba un desfile de moda hispano-argentina en el Palacio de Congresos, es decir, en la avenida del General Perón, que había sido dada de alta en el callejero en 1948, es decir, inmediatamente después de la gira de Evita por España, al general y a su señora no les dejaron entrar al recinto, con el pretexto de que no estaba en la hoja de protocolo que saludasen a doña Carmen Polo, que presidía el evento, así que *Isabelita* y Perón tuvieron que marcharse.

Pese a su astuta neutralidad durante la Segunda Guerra Mundial, las simpatías de la España nacionalsindicalista por las potencias del eje habían sido obvias y, en consecuencia, tras la victoria de los Aliados, nuestro país se convirtió en un refugio cómodo y seguro para los perdedores que consiguieron escapar de Alemania. Con esa gente moviéndose a sus anchas por las playas de la Costa del Sol o montando negocios tapadera en la Gran Vía de Madrid, y teniendo en cuenta el respeto que Perón había mostrado en el pasado por el fascismo de Roma y Berlín, las malas compañías empezaron a ser las más frecuentes en la Quinta 17 de Octubre. Por allí se dejaban caer personajes tan tristemente famosos como Otto Skorzeny, alto mando de las SS de Hitler y célebre por haber rescatado a Mussolini de su cautiverio en Campo Imperatore, en los Apeninos; Mario Roatta, antiguo jefe de los servicios secretos italianos de la época fascista, o el belga Léon Degrelle, condecorado con la Cruz de Hierro y uno de los teóricos del negacionismo, que insistía en sus muchos libros en que el Holocausto era una fábula. Uno de los proyectos que les ocupaban era el de mantener abierta la ruta por la que trasladaban a Buenos Aires a los genocidas huidos que se viesen en riesgo de ser deportados, y cuya acogida Perón había consentido cuando ocupaba la Casa Rosada.

El cabecilla de esa trama era el oficial del Tercer Reich y espía germano-argentino Alberto Carlos Fuldner, veterano también de la División Azul, que contaba con las simpatías del general, para cuyo Gobierno había trabajado en 1947 como funcionario del Departamento de Migraciones. En esa época se estima que evacuó a Buenos Aires, desde diferentes lugares de Europa, a más de cuatrocientos nazis, entre ellos algunos tan relevantes como Adolf Eichmann, responsable directo del plan de aniquilamiento conocido como *solución final* y gestor de los trenes de deportados a los campos de concentración; Josef Mengele, el carnicero de Auschwitz; Wilfred von Oven, el colaborador más estrecho de Goebbels que, como piloto en la Luftwaffe, había participado en el bombardeo de Guernica durante la guerra civil; Erich Priebke, autor de la masacre de las Fosas Ardeatinas, en las afueras de Roma, donde fueron asesinadas a sangre fría trescientas cincuenta y cinco personas; o Gerhard Bohne, propulsor de monstruosos experimentos científicos hechos con los cautivos judíos y acusado de eliminar a quince mil seres humanos. A todos ellos los acogió con los brazos abiertos Perón, que nunca tuvo reparo en sostener que «el Juicio de Núremberg era una infamia», y que era necesario «salvar a la mayor cantidad de gente posible de una justicia aliada», que trataba de cazarlos «por el sólo hecho de haber participado en una guerra».

Ni que decir tiene que en ese ambiente los elementos más recalcitrantes del franquismo se movían como peces en el agua, que veneraban a los nazis y que la colaboración de unos y otros era el pan nuestro de cada día. Y de eso era de lo que había ido a hablarme al Montevideo el comisario Sansegundo.

Capítulo cuatro

—Tras el golpe de 1955 contra él, como ya he mencionado, no sólo Perón, sino también su nombre, el de su esposa, los de sus principales colaboradores y el de su movimiento justicialista fueron proscritos —continuó el policía, tras apurar su café—. Incluso se prohibió interpretar las composiciones musicales que animaban los desfiles y concentraciones de sus partidarios, la *Marcha de los muchachos* y *Evita capitana*.

—El ídolo cayó del pedestal —respondí—. Pero ya sabemos que no se rompió, porque volvería a subirse.

—Eso sería casi veinte años más tarde. De momento, su partido fue disuelto; se incautaron sus bienes; se inhabilitó a sus colaboradores; se derogaron todos los artículos de su Constitución; se destruyeron estatuas, bustos, fotografías y cuadros al óleo que lo representasen; los libros que hablaban de él se quemaron en hogueras... El vestuario de alta costura de su mujer y sus joyas más ostentosas fueron exhibidos en señal de su hipocresía, y gran parte del lote se subastó.

—Una campaña de ensañamiento en toda regla.

—Aparte, lo acusaron de cometer desfalcos; de robar patrimonios ajenos; de abrir cuentas en paraísos fiscales y hasta de tener por amante a una niña secuestrada, que escondía en la residencia oficial de la Quinta de Olivos... Todo eso se produjo durante el mandato del general Aramburu, el que también hizo desaparecer y permitió que se vejara el cuerpo de Eva Duarte, y al que luego secuestrarían y matarían los Montoneros en 1970.

—¿Se sobrentiende que por orden de Perón?

—Como mínimo, con su beneplácito. Nunca los criticó en público, y en privado envió una carta a los asesinos calificando su crimen de «acción deseada por todos los peronistas».

—Aunque luego, al regresar, ya lo hizo como su enemigo.

—Siempre lo fue, ideológicamente hablando, aunque se sirviera de ellos cuando le convino.

—... Y en el momento en que dejaron de serle útiles, simplemente, los quiso eliminar. ¿Fue él, por tanto, quien montó la Triple A, para que después la heredara la Junta Militar que derrocó a su esposa *Isabelita*?

—Parece demostrado que el cerebro gris fue *El brujo* López Rega; pero quién puede saber hasta qué punto estaba al corriente Perón o si los comandos empezarían a actuar ya con María Estela en el poder, nada más que porque antes no habían tenido lista la infraestructura necesaria para cometer sus atentados.

—Bueno, por lo que me ha contado hasta el momento, lo que queda claro es que casi todos los que estaban en esa banda lo conocían de Madrid y andaban como Pedro por su casa en su Quinta 17 de Octubre, que era algo así como el hotel de los líos de la ultraderecha internacional.

—Exacto —dijo Sansegundo, con un brillo de satisfacción en la mirada—, un centro neurálgico donde los extremistas se retroalimentaban unos a otros, hablaban con nostalgia del Tercer Reich y establecían marcos de actuación conjunta para lograr resucitarlo —peroró, con esa forma suya de hablar a la que se le oía la gramática.

—Una gran familia —ironicé.

—Cuando menos, una hermandad de personalidades afines que se apoyaban y ofrecían cobertura si les venían mal dadas. A modo de anécdota, el juego de espejos se completó cuando, más adelante, nuestros pistoleros locales montaron una filial, por llamarla de algún modo, de la Triple A: la Alianza Apostólica Anticomunista.

—¡Sí, es verdad! Recuerdo que bajo esas siglas se cometieron acciones mortales contra miembros de ETA, en el País Vasco.

—Ya sabemos que aquí encontraban los extranjeros cobijo asegurado y se sentían inmunes tras el escudo de la dictadura; pero el tiempo da gusto a todos y la ayuda y cooperación fueron de ida y vuelta: unos se implicaban en el 23F o, tal y como acaba de mencionar, en la guerra sucia contra los terroristas y otros cruzaban el Atlántico para tomar parte activa en la represión llevada a cabo por sus secuaces.

—Hoy por ti y mañana por mí; yo te ayudo a matar a los tuyos y tú me ayudas con los míos. Gente perversa que tiene «en la mitad del pecho el centro del demonio», como viene a decir Calderón de la Barca —deslicé, poniéndome didáctico. Ser profesor de Lengua y Literatura tiene esas cosas.

—Me alegra que se meta en literaturas, porque voy a hablarle de tres personajes, a mi entender, muy novelescos. Todos ellos fueron policías; dos eran españoles y otro, argentino; dos están muertos y el otro..., puede que sí y puede que no. Parece una frase suya...

—¡Vaya, no me diga que va a dedicarse ahora a escribir!

—Al contrario: es usted quien va a hacer de policía.

Soltó ese latigazo verbal y después se puso a escudriñarme como el conductor que tras chocar contra otro vehículo se baja del coche a ver los desperfectos que ha provocado.

—Soy todo oídos —respondí, intentando disimular mi curiosidad.

—Continúo, entonces, con el relato de los tres hombres. El argentino se llamaba Rodolfo Eduardo Almirón Sena, nació en Puerto Bermejo, en 1936, y murió bajo arresto en Ezeiza, en 2009, después de que lo extraditara la justicia española. Es sabida su relación con la Triple A, con algunos miembros del aparato represor franquista que operaban en la Dirección General de Seguridad, con numerosos atentados cometidos allí y aquí, con grupos extremistas de ambos países y con los Perón.

—Vaya, ese tipo era el sueño de un vendedor de botas de agua: se ve que no había charco en el que no se metiese. ¿Y qué hay de sus compinches?

—Los otros son el célebre Juan Antonio González Pacheco, el hombre más temido de la Brigada Político-Social...

—¡Hombre, cómo no, *Billy el niño*! El sádico que sonreía de placer mientras torturaba a los detenidos en los calabozos de la Puerta del Sol. Fue una auténtica alimaña, pero nunca tuvo que rendir cuentas, siguió en el cuerpo con la democracia, incluso fue ascendido y condecorado. Lo mató la Covid-19, es lo único bueno que hizo esa pandemia. ¿Así que el tal Almirón y él eran colegas?

—Le doy un dato orientativo: durante mucho tiempo, y pese a que medio mundo tratara de identificarlo y difundir su imagen para ponerlo a los pies de los caballos, de González Pacheco sólo se conocían dos o tres fotos y en una de ellas estaba, precisamente, con Almirón.

Sabía de quién me hablaba, conocía el historial de aquel canalla, el ogro de la Brigada Político-Social. Los testimonios de algunas de sus víctimas hielan la sangre cuando recuerdan lo que les hacía y lo que le vieron hacerles a otros: golpes con porras en las plantas de los pies y con guías telefónicas en la nuca; mujeres y hombres esposados a radiadores ardiendo y con un vaso de agua frente a ellos, para que lo viesen mientras se deshidrataban, o llevados al borde de la asfixia, tapándoles la cara con una bolsa de plástico; culatazos de revólver en las sienes; cuerpos que permanecían durante horas colgados de una viga por los tobillos o eran arrastrados cabeza abajo por la escalera que daba al sótano... A menudo, el suplicio se llevaba a cabo ante sus familias y sus compañeros, para forzarles a confesar lo que se les pidiese, tanto si era verdad como si era mentira, con tal de que cesara aquel martirio.

—¿Y el tercero en discordia? —pregunté—. ¿Tal vez me va a hablar de su superior, el comisario Roberto Conesa, que lo mismo trabajaba para la Gestapo o para Trujillo, el déspota de la República Dominicana, que dirigía aquí la lucha contra los GRAPO y la ETA? Investigué esa época cuando escribía mi libro *Operación Gladio*.

—Ese estaba en la pomada, no hay duda. Pero no, le voy a hablar de alguien que me aventuro a pensar que todavía no conoce: Pascual Muñecas Quintana, *El electricista*. Le apodaban de ese modo porque su gran especialidad durante los interrogatorios era aplicar descargas de seiscientos voltios en zonas sensibles que no hace falta que le especifique, con una picana, un instrumento que le habían enseñado a usar, precisamente, sus colegas argentinos.

—Lo conozco. Dicen que su inventor fue un hijo del poeta modernista Leopoldo Lugones, que era también bibliotecario, filólogo, traductor y docente, pero se ve que no lo educó muy bien. En la vida civil, creo que ese aparato se usa con el ganado.

—El caso es que era una de las herramientas favoritas de la Triple A, así que sus compañeros de fechorías invitaron a Muñecas Quintana a Tucumán y Buenos Aires, donde pudo demostrar sus habilidades en algunas de las prisiones clandestinas que, tal y como le he avanzado, ya empezaban a funcionar con *Isabel* Perón de presidenta.

—Con ella comenzó el espanto.

—Eso no admite mucha discusión; con su marido puede haber un estrecho margen para la duda, pero en su caso no hay vuelta de hoja, la única atenuante posible sería que fuese cierto que ella ni pinchaba ni cortaba y que su Gobierno lo manejaba desde las sombras López Rega, lo cual es, por otro lado, bastante verosímil. Sea como fuese, cometieron un gran error de cálculo porque su guerra sucia, en lugar de valer para erradicar el terrorismo, que era su coartada, sirvió para poner el país en manos de los militares.

—Cuénteme más sobre el colega argentino de *Billy el niño* y *El electricista*.

—Almirón era un delincuente, un indeseable que, mientras estaba en la División de Robos y Hurtos de la Policía Federal, en lugar de perseguir a los ladrones se integró en una banda que se dedicaba a cometer atracos, a llevar a cabo secuestros y ajustes de cuentas por encargo, al contrabando, la trata de blancas, el tráfico de drogas... También se vio involucrado en varios asesinatos y, al final, tras ser procesado y absuelto por falta de pruebas concluyentes, lo expulsaron del cuerpo. Sin embargo, en 1973, al ser designado ministro López Rega, este forzó su reingreso, lo contrató como su jefe de seguridad y fue ascendido; de hecho, subió de una tacada cuatro escalafones, hasta el grado de subcomisario. Su verdadero cometido, sin embargo, fue otro: ser uno de los creadores de la Triple A.

—Y él y los suyos desencadenaron el terror absoluto: si no estoy muy equivocado, se les atribuyen entre dos mil quinientos y tres mil cadáveres.

—Pero no les sirvió de nada el uso de la fuerza, era una huida hacia delante, no llevaba a ningún lado. El país marchaba hacia la quiebra; el precio del dólar había subido un mil doscientos por cien y la moneda nacional se había devaluado, de tal manera que el Banco Central emitía billetes con un valor de un millón de pesos; el peronismo sin Perón no engañaba a nadie; los rumores sobre la brutalidad eran ya clamorosos, las denuncias se sucedían y el descrédito del Gobierno terminó por forzar la salida de López

Rega, que dejó el ministerio de Bienestar Social pero retuvo el cargo de secretario privado de la presidenta y se instaló en la Quinta de Olivos junto a sus cincuenta hombres de mayor confianza, entre los cuales se encontraba Almirón, no se sabe si para protegerla o para controlarla; y yo sospecho que también andaba metido en esos berenjenales Muñecas Quintana.

—¿Y María Estela, simplemente, se dejaba hacer?

—*El brujo* la tenía subyugada, entre otras cosas con sus monsergas de espiritista. Dicen que ella estaba casi siempre en cama, con el ánimo por los suelos y bajo vigilancia continua; también, que se impedía el paso a quien intentase verla, que la drogaban con medicamentos antidepresivos y sedantes... El ejército, siguiendo órdenes de los generales Videla y Viola, decidió tomar cartas en el asunto, un destacamento se presentó allí, desarmó sin encontrar gran resistencia a la guardia de López Rega, y a María Estela, con la disculpa de que temían que sufriese un asalto guerrillero, se la llevaron de allí, sacándola de la residencia oficial en helicóptero, rumbo a Neuquén, en la Patagonia, donde sería confinada en otra finca del Estado llamada El Messidor. Estaría más de cinco años bajo arresto, en ese y en otros lugares, incomunicada, bajo custodia de varios soldados de infantería.

—Entonces, cuando se la llevaron, ¿ella no era consciente de lo que estaba ocurriendo?

—Lo supo cuando la nave hizo una supuesta escala técnica en una base militar y allí fue recibida por un general que le pidió su bolso, sacó de él un revólver que llevaba la presidenta y le comunicó que estaba detenida. He leído que *Isabelita* le respondió que se equivocaba, que ella había llegado a un acuerdo con los comandantes, les había ofrecido una vicepresidencia a cada uno y tres carteras en el ejecutivo para quienes ellos designaran. Pero, como sabemos, el intento de negociación no le valió de nada, porque no podía darles lo que ya le habían quitado.

—Y *El brujo* puso pies en polvorosa, de nuevo rumbo a España.

—No parece que huyera, sino que, más bien, llegaron a un acuerdo mediante el cual se le otorgó rango de embajador plenipotenciario «ante los Gobiernos de Europa», o sea, una martingala hecha para darle una salida airosa, dentro de lo que cabe, y que pudiese salvar los muebles. También se le asignó un ayudante, que ya se imaginará quién era...

—Rodolfo Eduardo Almirón.

—El mismo que viste y calza. Y aunque no tengo pruebas fehacientes de ello, me apostaría algo a que *El electricista* venía en el mismo avión. Para ser exactos —dijo, consultando sus notas—, llegaron el 22 de julio de 1975. Y ahí quizá les salió cruz, porque cuatro meses después murió el dictador y se desintegró el franquismo, se impuso la idea de la reconciliación nacional, se convocaron las elecciones...

—Mejor para ellos, porque así tenían una nueva democracia que echar por tierra. Y bien que lo intentaron durante la Transición y hasta el 23F, con su Fuerza Nueva, sus guerrilleros de Cristo Rey, su matanza de Atocha, su red Gladio y demás.

—Aquí tenían eso —me cortó, con un gesto imperativo de la mano, para que no me fuese por los cerros de Úbeda— y en Argentina una dictadura a la que facilitarle el trabajo sucio, porque toda la estructura de la Triple A se la pasaron a los militares. Por eso mientras estuvieron en el poder, a ellos no les sucedió nada.

—Al menos allí, cuando regresó la democracia se sentó a los generales en el banquillo, a varios los condenaron a cadena perpetua y, si no recuerdo mal, el siniestro Videla murió en la cárcel.

—Pues los dos pájaros de los que hablamos tampoco se fueron de rositas: López Rega se escondió en Madrid, en Ginebra y en Miami, pero terminó siendo extraditado a su país por Estados Unidos; y ya sabemos que España también entregaría finalmente a Almirón. La diferencia es que esto último ocurrió muy tarde, en 2008, pero lo otro fue en 1986. Y quiero que se fije en esa fecha, porque es relevante.

—Mil novecientos ochenta y seis... Es cuando ingresamos en la Unión Europea...

—Frío, frío... Céntrese en el asunto que nos ocupa.

—No caigo... ¿Qué pasó entonces que tenga relación con lo que estamos hablando?

—Fuera de lo que le acabo de contar, aparentemente nada que nos importe.

—Pues en ese caso, me temo que hay algo que se me escapa.

—Mire más allá —dijo, con otra de sus medias sonrisas: le gustaba jugar al gato y al ratón conmigo—. No piense en ese año, sino en el siguiente.

—Sigo sin verlo —dije, tan en blanco como si me hubiesen castigado de cara a la pared.

—Le doy una pista: «Érase una vez en un cementerio de Buenos Aires...».

—¡Las manos de Perón! ¡Se las robaron en 1987! Espere, no me diga nada —lo detuve yo ahora, para tratar de apuntarme un tanto—, déjeme que me haga mi composición de lugar... Lo que va a decirme es que López Rega encargó el atentado para agitar las aguas y poner en jaque a un Gobierno que lo quería llevar a prisión.

—Es muy posible que lo preparase en comandita con Licio Gelli, que también andaba por allí en esos días y estaba asimismo en busca y captura. Por consiguiente, es de cajón que los autores materiales fuesen elementos de la extrema derecha. Sabemos que Almirón no era uno de ellos, porque no podía entrar al país sin arriesgarse a ser detenido. Y creo estar en condiciones de afirmar que aquella noche en la Chacarita su sitio lo ocupó un policía español: nuestro Pascual Muñecas Quintana, *El electricista*.

—¿Me está diciendo que él era uno de los tres hombres que profanaron la tumba del general Perón?

—Le estoy diciendo eso y que es a él a quien necesito que busque para mí.

Capítulo cinco

Isabel Escandón guardó otra pila de libros en una caja, escribió un número en ella y la selló con cinta de embalar. Después se quedó mirándome, con un gesto muy suyo, entre meditativo y soñador, y dijo:

—Evita y Perón... Qué interesante. Ella siempre tuvo madera de icono, ¿verdad? Mi padre decía que era como una estrella de cine metida en política.

—Pues no le faltaba razón. Aunque yo la rebajaría a heroína de telenovela —bromeé.

—Su vida, desde luego, es un verdadero melodrama: sus orígenes humildes, su ascenso y caída, su muerte tan joven, el robo de su cuerpo embalsamado, el ataúd errante, el marido esperando en Madrid a que se lo devolvieran...

Le había resumido mi encuentro con el comisario Sansegundo mientras recogíamos nuestras cosas, porque nos íbamos de la casa de mi familia en la que yo había nacido y donde fui un niño feliz, pero no sentía pena ni nostalgia; al contrario, me hacía ilusión mudarme, empezar de cero, sin ataduras emocionales y sin fantasmas, en un sitio que fuese nuevo para los dos. Nos íbamos a casar en unos meses y le había advertido que pensaba cruzar la puerta de nuestro hogar con ella en brazos, tal y como se hacía en la antigua Roma para que los malos espíritus que viven en los umbrales no se le enredasen a la novia en los pies o el vestido nupcial. Para alguien tan supersticioso como yo, que siempre tengo que usar la puerta, escalera o ascensor que estén más a la izquierda, salir a la calle con los cordones de los zapatos rectos y el dinero con la cara de los billetes o las monedas hacia el frente, nunca mirando a mi espalda; que ni por todo el oro del mundo paso bajo un andamio; que cruzo los dedos y cuento tres veces trece al ver un coche fúnebre, jamás bebo una copa de vino servida hacia la derecha ni admito que me den la sal en la mano, cualquier tradición que se considere un símbolo de la buena fortuna es bienvenida.

A Isabel le pareció de perlas que hiciese lo que me había pedido Sansegundo: «Es tu amigo, alguien a quien admiras y respetas, te ayudó en el pasado y el asunto que te propone es apasionante; así que ¿cuál es el problema?», me había dicho.

—Pues mira, no sé —respondí—, porque siento que hay en todo esto algo maligno: profanadores de tumbas, bandas de ultraderecha, torturadores franquistas, rituales satánicos... Esa gente da escalofríos, y quien ha sido peligroso no deja de serlo nunca.

—No sé qué decirte, ha pasado mucho tiempo; supongo que la mayoría de los implicados, si no ha muerto ya, estará en las últimas.

—No tiene por qué ser así, el tal Muñecas Quintana era, más o menos, de la quinta de *Billy el niño*, algo más joven, de hecho; de manera que debe de tener ahora poco más de setenta años. Te aseguro que a esa edad se puede hacer todavía mucho daño.

—Bueno, tu trabajo suele ser echarles el guante a los malos, ¿no? Y eso conlleva sus riesgos. Pero ya te has metido otras veces en la boca del lobo; y yo junto a ti, por cierto.

—Sí, pero la gran diferencia es que ahora tengo una obligación, que es cuidar de ti: no olvides que vas a ser mi mujer.

—Nuestra mujer, si no te importa: de los dos. Y sé cuidarme sola —me regañó, señalándome con un dedo admonitorio, no supe bien si medio en serio.

—Me gusta este caso, no lo niego; es interesante, un misterio sin resolver de los que ya no quedan; pero lo repito, hay algo en él que me echa para atrás.

—No seas gallina —me azuzó.

—Si ocurriese cualquier cosa... No quiero que nada empeore el mejor momento de mi vida. Por eso no estoy seguro de qué hacer.

—Ven aquí —dijo, atrayéndome hacia ella con ademanes de domadora—. Tú harás lo que yo te diga. Y yo lo haré contigo.

Obedecí de mil amores.

—Necesito saber qué fue de ese facineroso, *El electricista*, dónde está y hasta qué punto son ciertas algunas leyendas que circulan sobre el auténtico motivo que los llevó a él y a sus secuaces a robar las manos de Perón. Es previsible que tenga usted que viajar a Argentina, Suiza y también a Málaga. Naturalmente, sufragaremos todos sus gastos y su vuelo sería en primera clase. Y en lo que toca a sus honorarios, se le pagará lo que nos pida, si no se sube a la parra...

Eso era lo que me había dicho el comisario Sansegundo en el Montevideo. Oyéndole hablar cambié de opinión y pensé que, bien mirado, sí que se había producido un cambio notable en él, porque emanaba la autoridad de siempre pero no la confianza en sí mismo ni la autonomía de antes: estaba claro que ahora se movía con pies de plomo, hablaba con reserva y entre líneas, sin querer pillarse los dedos, y lo atribuí a que tal vez pisaba ya otro territorio, un espacio más institucional y menos espontáneo: el de la política.

—¿Por qué yo? Eso sí que me lo tendrá que explicar —dije—. ¿Por qué no pueden buscarlo ustedes mismos?

Me miró, evaluándome, buscando las palabras que le convenía decir y las que le interesaba callar.

—Por el momento, se trata de un asunto oficioso, pero en modo alguno privado, no me malinterprete: le aseguro que la orden viene de arriba.

Aquello prometía, al fin empezaba a poner sus cartas sobre la mesa. Decidí dar otra vuelta de tuerca.

—¿En serio? ¿Cuánto de arriba? ¿Se refiere al Ministerio del Interior? ¿Al presidente?

—Me refiero a mis superiores, dejémoslo ahí, no le dé más vueltas por ahora; si llegamos a un acuerdo, sabrá el resto.

—Así que pretende que trabaje para el Gobierno... Mire, eso sí que sería una novedad.

—No le estoy pidiendo nada porque esta conversación nunca ha tenido lugar.

—¿Y eso que no me pide es que investigue algo sin saber para quién y sin hacer preguntas?

—Lo haría para mí, directamente, sin intermediarios.

—¡Qué emocionante! —exclamé, tratando de darle a la voz un deje satírico—. ¿Y tendría un teléfono rojo, un bolígrafo-pistola y un coche con lanzamisiles?

—La duda ofende: eso, un esmoquin antibalas con paracaídas incorporado, unos zapatos con cuchillas, por si tuviese que huir patinando sobre hielo y, naturalmente, una licencia para matar —dijo, apuntándose a la ironía.

—Entonces, no se hable más, todo arreglado: con ese equipamiento, mi labia en los cócteles y mi puntería de tirador de feria, ¿qué puede salir mal?

—Mire, Urbano —dijo, recuperando de golpe la compostura y el tono, como quien afina una cuerda de guitarra—, aquí nos jugamos muchas cosas y entre ellas la que más me importa a nivel personal: el prestigio de la institución a la que represento y donde, por desgracia, hubo ovejas negras como González Pacheco y Muñecas Quintana.

—¿Y qué pretenden hacer: retirarle al segundo las condecoraciones y las pagas extra a título póstumo, igual que a *Billy el niño*? Pues dense prisa o volverán a hacerlo a toro pasado, que el otro se les fue al infierno cargado de medallas.

—Pues, mire, de eso se trata, de no tropezar otra vez en la misma piedra.

—Porque entiendo que *El electricista* está vivito y coleando. Mala hierba nunca muere.

—Nada indica lo contrario, desde luego. Y, de hecho, ya que lo menciona, sigue cobrando su pensión, eso seguro. Sabemos que hasta hace no mucho iba y venía a Buenos Aires con cierta frecuencia y que ha pasado largas temporadas en una casa que tiene en Málaga. También consta que ha visitado Ginebra en varias ocasiones... Allí se refugió, al huir de España, su amigo y benefactor López Rega, en un chalé que se cree que adquirió Perón en su primera etapa como presidente. Y allí viajaron Eva Duarte primero y después María Estela Martínez cuando era vicepresidenta de su país y en un momento muy delicado: mientras su marido agonizaba en Buenos Aires... Se da por hecho que tenían cuentas en algún banco de la ciudad... Ate cabos y encontrará las conexiones.

Efectivamente, pronto corroboraríamos que *El brujo* se esfumó de la Quinta 17 de Octubre en 1975, tras reclamarlo la justicia argentina por el desvío de fondos públicos llevado a cabo mientras era titular del Ministerio de Bienestar Social y admitirse aquí a trámite la denuncia. El viejo zorro buscó un par de correveidiles que dejasen caer por las redacciones y en los mentideros políticos el bulo de que había fallecido; y aunque muy pronto se descubrió el engaño, utilizó esos instantes de confusión para fugarse a Suiza, donde Perón había comprado, efectivamente, una mansión en Villeneuve, a orillas del lago Lemán, en la que su antiguo secretario fue a ocultarse y vivió cómodamente una larga temporada.

¿De dónde había sacado el dinero necesario para hacer posibles esas operaciones de gran envergadura aquel expresidente en el destierro del que sabemos por su correspondencia que siempre se quejaba de sus supuestos apuros económicos, hasta el extremo de dar a entender que subsistía gracias a la caridad de algunos potentados justicialistas? No parece que le fuese tan mal, a la vista de sus inversiones, que incluían al menos cuatro residencias de lujo en España, Suiza, Italia y Argentina, esta última la famosa quinta de la calle Gaspar Campos 1.065, en la zona exclusiva del Gran Buenos Aires, frente a la que sus miles de seguidores cantaban, el día que regresó del exilio: «La Casa Rosada / cambió de dirección, / está en Vicente López, / por orden de Perón».

Sumemos dos y dos: a la luz de las amistades con las que se había codeado el general en Puerta de Hierro, resulta por completo inverosímil que no tuviese nada que ver con el grupo Sofindus, que operaba precisamente en Suiza con entidades financieras especializadas en cuentas opacas y blanqueo de divisas, y que era manejado desde España por el millonario y jerarca nazi Johannes Bernhardt, que al estar casado con una germano-argentina y dominar el castellano había actuado de enlace entre Hitler y Franco durante la guerra civil. La sociedad fue alimentada con capitales retirados de las arcas del Tercer Reich, ya sabemos que muchos de ellos procedentes del expolio a los judíos, y tras la caída de Berlín se utilizó ese dinero, entre otras cosas, para sacar de Alemania a criminales de guerra con destino a nuestro país o a Latinoamérica, una actividad en la que el entonces presidente Juan Domingo Perón colaboraría de forma decisiva, creando en Génova, en 1947, la Delegación Argentina de Inmigración en Europa y poniendo al frente de ella a un antiguo capitán de las SS llamado Alberto Carlos Fuldner. Este había sido ni más ni menos que el asistente personal de Himmler —el jefe de la Gestapo e ideólogo de los campos de exterminio— y tuvo entre sus funciones la de montar en Berna un Centro Argentino de Emigración donde se tramitaron visados y salvoconductos para más de trescientos asesinos nazis, quienes gracias a ellos pudieron llegar a Buenos Aires y moverse sin cortapisas por todo el continente con sus pasaportes falsos.

Para completar el círculo, Sofindus tenía a cargo de su filial en Lausana a un empresario llamado Fernando Tricerri, y tanto él como su hermano Carlos René eran íntimos de Perón, el segundo de ellos visitante asiduo de la Quinta 17 de Octubre y casi con total seguridad testaferro suyo, una condición que le serviría para ayudarle a colocar su dinero en aquel paraíso fiscal, donde tenía pensado instalarse si en algún momento pintaban bastos a disfrutar su fortuna de millones de dólares, incrementada, según la leyenda, por un cargamento de varias toneladas de oro que le habían entregado, a cambio de sus servicios, los nazis a quienes puso a salvo. En 1947 Eva Duarte viajó a Suiza, con la disculpa de una visita protocolaria, y pudo corroborar el estado de sus depósitos. En 1974 lo hicieron *Isabelita* y López Rega, según revelaría cinco décadas más tarde su última pareja, María Elena Cisneros, con el fin de poner allí a buen recaudo los cuatro millones y medio de dólares y el millón de francos que el Estado argentino le había entregado a Perón tras su vuelta, en concepto de indemnización por los daños sufridos tras sufrir el golpe de Estado que lo derrocó y durante su largo exilio.

En la segunda de sus visitas, mientras la vicepresidenta solucionaba los trámites que la habían llevado a Suiza y cumplía con su liviana agenda institucional, su esposo agonizaba, efectivamente, en Buenos Aires: de hecho, moriría nueve días después. Según revelaron sus médicos más tarde, su salud era ya muy precaria y enormes los riesgos que corría a consecuencia de la tensión y el ajetreo a los que estaba sometido: había tenido un infarto a la semana de su retorno y poco después una angina de pecho, de manera que los seis doctores que lo vigilaban por turnos, día y noche, no dejaban de recomendarle tranquilidad y que evitara cualquier tipo de esfuerzo físico o sobresalto emocional. En una nación que vivía entre la espada y la pared, al borde de la guerra civil o el golpe militar, nada de eso era posible. Su esposa tenía que estar al tanto de la situación, así que se sobrentiende la importancia que debían de tener para ella la visita a Ginebra y los dos desplazamientos que hizo desde allí, a Roma, para encontrarse con Licio Gelli, y a Madrid, donde fue recibida en audiencia por Franco, lo cual nos hace preguntarnos si es que el dictador sólo se dignaba a tratarlos cuando ocupaban la Casa Rosada, o más bien si será que la supuesta desatención en la que les tuvo mientras vivían en España era un paripé, una representación de cara a la galería.

Su compañero de fatigas e intrigas, López Rega, no la acompañó en esas dos últimas etapas de la gira, anuló sus billetes a última hora para regresar junto a Perón, del que les llegaban noticias alarmantes, y ese imprevisto le salvó la vida: en la capital de España lo esperaban para matarlo tres montoneros que iban a dispararle el día en que tenía previsto hacer una ofrenda floral en el monumento al libertador San Martín, en el Parque del Oeste. En el futuro, dos de ellos pasarían por uno de los centros de detención ilegal de la dictadura, pero sobrevivieron para contar su historia.

—Así que tenemos una trama de evasión de capitales y una pista suiza —le dije al comisario Sansegundo, al acabar este su relato—, pero no veo cómo encaja ahí el hombre a quien quiere encontrar, Muñecas Quintana. ¿Tuvo algún papel en esos trapicheos? Y otra pregunta: ¿cuál es la relación entre eso y el robo de las manos de Perón?

—Con respecto a lo primero, resultan sospechosos los viajes a Ginebra de los que le he hablado, nos hacen pensar que o bien tiene algo escondido allí o bien quiere llegar hasta ello.

—¿Dinero?

—Puede ser. O cierta documentación.

—¿De qué tipo?

—No lo puedo afirmar de forma concluyente, caben varias posibles teorías. Por ejemplo, se sabe que *Billy el niño* y *El electricista* llevaban un registro minucioso de lo que ocurría en la Dirección General de Seguridad.

—¿Y qué es lo que anotaban esos psicópatas en sus cuadernos? ¿Las torturas que llevaban a cabo en los sótanos de la Puerta del Sol? ¿Las reacciones de las víctimas? ¿Sus confesiones forzadas?

—Pues tal vez, pero no es eso lo que más nos interesa, sino otra lista en la que anotaban los nombres de aquellos a los que, según hemos podido saber, llamaban «donantes».

—¿Personas que les pagaban? ¿A cambio de qué?

—Le estoy hablando de una forma de extorsión. Tenemos varios testimonios que aseguran que avisaban a las familias de algunos detenidos de que los habían llevado a la Puerta del Sol y les pedían una especie de rescate, una «aportación», como al parecer la llamaban, a cambio de que sus hijos no fuesen torturados o algo peor. Si no aceptaban el chantaje sin rechistar, a algunos los sometían a la prueba más dura: ser testigos de las palizas.

—Pero eso es tremendo, nunca había oído hablar de algo parecido.

—Ni usted ni nadie: se trata, por ahora, de una información reservada, que todavía estamos analizando cuidadosamente y que, si sabemos jugar bien nuestras cartas, nos podría valer para reabrir algunos casos supuestamente cerrados.

—Les dirán que han prescrito, como han hecho siempre, y que además están bajo el paraguas de la amnistía de 1977.

—La nueva Ley de Memoria Democrática podría cambiar eso, al considerarlos delitos de lesa humanidad, que no caducan. Desde que se ha aprobado, el goteo de nuevas denuncias es continuo; y voy a adelantarle, de forma estrictamente confidencial, que ha llegado a nosotros una referida a la casa de Muñecas Quintana en Málaga, de la que ya le he hablado y que, de hecho, es lo que nos ha puesto en movimiento.

—No me irá a decir que también se la robó a una de sus víctimas…

—Eso es, justamente, lo que sostiene la nieta de un antiguo militante socialista arrestado por orden del entonces máximo responsable de la Dirección General de Seguridad y futuro presidente del Gobierno, Carlos Arias Navarro, y que fue trasladado a la capital para su interrogatorio. La mujer que ha interpuesto la demanda asegura que a su familia la obligaron a entregar las escrituras a cambio de la vida de su abuelo. «Si no colaboran, igual se cae por la ventana, como otros que yo me sé...», les dijo *El electricista*, después de martirizar a aquel hombre delante de sus padres y su esposa, él con su picana y González Pacheco rompiéndole los dedos de los pies con un martillo y golpeándolo en todo el cuerpo con un tubo.

Una vez más, sabía perfectamente de quién me hablaba: el viscoso Arias Navarro, aquel hombre atribulado que lloraba al anunciar con voz temblorosa la muerte de Franco, pero que no debería ser recordado por sus lágrimas sino por las que hizo derramar a muchos otros cuando dirigió el aparato represivo del Estado, de 1957 a 1965, el año en que fue nombrado alcalde de Madrid; o antes, en los tiempos de la guerra civil, la época en la que se ganó el apodo de *Carnicerito de Málaga* por los incontables asesinatos que indujo a cometer o como mínimo encubrió en esa ciudad desde su puesto de fiscal y jefe de los consejos de guerra. En una sola semana de febrero de 1937 se ejecutó allí, sin juicio y con su aval, a tres mil quinientas personas y desde entonces y hasta 1944, momento en que lo mandaron de gobernador civil a León, se fusiló a otras diecisiete mil. Fue el último presidente de la dictadura y el primero de la democracia, y dos de sus hazañas tragicómicas serían tocar retirada en el norte de África para entregarle a Marruecos y Mauritania el control del Sáhara occidental y ofrecerse a los Estados Unidos para declarar la guerra al Portugal de la Revolución de los Claveles. Tras ser forzado a dimitir, el rey Juan Carlos I le concedió el título de marqués.

—Así que esos malnacidos eran, por añadidura, unos ladrones de viviendas —dije, retomando nuestra conversación—. Y claro, *El electricista* pensaría que, puestos a apropiarse de una segunda residencia en la playa, qué mejor sitio que la Costa del Sol, donde se refugiaban, sin que nadie los molestara, tantos nazis. Igual ese es también el motivo de que la dictadura quisiera confinar en Torremolinos a Perón, no como castigo sino al revés, para que se sintiese en su salsa. Por cierto, aún no me ha dicho qué tiene que ver todo esto con la profanación de su tumba. ¿Por qué se llevaron Muñecas Quintana y compañía sus manos?

—Se cae por su propio peso: con la intención de disimular y sembrar pistas falsas; para que los árboles no dejaran ver el bosque.

—¿Fue una maniobra de distracción? ¿Con qué fin?

—Creemos que sí, igual que lo de quitarle su sable y el poema que *Isabelita* había metido en su ataúd y pedir un rescate que luego ni siquiera se molestarían en intentar cobrar. Eso no significa que no tuvieran al mismo tiempo una intención política, un afán desestabilizador, seguramente planeado por Licio Gelli y puede que por López Rega; o que, como suele decirse, aprovecharan que el Pisuerga pasa por Valladolid para sembrar la discordia y matar dos pájaros de un tiro; pero lo que primaba era el interés económico.

—No le sigo, de nuevo. ¿No dice que ni siquiera trataron de cobrar los ocho millones de dólares que pedían?

—Eso fue otra sobreactuación, sabían que nadie estaba en condiciones de dárselos, y mucho menos aún los sindicalistas o los dirigentes del justicialismo a quienes enviaron los anónimos. Era un paripé, lo mismo que todo aquello de la magia negra y los rituales satánicos: una simple cortina de humo.

—Pues entonces, ya sólo le queda decirme qué se ocultaba detrás.

—Lo que sostuvo una de las teorías que circularon en su momento, que entonces parecía rocambolesca y que hoy, sin embargo, resulta verosímil.

—Y que es…

—Que no eran sus manos lo que les interesaba, sino el anillo que había en una de ellas y donde estaba grabada la combinación de la caja fuerte en la que el general escondía su tesoro.

Capítulo seis

En el avión me acordé de una novela que leí de adolescente, *El anillo de los Löwensköld*, de Selma Lagerlöf, donde la joya robada de la sepultura de un general desencadena una maldición contra todo aquel que pretende ser su dueño o venderla y que sólo cesará de causar desgracias el día en que alguien la vuelva a poner donde estaba. No sabía si con Perón ocurriría lo mismo, pero lo cierto es que continuaba sin gustarme el ángulo ultraterreno de esa historia, ese aroma necrológico que según *El brujo* López Rega atraía tanto a sus compatriotas que, para curarse en salud, le dio en la cárcel de Miami a su compañera sentimental, María Elena Cisneros, una hoja manuscrita con sus últimas voluntades en la que dejaba establecido que si fallecía en Argentina quería ser incinerado: «Si la muerte ocurriera en mi patria, tratar de que la cremación se haga lo más rápido posible y las cenizas sean arrojadas al mar». A eso se le llama poner la venda antes que la herida.

El clima macabro de aquella historia con olor a cirio e incienso me inquietaba, pero, a cambio, me seducía la posibilidad de desenmascarar a uno de los matones de tres al cuarto de la DGS y resarcir a los herederos de sus víctimas, en este caso no sólo moralmente, sino también haciendo que recuperasen lo que se les había arrebatado. El comisario Sansegundo tenía la convicción de que tal cosa era posible con la nueva ley en la mano y, de hecho, para darse cuenta de que sabía por dónde iban los tiros y que era el momento de actuar no había más que leer la prensa donde, supuse por descontado que gracias a alguna filtración suya o de su equipo, se hablaba por aquellos días de la apertura de siete procedimientos de retirada de condecoraciones y prebendas a otros tantos agentes que habían formado parte del aparato de represión de la dictadura. El viento era favorable, pero quién podía saber hasta cuándo, en un país tan tendente al olvido, así que tal vez estábamos ante la última oportunidad de hacer justicia, dada la edad de muchos de los implicados. Tuve que admitir también que me halagaba que se pensase en mí para esa misión que, según me dijo el propio Sansegundo, «no podía emprender aún su departamento sin alertar a Muñecas Quintana, ponerlos a él y a sus abogados en guardia y hacer que destruyese cualquier documentación potencialmente comprometedora al sentirse acorralado»; por no hablar del revuelo que se podía armar «si el asunto llegaba a los medios de forma prematura». Lo que le habían pedido a la mujer que planeaba recuperar la casa de su familia era que esperase un tiempo antes de presentar su denuncia en el juzgado: el mismo que iba a tener yo para hacer mi trabajo.

—¿Y estamos completamente seguros de que la vivienda que reclama esa señora era de sus abuelos? —me preguntó Isabel, siempre tan puntillosa y haciendo un poco de abogada del diablo, mientras esperábamos que nos diesen las llaves de nuestro cuarto en la recepción del hotel Pez Espada, donde acabábamos de llegar desde el aeropuerto de Málaga.

—No hay duda posible, su nieta tiene una copia de las escrituras originales y otra del contrato de venta a Muñecas Quintana donde la villa, que es la denominación que se le da en esos papeles, está tasada en mil quinientas pesetas, cuando su precio de mercado era de alrededor de ciento y pico mil. Un atraco.

—Igual *El electricista* no vino a Torremolinos por los nazis, como tú crees —dijo Isabel, mirando con ojos como platos las lámparas y columnas doradas, las baldosas psicodélicas y las gigantescas fotografías de celebridades que adornaban las paredes del vestíbulo—, sino por estar a la moda: desde finales de los cincuenta esto se había transformado en el paraíso de las estrellas de Hollywood, ahora cuando demos una vuelta por el edificio nos vamos a encontrar con sus retratos: Grace Kelly, Rita Hayworth, Ava Gardner, Ingrid Bergman, Kim Novak, Raquel Welch, Elizabeth Taylor, Sophia Loren, Brigitte Bardot y también la flor y nata de los actores, Orson Welles, Marlon Brando, Frank Sinatra...

—Puro glamur.

—Y dinero, esa gente traía muchos dólares en el equipaje y los derrochaba sin límites. He leído que los camareros de los locales de moda podían llegar a ganar hasta diez veces su sueldo con las propinas.

Esa es mi novia en estado puro, alguien que jamás da un paso sin antes estudiar dónde va a llevarla y qué ha sucedido allí; es sistemática y concienzuda, quisquillosa sin llegar a tiquismiquis; le gusta saber qué terreno pisa, hacer un plano antes de salir y un informe al regreso, estar de vuelta cuando los demás van y, en resumen, llegar a los sitios con la lección bien aprendida. Eso sí, desde que la había puesto al corriente del encargo de Sansegundo, nada le había interesado más que las historias de la segunda y tercera mujeres de Perón, Eva y María Estela, sobre las que devoraba libro tras libro y artículo tras artículo, mientras yo seguía el rastro de Rodolfo Almirón por España, sus relaciones con *Billy el niño* y sus vínculos con la ultraderecha.

—Pues mira, tengo que admitir que has vuelto a dar de lleno en la diana —contesté, ya en el ascensor—, porque el comisario Sansegundo me ha dicho que Muñecas Quintana no sólo estuvo aquí de turismo, sino que además invirtió en varios negocios parte del dinero que ganaba con sus fechorías. Uno fue la sala de fiestas La Imperial, que aún existe y que es donde vamos a ir tú y yo esta noche a tomar una copa y dejar caer algunas preguntas.

Y eso es lo que hicimos después de emplear unas horas en no hacer nada que no fuese ir a ver el atardecer en la playa, sentarnos a comer sin prisas en el comedor del hotel, con su techo verde y sus vistas al Mediterráneo, tomarnos una botella de vino blanco frío y charlar de esto y de lo otro. Mientras Isabel probaba la milanesa que, según una leyenda publicitaria de la que ella también estaba al tanto, se pedía siempre Sinatra, me contó que el nombre del restaurante, Ondina, era el de una actriz cubana con la que el ídolo, tantas veces metido en líos de faldas, tuvo una pelea, primero a voces y luego a bofetadas, que derivó en otra entre sus guardaespaldas y un fotógrafo del diario *Pueblo*, que había ido a entrevistarlo y había tomado una imagen suya forcejeando con la mujer... La trifulca acabó con la llegada de la Guardia Civil y con el cantante detenido, llevado a declarar al cuartel y expulsado del país.

—Se cuenta —dijo Isabel, de camino a nuestra habitación— que mientras estaba bajo arresto hizo trizas un retrato de Franco; que en el aeropuerto gritó que jamás volvería «a este país de fascistas» y que al llegar a Estados Unidos le envió al dictador, que por entonces celebraba sus cacareados veinticinco años de paz, un telegrama que decía: «Muchas felicidades en el aniversario de su benevolente régimen. Y ahora, muérase». También que cuando las camareras fueron a recoger y empaquetar sus cosas para mandárselas a Nueva York, encontraron en su mesilla de noche cuatro pistolas. El director del hotel juraba haberlas ocultado unos meses, sin saber qué hacer con ellas, y después haberlas tirado al mar.

—Vaya, vaya, sin duda el viejo Frankie sabía estar a la altura de su fama.

—Pues ahora veremos si tú también vas a estarlo o no —dijo, cerrando con un delicioso golpe de cadera la puerta de nuestro cuarto.

La Imperial era el típico antro del que si al salir te palpas el bolsillo donde llevas la cartera y aún sigue en su lugar, te llevas una sorpresa. Aquella noche había pocos clientes, todos tenían mala catadura y la mayoría eran bebedores solitarios. Estaba claro que el local había conocido tiempos mejores, una época más o menos dorada de la que aún se veía algún vestigio en la entrada pretenciosa, cubierta con una marquesina en la que se encendía y apagaba intermitentemente el nombre del local, escrito con letras de neón; en la escalera con moqueta vagamente azul por la que se bajaba al garito y en el pretencioso guardarropa, ahora con el cierre echado; también en los cortinajes de terciopelo rojo que colgaban a los lados de la puerta interior de acceso al local o en las barandillas en forma de notas musicales que adornaban la parte inferior de la barra. Tras esta, nos observaba sin quitarnos ojo un camarero con hechuras de forzudo, calaveras y dragones tatuados en los brazos, una oreja atravesada por media docena de pendientes y cara de comer directamente del cuchillo. Lo que había en su boca tenía el mismo tanto por ciento de sonrisa que el que tiene de saxo tenor un embudo de rellenar garrafas. Me acerqué a él, procurando que se fijara en la libreta y el bolígrafo que llevaba a modo de parapeto, acreditación y disfraz.

—Buenas noches, señor, permítame que me presente: mi nombre es Juan Urbano, soy periodista y estoy haciendo un reportaje sobre algunos de los negocios históricos de Torremolinos. Y ella es Isabel, mi fotógrafa. ¿Me permitiría hacerle unas preguntas?

Me miró de arriba abajo, con desconfianza. Habría visto de todo desde su puesto de observación en sus cincuenta y pocos años, según le calculé por encima. Su musculatura de gimnasio, todavía imponente, y su pose de titán con malas pulgas me hicieron aventurar que tal vez era un antiguo portero o miembro de seguridad reconvertido en barman. Su manera de secar el vaso que tenía entre las manos te hacía pensar en un matarife retorciéndole el pescuezo a una oca.

—Si son sobre las marcas de bebidas que le puedo servir, adelante —respondió.

—Que sean dos vodkas. ¿Tiene alguno polaco, Wyborowa o Belvedere, por ejemplo?

—Tengo los mismos que todo el mundo —dijo, con una mezcla de impaciencia y bravuconería, señalando las botellas a su espalda.

Eché un vistazo: había, efectivamente, lo de casi siempre.

—Que sean dos *destornilladores* de Moskovskaya, y a ser posible, si no es molestia, con zumo de naranja natural.

Señaló de nuevo con la cabeza una de esas máquinas exprimidoras automáticas. Asentí, en señal de conformidad. Se puso a preparar la bebida.

—Y guarden esa cámara —dijo—, no está permitido tomar imágenes sin permiso de la dirección.

Le hice un ademán a Isabel para que obedeciese. Un mohín irónico tensó durante un segundo sus bonitos labios.

—Mire —volví a la carga, tras probar la copa y asentir para darle mi bendición, pese a que aquel brebaje hecho de fruta difunta y alcohol adulterado sabía a lo que debe de saber el matarratas—, me han encargado un texto en el que se cuente la historia de la ciudad a partir de la de sus lugares más emblemáticos. Y sé que este fue uno de los más importantes, en los setenta.

—Algo he oído —masculló, siempre a la defensiva y usando un tono neutro. Era una persona resentida, sin metas, con algo de juguete roto: en algún momento debía de haber dejado pasar su oportunidad o tomado las decisiones equivocadas y su destino había seguido adelante sin él.

—Ya sabe —insistí, tratando de sonsacarle algo que no fuesen simples evasivas—, me refiero a los años en que venían por aquí los artistas norteamericanos, la alta sociedad y algunos magnates alemanes. Quizá nos pueda ilustrar de algún modo.

—Me va a tener que perdonar, no soy un guía ni un relaciones públicas, sólo me ocupo de servir las consumiciones —respondió, sacando el tique de una caja registradora que era una pieza de museo y poniéndolo sobre el mármol con un golpe de jugador de dominó.

«Tú lo que despachas son vasos de veneno y a precio de oro: trece euros cada uno», me dije, tras mirar con una indiferencia muy estudiada la nota y al tiempo que ponía ante él un billete de cincuenta.

—Si no le parece mal, quédese con el cambio, por las molestias —dije, buscando la grieta en aquel muro.

Nos miró alternativamente al dinero y a mí, yendo y viniendo de la suspicacia a la codicia, y al final lo cogió con prevención, como si fuera un cangrejo que le pudiese atrapar los dedos con sus pinzas.

—¿Qué quiere saber?

Rompí el hielo con algunas vaguedades sobre la decoración, el aforo o en qué habían cambiado con el paso del tiempo los gustos de la clientela y los horarios de apertura y cierre, cuestiones sobre las que contestó a regañadientes, y cuando me dio la impresión de que se confiaba, empecé a poner mis cartas sobre la mesa.

—¿Y tiene usted este empleo desde hace mucho?

—Bastante, sí.

—¿Y siempre con los mismos jefes? ¿El negocio nunca ha cambiado de dueño?

—Desde que yo estoy aquí, parece ser que no. O igual sí, y no me lo han contado.

—Nos gustaría hablar con él o ellos, si es que se trata de varios socios —tanteé. Su mirada se volvió desconfiada.

—Eso no va a poder ser, el propietario está fuera, en el extranjero.

—¿Pero es que se encuentra de viaje o reside en otro país?

—Quién sabe. No es asunto mío. Por aquí no viene, ni siquiera lo conozco. A mí se me paga religiosamente a fin de mes y me da igual desde dónde venga la transferencia. ¿Me explico?

—¿Y nos podría usted proporcionar un número de teléfono de su patrón, o quizá una dirección de correo electrónico en la que solicitar su permiso para hacer fotos y pedir algo de información?

—Lo siento, amigo, pero no tengo nada de eso —dijo, levantando las manos: a mí que me registren—. Nuestro único contacto con él es a través de un despacho de abogados. Si hay algún problema, una avería, alguna reparación que hacer o lo que sea, los llamo a ellos y se ocupan de buscar la solución. Y para el día a día, está el señor Córdoba, el encargado. Él hace los números, ingresada la recaudación en el banco y esas cosas.

—¿Podríamos hablar, entonces, con él? Nos interesa su testimonio —dijo Isabel. El rostro del jayán se endureció como si, de pronto, se congelara. Su paciencia tenía un límite y lo habíamos rebasado.

—No se encuentra disponible en estos momentos. Y yo he dejado de estarlo. No sé quiénes son ustedes y qué buscan, pero será mejor que se marchen —dijo, abriendo otra vez la caja registradora, metiendo en ella mis cincuenta euros y poniendo la vuelta en la barra.

—No le entiendo.

—Me entiende perfectamente: les estoy diciendo que se vayan con la música a otra parte —casi deletreó, espaciando las palabras igual que si le dictase un texto a una secretaria.

—Escuche, no sé qué se habrá figurado, nosotros sólo pretendíamos… —intenté rebatirle, pero me detuvo con otro de sus movimientos de cabeza, esta vez hacia un cartel de «Reservado el derecho de admisión».

—Omar los acompañará a la salida —dijo, rebasándonos con la mirada para fijarla en algo o alguien que se encontraba situado a nuestras espaldas, y cuando nos volvimos allí estaba, como salido de la nada, un matón que nos invitó a coger la puerta y esfumarnos. Era un gigante pelirrojo con el pelo atado en una cola de caballo, manos de leñador y mandíbula de cemento. Emanaba tanto peligro que hasta la camisa hawaiana con que iba vestido parecía una advertencia: desapareced antes de que cuente hasta diez o acabaréis enterrados al pie de una palmera.

Mientras cruzábamos la puerta me giré y vi al camarero hablar por teléfono con semblante preocupado, el de quien se pregunta si ha dicho o hecho lo que no debía y teme que si así fuese vayan a rodar tantas cabezas que aquello parezca una bolera. No era necesaria demasiada imaginación para suponer lo que estaría diciendo: «Señor Córdoba, tenemos problemas: han venido preguntando por don Pascual».

—Argentino de 1954 —dijo el comisario Sansegundo, al otro lado de la línea—, nacido de Cinco Saltos, en la provincia de Río Negro, pero criado en Santa Fe. Entró en la policía federal muy joven y lo destinaron a la ciudad de Rosario, una de las más peligrosas del país. Hizo frente a múltiples denuncias por uso excesivo de la fuerza contra varios detenidos. Le impusieron tres sanciones y dos medallas. Lo reclutó para sus filas la Triple A, durante el Gobierno de María Estela Martínez de Perón. Se le atribuyen ideas ultraderechistas. Tras el fin de la dictadura se le abrió expediente y un juez le citó a declarar, pero no llegó a sentarse en el banquillo, fue uno de los exonerados de cualquier responsabilidad después del levantamiento de los *carapintadas* y la promulgación de la Ley de Obediencia Debida. Su nombre completo es Salvador Córdoba Montenegro.

Mientras hablaba, me envió un retrato del tipo en cuestión que parecía tomado con un teleobjetivo: un hombre moreno, de ojos oscuros, boca grande y mentón prominente, con un aire un poco simiesco. Tenía un rictus crispado, la mirada entre fanfarrona e iracunda de quien ha recibido una ofensa o escuchado un comentario difamatorio sobre él y se dispone a pagar con la misma moneda, y unas líneas de expresión muy marcadas que debían de ser el resultado de acumular décadas de mal humor. Si la cara es de verdad el espejo del alma, ese matasiete era un desalmado.

—Un tipo de cuidado... —dije—. No me extraña que encaje a la perfección en la pandilla de Muñecas Quintana y compañía.

75

—Sin duda. En España tampoco ha sido nunca investigado formalmente, pero los de la UDYCO, la brigada de estupefacientes, sospechan que podría mantener alguna conexión con el narcotráfico, entre otras cosas porque no está muy claro de dónde salen los ingresos que mantienen a flote ese cuchitril al que han ido ustedes, La Imperial, que, como han podido comprobar, está muy de capa caída.

—Tanto que sorprende que les dé para tener a sueldo a un culturista como el tal Omar.

—Eso nos parece también por aquí.

—Sí que van tras él, entonces.

Guardó silencio durante unos segundos. Estaba calculando qué le convenía decirme y qué callar. Su manera de ser era esa, no daba puntada sin hilo y todo lo meditaba antes de verbalizarlo, lo que tú oías era una antología de lo que él había pensado, cuidadosamente seleccionada.

—Todo se andará —cortó por lo sano—. Pero lo que nos importa por ahora de él son sus vínculos con *El electricista* y los de este con el caso Perón. Y ahí es donde entra una vez más en escena ese hombre bisagra y que hizo de salsa para todos los guisos, con tal de que estuviesen envenenados, que fue el subcomisario Rodolfo Almirón.

—¿Estaban juntos en la Triple A?

—Cabe poca duda sobre eso: allí y también aquí, porque no consta que Córdoba perteneciera al círculo de Puerta de Hierro, pero sí que se afilió a Fuerza Nueva y que acudía a las tertulias de la extrema derecha en el antiguo *drugstore* de la calle Velázquez, donde los argentinos «hacían gala de llevar armas de fuego y efectuaban esporádicamente algún comentario sobre los asesinatos cometidos en su país», según se especifica en el dosier que se elaboró en España para impulsar la extradición del lugarteniente de López Rega.

—¿Me va a decir ahora que este pájaro de cuenta también estuvo involucrado en el robo de las manos del general?

—No, no, para nada, ese rufián es caza menor, no pasa de ser un simple peón, un soldado raso ascendido a encargado de La Imperial y que a estas alturas ya no irá mucho más lejos.

—Lo que significa que no debemos perder un minuto de más con él.

—Exacto. Él sólo obedece órdenes y a nosotros sólo nos interesa quién se las da.

—¿Y los abogados de los que nos habló el camarero?

—Si existen, no será en el sentido que él quiso darles: puede que sean clientes de un bufete y que reciban asesoría sobre algún que otro tema, pero nada más.

—Eso son tres cuartos de lo mismo...

—No, mi teoría es que los mencionó tal vez a modo de cortina de humo, por quitar el foco de Córdoba.

—Pues el que trata de desviar la atención es porque no quiere que se vea algo que esconde...

—En cualquier caso, eso es igual de irrelevante. Mire, le voy a tener que dejar ahora —cortó, tras oírse el sonido de otro teléfono—. ¿Es mañana cuando va a entrevistarse con la mujer que piensa demandar a Muñecas Quintana? Manténgame al tanto.

—Lo haré. Salude a su ministro de nuestra parte. Y no haga demasiadas reverencias: son muy malas para las cervicales.

No le hizo gracia y tampoco respondió, pero su irritación atravesó las ondas y llegó a mí como el eco del sónar de un submarino en las profundidades del mar. Pensé que palo de ciego había dado en el clavo. Y también que a veces nada nos pone tan furiosos como oír la verdad.

Capítulo siete

Poco antes de llegar a España en 1975, el cabecilla de la Triple A y hombre de confianza de *El brujo* López Rega, Rodolfo Eduardo Almirón Sena, se había divorciado de la hija de su superior inmediato en la Policía Federal, además de compinche en esa banda terrorista, el subcomisario Juan Ramón Morales, y se había casado con una azafata de Aerolíneas Argentinas que era hija de españoles y, por lo tanto, suponía también un atajo para conseguir la doble nacionalidad o, al menos, un permiso de residencia fulminante. Le fue concedida, pese a que lo desaconsejaban sus antecedentes penales y las órdenes de busca y captura internacionales que recaían sobre él, y a pesar también de que en el expediente abierto de su caso por la Brigada de Extranjeros constaba que aquel individuo, conocido por el alias de *El pibe*, era miembro de las Tres A, de la Internacional Fascista y de Fuerza Nueva. Hay que tener amigos hasta en el infierno, dice el refrán, y vaya si él los tenía.

En Madrid, se instaló en un piso de alquiler de la avenida del Generalísimo, muy cerca de donde había estado la sede de Sofindus, el conglomerado dirigido por antiguos jerarcas del nazismo que auspició Franco, y desde allí se desplazaba a diario a la Quinta 17 de Octubre, donde se había acuartelado su jefe tras ser cesado en Argentina como ministro de Bienestar Social, y ambos hacían planes delirantes para organizar su vuelta triunfal al país y al poder. Quizás imaginaban que el futuro ya sólo les ofrecía dos opciones: la Casa Rosada o la cárcel. Para retrasar la llegada a la segunda, pronto tendrían que emprender los caminos cada vez más estrechos de la huida y la clandestinidad.

Almirón no tardó en relacionarse con los elementos más peligrosos de la ultraderecha nacional, aquellos que no se resignaban a la llegada de la democracia tras la reciente muerte del dictador, y empezó a trabajar en la empresa Asesoramiento, Seguridad y Protección (Aseprosa), que sería después vinculada a la preparación del intento de golpe de Estado de febrero de 1981 y de la que era dueño el hijo de un ministro de Asuntos Exteriores de Franco, amigo de López Rega y, en el pasado, visitante frecuente del general Perón en su casa de Puerta de Hierro. Pronto descubrimos que entre los negocios para los que trabajaba esa firma, llena de militantes de diversas organizaciones extremistas, se encontraba La Imperial de Muñecas Quintana, y que allí se reunían él y sus compinches, más o menos una vez al mes, con algunos de los nazis afincados en la Costa del Sol y con los pistoleros italianos de Ordine Nuovo.

Al frecuentar en la capital los círculos involucionistas que sembraron el pánico en los años de la Transición con sus crímenes y que ya empezaban a tramar una sublevación militar, Almirón se hizo íntimo del torturador González Pacheco, *Billy el niño*, y de otros policías que seguían actuando con la brutalidad de siempre en los sótanos de la Dirección General de Seguridad. Ahora, además, el régimen que los protegía se estaba desmoronando y esa gente estaba dispuesta a cualquier cosa con tal de detener el proceso democrático en marcha: el asesinato de los abogados laboralistas de la calle de Atocha, los sucesos de Montejurra o el asalto al Congreso del 23F demuestran que pensaban llegar hasta el final.

Para jóvenes como Pascual Muñecas Quintana, que aspiraban a reinstaurar el sistema totalitario y a jugar en ese proceso un papel equivalente al de los falangistas de 1936, Almirón, Morales y los otros tres agentes de la Triple A que habían llegado a España con López Rega eran héroes a los que oían con reverencia cuando fanfarroneaban acerca de sus «acciones contra los subversivos» en Buenos Aires, y alguno de ellos se jactaba de haber «apiolado a cincuenta por semana, casi todos cabecitas negras», pero también algunos «chetos descarriados» y pontificaba que «a los comunistas hay que tratarlos como lo que son, huesos de plástico que no los quieren ni los perros».

Más allá de sus baladronadas, su trayectoria profesional no había sido en modo alguno ejemplar, sino todo lo contrario, y había acabado como el rosario de la aurora. A principios de 1973, muy poco antes de tomar tierra en el aeropuerto de Barajas, su carrera estaba acabada, hacía tres años que la Junta de Calificaciones de la Policía Federal lo había declarado «inepto para el desempeño de sus funciones» y había sido expulsado por sus actividades delictivas, entre las que estaban el asesinato por encargo, el secuestro, la extorsión, el robo y el contrabando. Él mismo se había buscado su ruina, y aunque durante mucho tiempo sorteó los diferentes procesos judiciales, que lo ponían contra las cuerdas y lo iban acorralando, incluido uno por matar a tiros a un teniente de la marina estadounidense durante una pelea de taberna, de los que siempre se libraba porque sus contactos en las alturas le sacaban las castañas del fuego, tanto fue el cántaro a la fuente que al final se rompió y aunque, de milagro, no fue a dar con sus huesos a una mazmorra, sí que acabó depuesto y proscrito.

Pero mala hierba nunca muere y con la llegada al poder de un viejo conocido suyo, el sibilino José López Rega, volvió a salirle cara: de un día para otro, *El brujo* le reincorporó al servicio activo y lo ascendió a subcomisario, lo mismo que él había pasado de cabo en la reserva a máximo responsable del cuerpo. Como sabemos, lo que les encomendó realmente a él y a Morales fue que actuaran como jefes operativos de la Triple A, aunque su cometido oficial fuese el de proteger a Perón y a su esposa, la vicepresidenta y poco después presidenta, María Estela Martínez de Perón, a cuyo lado aparece en innumerables fotografías de aquella época. También se le puede ver junto al ataúd de Evita, el día que sus restos mortales volvieron por fin a su patria, gracias a la mediación de otro de los seres malignos que orbitaban en torno a Perón: el líder de la P2, Licio Gelli, *El hombre de las mil caras*.

A partir de entonces, Almirón estuvo implicado, según señalan las diversas causas judiciales por las que sería perseguido más tarde, en cientos de asesinatos, entre ellos los de conocidas personalidades del mundo de la política, la cultura, el sindicalismo y hasta la iglesia, cuando se trataba de sacerdotes obreros. El grupo terrorista que comandaban él y Morales mató a sangre fría a unas mil quinientas personas y torturó, violó e hirió a muchas otras. Para cometer algunas de esas atrocidades contó con la ayuda de Muñecas Quintana, llegado desde Madrid por recomendación de López Rega. Pronto le devolvería la visita e iba a formar un triángulo lúgubre con él y con González Pacheco.

Tras el levantamiento de marzo de 1976 en Argentina, es decir, ocho meses después de la llegada de Almirón a Madrid, la Junta Militar ordenó que se les dejasen de pagar a él y a sus compañeros sus sueldos públicos y tuvieron que arreglarse por su cuenta. Naturalmente, sus secuaces de la ultraderecha europea lo socorrieron de mil amores. Primero se enroló en el Ejército de Liberación Nacional formado por el general António de Spínola, presidente de Portugal tras la Revolución de los Claveles, cuyo fin era eliminar a sus antiguos compañeros de armas, a quienes tildaba de títeres de la Unión Soviética; es decir, exactamente lo mismo que habían hecho Perón y López Rega contra los Montoneros.

Con la defenestración de Spínola, tras fracasar este en sus dos tentativas de golpe de Estado, Almirón volvió a España, supuestamente para trabajar en la firma Asesora e Ingeniería de Seguridad, Sociedad Anónima (AINSE) instalando sistemas de vigilancia electrónica. Lo que hizo en realidad fue colaborar con los elementos más radicales de la policía y los servicios secretos en la creación del grupo Anti-Terrorismo ETA (ATE), una banda paramilitar dedicada a la guerra sucia contra el separatismo vasco. Los activistas encargados de materializar los atentados que él diseñaba le llamaban respetuosamente «maestro».

En 1977 la dictadura de su país le denegó la renovación del pasaporte que tramitaba en la embajada y le ofreció un salvoconducto para regresar a Buenos Aires y relatar todo lo visto y oído mientras fue custodio de *Isabelita* Perón, por entonces detenida por la Junta Militar. Declinó la invitación, naturalmente, y siguió con su tarea involucionista en España, elaborando informes sobre líderes de partidos políticos de izquierda y preparando con los conjurados de Aseprosa el terreno para el 23F. Pero un poco antes de eso, Almirón se había convertido en el guardaespaldas personal y confidente de Manuel Fraga Iribarne, antiguo ministro franquista de Información y Propaganda, célebre por su frase «la calle es mía» y por su baño en la playa de Palomares tras caer allí una bomba atómica de los norteamericanos, y en aquellos instantes cabeza visible de la formación Alianza Popular y candidato de la derecha a La Moncloa. Estuvo a su servicio hasta 1983, cuando una información periodística identificó a *El pibe* e hizo público su siniestro historial, provocando un escándalo que dio la vuelta al mundo. Sin embargo, aunque oficialmente Almirón fue despedido, lo cierto es que después se supo que siguió cobrando durante algún tiempo lo que le pagaba el político, que poco después sería presidente de la Xunta de Galicia.

A partir de entonces, Almirón desapareció de la primera línea y fue uno más de los ultras con los que dio la impresión de que no sólo las nuevas autoridades sino también la gran mayoría de la sociedad del momento, decidida a pasar cuanto antes página, hubiesen alcanzado un pacto tácito de no agresión: esfúmate y no te buscaremos, invisibilidad a cambio de impunidad.

Se sabía que vivió entre Valencia y algún lugar de Andalucía, y ahora habíamos descubierto cuál era ese lugar: Torremolinos, en Málaga. Pese a todo, Isabel había disparado de extranjis algunas fotos en La Imperial, no con su cámara pero sí con el móvil, fingiendo contestar a un mensaje. Y allí estaba nuestro hombre, en al menos tres de las imágenes que colgaban en las paredes: en la primera de ellas posaba en la puerta del establecimiento junto a otros dos personajes, los tres ataviados con lo que debió de ser el uniforme de los empleados de la sala, y sus acompañantes eran fáciles de reconocer, aun en sus versiones más jóvenes: uno era el camarero que nos había echado con cajas destempladas y el otro, Salvador Córdoba Montenegro; en la segunda, dos hombres sonreían junto a la actriz Sophia Loren, uno era él y el otro, González Pacheco *Billy el niño*; en la tercera de ellas tampoco quedaba espacio para la duda: el caballero elegante de traje y corbata al que parecía escoltar no era otro que José López Rega, y el tipo sentado junto a él, con su porte envarado y foráneo, sus ojos muy claros, seguramente azules, y el cabello peinado con fijador, o gomina, como lo llamaban en el país donde él había nacido, atribuyéndole al producto el nombre comercial de la marca que lo había popularizado a principios del siglo veinte, era el argentino Alberto Carlos Fuldner, el oficial de las SS, voluntario de la División Azul, amigo de Perón, funcionario de su Gobierno a cargo del Departamento de Migraciones y, como ya saben, organizador de la trama de fuga de nazis a Buenos Aires, entre otros Adolf Eichmann y Josef Mengele. Su presencia en España no era rara en absoluto, porque había residido aquí por temporadas y, de hecho, murió en Madrid, en 1992. Las piezas empezaban a encajar.

La buena fortuna de Rodolfo Almirón empezó a torcerse en el año 2005, cuando fueron derogadas en Argentina las leyes de Obediencia Debida y Punto Final que impedían el procesamiento de los partícipes del terrorismo de Estado, lo que dio lugar a reabrir las causas por crímenes de lesa humanidad interrumpidas desde 1984. Un juez federal ordenó de inmediato la captura nacional e internacional de los jefes operativos de la Triple A. Y en ese momento entró en escena un investigador, ensayista y político gallego criado en Buenos Aires, activista volcado en la persecución de represores de ambos países, cuyo nombre era Lois Pérez Leira, y que pudo seguir el rastro de *El pibe* gracias a la pensión que cobraba y que desde hacía un tiempo estaba asociada a una dirección en Torrent, Valencia. El escritor envió allí a un colaborador que vendía contratos de una compañía energética por la zona y este llamó a la puerta con la disculpa de que iba a ofrecer sus servicios. Abrió una mujer.

—Buenos días. ¿Qué desea?

—Buenos días, soy el técnico del gas; buscaba al señor Almirón Sena.

—Es mi marido, pero en estos momentos no se encuentra en casa, acaba de salir a dar un paseo.

De forma paralela, dos periodistas del diario *El Mundo* también consiguieron ubicar al fugitivo, tras mantener en Barcelona una entrevista con un miembro histórico de los Montoneros, cuyo alias era *Mamut*, que había venido a España, con ansia justiciera, para atentar contra el antiguo jefe de las *patotas* —como llamaban ellos a los comandos de la Triple A, luego rebautizados por la Junta Militar como «grupos de tareas»—, y que lo buscaba por Madrid, seguro de que se escondía en la capital. Pero los reporteros fueron más listos y en lugar de rastrear la pista del ex subcomisario siguieron la de su esposa, la azafata jubilada Ana María Gil. Cuando dieron con ella, se apostaron frente a su domicilio en el barrio marginal del Xenillet, «desde cuyas ventanas lo único que se ve es un barranco donde la comunidad gitana ha edificado sus chabolas y, detrás, la autopista». En el reportaje que publicaron hay una foto de un Almirón envejecido, junto al pastor alemán «que lo acompañaba a todas partes», y se lo describe como alguien que ya está en las últimas, un ser solitario, abandonado por todos y renqueante a causa de una embolia reciente que pronto usarían sus abogados para argumentar que había perdido la memoria «y no recordaba absolutamente nada».

Pero se había puesto el foco sobre él y las sombras que lo protegían se diluyeron igual que el azúcar en el café; las alarmas sonaron en las dos orillas del océano y los medios de comunicación hicieron correr ríos de tinta que llevaban su nombre. Su suerte estaba echada, los vientos de la historia habían cambiado de dirección y esta vez soplaban en su contra; ya no tenía a nadie que fuese a dar la cara por él, ni fuerzas para escapar, ni sitios en los que esconderse, ni siquiera le quedaban mentiras que contar o alguien que se las quisiera creer. Podría decirse que era un juguete roto, si es que un arma homicida manchada de sangre pudiera llegar a ser tal cosa.

Los siguientes en pulsar el timbre de la vivienda fueron los agentes de la Policía Nacional y la Guardia Civil, tras haber solicitado su arresto Pérez Leira, en representación del Movimiento Argentinos en el Exterior. Una semana después, el antiguo jefe operativo de la Triple A estaba entre rejas y dos meses más tarde fue extraditado. Falleció en el penal de Ezeiza, sin llegar a sentarse en el banquillo, el 5 de junio de 2009.

—Y algo parecido le podría ocurrir ahora en España a *El electricista* —dijo Isabel, tras leer mi perfil de Rodolfo Almirón.

Estábamos en uno de los barrios clásicos de la ciudad, el de Montemar, frente a la casa con la cual se había hecho Muñecas Quintana, presuntamente chantajeando a la familia de una de sus víctimas en la Dirección General de Seguridad. Se trataba de una edificación de aspecto a la vez señorial y decadente, que parecía «descansar en codiciable olvido», como dice el escritor Luis Cernuda en uno de sus poemas dedicados a Torremolinos que no pudo dejar de evocar el profesor de Lengua y Literatura que soy. La propiedad estaba circundada por un muro encalado tras el que se entreveían un jardín con palmeras, una fachada de color verde bosque con un pequeño balcón y una piscina. Estaba situada en una buena zona, entre la playa de La Carihuela y el Parque de la Batería. No era una gran mansión, ni parecía provenir de la riqueza de unos potentados sino del esfuerzo y el ahorro a través de los cuales la gente normal puede materializar sus sueños.

—Por poder, no te digo que no —respondí—; aunque ya sabes que aquí se tiende, más bien, a dejar pasar el tiempo para que no pase nada.

—Tampoco es eso. Aquí *Billy el niño* murió sin castigo, pero al final de sus días fue descubierto y puesto en evidencia, se emitieron una y otra vez en todas las televisiones aquellas imágenes suyas de los periodistas siguiéndolo por la calle y de él huyendo como un conejo... Y también lo desposeyeron de sus premios y condecoraciones, a título póstumo.

—Ya ves tú: le retiraron las pagas que ya había cobrado y las medallas que se llevó a la tumba... Otra gran victoria moral... Si los esqueletos pudiesen reír, las carcajadas del suyo se oirían en todo el cementerio.

—No seas malaje. También se vio obligado a declarar ante la Audiencia Nacional.

—Sí, sí..., citado por una jueza argentina, no nuestra, en 2014, sin público y de espaldas a las cámaras, como si fuese un testigo protegido, en lugar del miserable que era...

—Perdona: y por iniciativa de un magistrado español, Baltasar Garzón, que había iniciado una causa por los crímenes del franquismo.

—... y al cual la mafia que controla los cuatro poderes de este país, incluido el periodístico, denunció, calumnió, persiguió y expulsó de la carrera. Por supuesto, la extradición de González Pacheco fue denegada.

—Vale, pero se le puso la cara colorada y la opinión pública tuvo conocimiento de su perversidad.

—No, mi amor: sólo de la parte de su historial que no permanece retenida por la seguridad del Estado como información clasificada.

—Pues la Ley de Memoria Democrática se ha hecho, entre otras cosas, para eso, ¿no? Para que los documentos secretos de la represión franquista salgan a la luz.

—Veremos hasta dónde se llega realmente con ella...

—Las cosas se mueven, ¿acaso no has leído los periódicos? El Consejo de Ministros les acaba de retirar las medallas al Mérito en el Trabajo a Franco y otros capitostes de su régimen.

—Pronto volverá a ganar la derecha y si te he visto no me acuerdo.

—Razón de más para no dormirse en los laureles. Para empezar, esa familia a la que *El electricista* le robó su casa va a recuperarla: por estas —dijo, besándose el pulgar.

—¿Y cómo lo vamos a conseguir? Llegado el caso ese ladino esgrimirá la escritura de compraventa y será difícil probar que la obtuvo bajo presión.

—Haciendo bien nuestro trabajo; o sea, agenciándonos ese registro que te contó Sansegundo que llevaban *Billy el niño* y sus cuates. Si el dueño legítimo de esta villa pasó por la Puerta del Sol siéndolo y salió de allí sin serlo, dos más dos serán cuatro.

—Puede que sí. Ojalá.

—Y si además esos papeles demuestran de forma indudable que esa gentuza se dedicaba a sacarles dinero a los detenidos a cambio de sus vidas o de no ser sometidos a un suplicio, te aseguro que los que queden estarán acabados.

—Bueno, vayamos paso a paso; de momento, lo que importa ahora es que tú les has vuelto a echar el lazo a él y a Muñecas Quintana en las paredes de La Imperial. Especialidad de la casa: en eso eres la número uno.

—¿Haciendo fotos de tapadillo?

—No, echando el lazo —dije, mientras la atraía hacia mí.

—Ya veo —dijo, lanzándome una de esas miradas suyas de gata zalamera—. En ese caso, si el señor se siente preso o tiene alguna otra queja, existe un libro de reclamaciones a su disposición.

—Al contrario: rezo cada día para que nadie me desate. Por eso me quiero casar contigo.

—¿Así que me llamas embaucadora y luego me pides matrimonio? Si la cara dura la tratasen los dermatólogos, te llevaba a uno por urgencias.

Y ni se imaginan lo guapa que estaba mientras decía eso.

Capítulo ocho

A Carles Murgades y a su esposa Gema siempre les habían asustado las ideas de su hijo Ignasi. Si hubiera estado en su mano quitárselas de la cabeza igual que se borra con una esponja lo escrito en una pizarra, lo habrían hecho sin dudarlo un instante. ¿Qué necesidad tenía el chico de meterse en política? ¿Y de dónde le venían aquellas veleidades revolucionarias? Ellos no eran más que una familia normal, sin estridencias, una de tantas en Miravet, Tarragona, que se había dedicado a lo largo de generaciones a la alfarería, fabricando utensilios de barro en su taller del Raval dels Canterers. Sus antepasados habían sobrevivido con lo justo, pero a él, como a tantos, le había venido Dios a ver con la llegada multitudinaria del turismo a la localidad, sobre todo el extranjero: vistos desde los ojos de los visitantes, los cántaros, jarras y *pitxells del moixó* que modelaban en sus tornos habían pasado de objetos de uso cotidiano a piezas decorativas, es decir, de la artesanía al arte, convertidas algunas de sus cerámicas en obras de colección. El negocio había multiplicado sus beneficios y las cosas les iban más que bien.

Pero Carles Murgades no había logrado transmitir a su hijo ni el amor por su tierra ni la pasión por su oficio. Los paseos por la ribera del Ebro, las historias del castillo templario situado en lo alto de la colina y la belleza casi sobrenatural del barrio antiguo anclado a la roca y reflejado en el río por el que tantas veces lo había llevado a navegar en canoa no habían sido un imán lo suficientemente atractivo para aquel joven inquieto que hablaba de acabar con la dictadura, de huelgas en las fábricas y luchas contra el opresor, atemorizando a sus padres, que no hacían más que pedirle con gestos desesperados que bajara la voz, por lo más sagrado.

Y, por supuesto, cuando llegó a la adolescencia y acabó sus estudios obligatorios Carles tampoco había sido capaz de animarle a heredar la tradición que de algún modo le imponía su apellido y, en consecuencia, a ponerse al frente de la tienda que les daba de comer: al muchacho se le quedaban pequeños aquel lugar y ese destino, su sueño era alzar el vuelo y marcharse a Barcelona o a Madrid para matricularse en la universidad y entrar a trabajar en algún periódico. Y, desde luego, para conspirar contra un régimen que pese al famoso aperturismo de la época aún seguía teniendo encerrado el país en un puño de hierro.

Las ambiciones de sus padres, por el contrario, nunca habían llegado tan lejos. Para ser exactos, se encontraban a cincuenta kilómetros de distancia, en L'Ametlla de Mar, donde tras mucho esfuerzo y ahorro habían conseguido adquirir una casa junto al Mediterráneo en la que el matrimonio estaba seguro de que sus tres hijos, Ignasi, Lucía e Iván, serían felices nadando en las playas de L'Alguer, donde estaba su nuevo hogar, Pixavaques y *Sant Jordi*. Por las noches, bajarían al puerto a ver llegar las barcas de los pescadores; por las mañanas irían a comprar en la lonja; y en alguna ocasión señalada cenarían en uno de los restaurantes levantados junto al mar.

Pero nada de eso apartó a Ignasi de sus convicciones, sino que, muy al contrario, estas se reafirmaron al encontrarse por aquellas calas paradisíacas con personas de su edad llegadas de Alemania, Inglaterra o Francia que le hablaban de la libertad democrática que imperaba en sus naciones y se reían de la España aún muy timorata en la que ellos, como quien mira el toro desde la barrera, veían una mezcla de folclore y cierto exotismo, y él, una cárcel vigilada por un ogro que a esas alturas estaba hecho una momia pero también dispuesto a morir matando, tal y como muy pronto se demostraría.

Tanto en Miravet como en L'Ametlla de Mar y más de una vez durante algún viaje a la capital, Tarragona, el rebelde Ignasi Murgades empezó a meterse en problemas y a pasar por el cuartelillo de la Guardia Civil tras lanzar octavillas, hacer pintadas en los muros y encabezar algunas manifestaciones casi espontáneas y rápidamente disueltas, cuyo objetivo era hacerse notar entre los veraneantes y atraer, si había suerte, la atención de los diarios importados que se vendían en los quioscos de la zona, saltándose las prohibiciones y lápices rojos de la censura, que miraba para otra parte en aquellos tiempos donde, por orden de la superioridad, nada importaba tanto como obtener divisas, dar una sensación de calma y venderle al mundo una imagen de absoluta normalidad.

Cada vez más angustiados, Gema y Carles sintieron que el peligro se incrementaba cuando su primogénito empezó a relacionarse con círculos independentistas y tras una redada le dieron en la comisaría su primera gran paliza: al verlo llegar cubierto de heridas, con varias fracturas y sin poderse tener apenas en pie, sintieron que su deber era llevárselo de allí, poner tierra de por medio para salvarlo, porque como suele ocurrir, se habían refugiado en la convicción de que el problema eran las malas compañías, esos revolucionarios que lo arrastraban al abismo con sus cantos de sirena. La maldad sirve para mentir; la bondad, para engañarse.

La Costa Dorada, mientras tanto, se había vuelto una mina de oro, el precio del metro cuadrado estaba por las nubes y el valor de cualquier propiedad inmobiliaria, sobre todo si estaba bien situada, había crecido hasta incrementarse en cuatro o cinco veces con respecto al original. La demanda era enorme, imposible de satisfacer, y las cantidades que estaban dispuestos a pagar los compradores que venían de fuera en busca de un lugar para el ocio o el retiro, y tenían la ventaja de que su moneda era mucho más cara que la nuestra, llegaban a alcanzar cifras abrumadoras. En menos que canta un gallo, la humilde morada de los Murgades, construida en pleno centro urbano y en primera línea de costa, se revalorizó hasta unos niveles inimaginables. A pesar de todo, ellos nunca la hubiesen vendido, era su jardín del Edén particular, el sitio donde iban a disfrutar, tras su jubilación, de sus últimos años, y el patrimonio que pensaban dejarle a los suyos; pero lo hicieron, aunque fuese con todo el dolor de su corazón; entendieron que su obligación era quemar las naves, alquilar su negocio, marcharse e invertir en otro lugar lo que habían obtenido, y cuanto más lejos, mejor: el futuro de nuestro Ignasi estaba en juego. Así fue como acabaron en Torremolinos.

—Pero claro, eso no detuvo a su hermano, que siguió en sus trece —dijo Isabel.

—No, no lo detuvo. En realidad, no creo que nada ni nadie hubieran podido hacerlo —respondió Lucía Murgades.

Era una mujer de aspecto solemne, como todas las personas que creen tener una misión importante que cumplir, vestida con sobriedad y aún con buen aspecto superados ya los sesenta: media melena, voz nítida con un fuerte acento catalán, cuerpo fibroso, manos expresivas, ojos en los que relampagueaba a veces un destello de ira, lenguaje detallista y en ciertas ocasiones algo rebuscado, movimientos llenos de determinación... Todos esos rasgos fueron apareciendo mientras ella continuaba hablando, como lo hacen los titulares del día al pie de la pantalla del televisor, y sirvieron para insinuar el carácter de aquella funcionaria del ayuntamiento de Tarragona y licenciada en Historia por la UNED que estaba dispuesta a recuperar lo que les habían sustraído con malas artes a los suyos y a perseguir al cuatrero —así se refirió a él— que lo hizo.

Estábamos en un restaurante cercano a su domicilio de Miravet, la antigua casa de su familia, que ella había conservado y en la que vivía con su hija adolescente, si es que a los veintitantos años se puede serlo todavía. Por la manera en que evidenciaba ser alguien muy apegado a su memoria, con un sentido casi mitológico de sus recuerdos, era fácil atribuirle una naturaleza melancólica que se combinaba con su fuerte personalidad sin que una cosa desmintiera la contraria, lo mismo que una herramienta doméstica no oculta que en cualquier momento puede convertirse en un arma.

—¿Entró Ignasi en alguna organización política? —pregunté.

—No como militante, en aquellos momentos, pero estaba ahí, era lo que por aquellos tiempos se conocía como un «compañero de viaje». Luego ya sí, se afilió al PCE.

—Lo que equivalía —dije— a pasarse a la clandestinidad. ¿Cuáles fueron sus siguientes pasos?

—Al llegar a Torremolinos hubo un intervalo de calma, supongo que hasta que entró en contacto con sus nuevos camaradas. Ese paréntesis les hizo creer a mis padres que lo peor ya había pasado.

—Pero estaba por venir...

—Pronto empezó a ir cada dos por tres a Málaga, que fue uno de los lugares donde se ejerció a lo largo de toda la dictadura una resistencia antifranquista más pertinaz. En ningún sitio hubo más maquis, por ejemplo, que allí y en Granada. No sé bien si conocen al detalle lo que había ocurrido en esa capital y en su provincia, pero puedo darles una cifra que habla por sí sola: entre 1937 y 1944 fueron ejecutadas allí diecisiete mil personas. Y ya saben de sobra con qué sangre fría se asesinó quién sabe a cuántos de los que intentaban huir por la carretera de la costa que va hacia Almería, bombardeados desde el cielo y el mar por la Legión Cóndor alemana y por los barcos Baleares, Cervera y Canarias. La gente podía estar sometida, pero no olvidaba: se habían cometido demasiados crímenes como para ser ocultados.

—Sin embargo, el tirano no pararía hasta acabar con el último guerrillero.

—Es verdad, pero quedaba la oposición política, que era perseguida con saña y desarticulada una y otra vez; los órganos de dirección caían, eran puestos al descubierto por infiltrados y delatores; se llevaban a cabo redadas, se efectuaban detenciones, se torturaba, encarcelaba y fusilaba; pero donde caía un militante se levantaba otro.

»Mi hermano empezó a pasarse por la librería Prometeo, en la Plaza del Teatro, leyó obras entonces prohibidas, mantuvo reuniones con enlaces llegados del otro lado de la frontera, a los que llamaban «instructores», que en algunos casos venían de Francia con la vitola de mensajeros de la dirección en el exilio del Partido Comunista, y tomó verdadera conciencia de la monstruosidad que el régimen suponía, de manera que lo que antes eran intuiciones se convirtieron en certezas.

»Lo primero que le encomendaron fue hacer pintadas en los barrios de El Perchel y Trinidad a favor de la amnistía con el famoso *kánfort*, una suerte de betún líquido para el calzado, que resultaba más útil que la brocha y el bote de pintura, estos más difíciles de ocultar. Después, arriesgándose a una condena de diez años, tiró octavillas de las que elaboraban en unas multicopistas rudimentarias que llamaban «vietnamitas». Y también colaboró en la recaudación de fondos para los compañeros presos, que no pasaban de obtener unas pesetas, unas cantidades simbólicas.

»La siguiente etapa fue aún más peliaguda: distribuir *Mundo Obrero*, el periódico del partido. Comenzó a hacerlo en la taberna Quitapenas y la bodega La Raya, dos de las más frecuentadas por el proletariado. Luego se centró en algunas de las empresas donde el germen del sindicalismo estaba más arraigado: Citesa, Amoníaco Español, Confecciones Sur, Metalgráfica... Allí introducía, doblados hasta que cabían en una cajetilla de cigarrillos, y jugándose la piel en el intento, ejemplares de aquel diario impreso en papel Biblia que se enviaba desde París a estafetas de correo de Barcelona en latas de conserva vacías. Y cuando ya había demostrado su valor, ingresó en una célula y le echaron sobre las espaldas una tarea más escabrosa: promover asambleas secretas, hacer correr lemas del tipo de «mientras los precios suben en ascensor, los salarios lo hacen por la escalera» y alentar una conflictividad que llevara a la convocatoria de huelgas en firmas como Entrecanales, la fábrica de cerveza San Miguel o Renfe.

»Aquello era poner el cuello debajo del hacha y no tardaron en llegar las detenciones y con ellas los malos tratos. La primera vez fue llevado al cuartel de la Alameda de Colón, donde lo interrogaron a bofetadas; a continuación, lo trasladaron a La Aduana, el antiguo Gobierno Civil, donde ya fue sometido a tortura: descargas eléctricas, ahogamientos intermitentes en un cubo de agua helada, palizas... La tercera parada del calvario fue la antigua prisión provincial de Carranque, donde lo hacinaron con otros cuatro activistas en una celda del sótano. Estuvo allí tres meses, en espera de un juicio que, naturalmente, sería una pantomima, y si en esa ocasión no le formaron un consejo de guerra fue por no ser oficialmente del PCE; así que se libró de que lo mandaran a Madrid y a la temible cárcel de Carabanchel. Mis padres, sin embargo, tuvieron que pagar una cuantiosa fianza de veinticinco mil pesetas.

»Había muchos que tras caer en las garras de la Brigada Político Social y sufrir en sus propias carnes la violencia de aquel Estado brutal le veían las orejas al lobo y se cortaban la coleta. Pero él no, él siguió erre que erre, y fue, de hecho, uno de los que empezaron a frecuentar las facultades de Ciencias Políticas y Económicas, la de Peritos y Magisterio, para aunar esfuerzos con el mundo universitario y montar, a instancias del PCE, las Comisiones Democráticas de Estudiantes, una especie de versión para el ámbito educativo de las Comisiones Obreras.

—Y la respuesta del régimen fue proclamar el Estado de Excepción en 1969 —dije— y darle otra vuelta de tuerca a la represión. En Madrid, *Billy el niño* y sus hombres ya habían asesinado al estudiante Enrique Ruano arrojándolo al vacío, aunque Manuel Fraga, que era ministro de Información, presionó a los diarios para que lo vendieran como el suicidio de un desequilibrado, y supongo que *El electricista* hablaba de eso cuando, unos meses después, decidió asustar a sus padres dejando caer que a Ignasi podría ocurrirle lo mismo.

—Efectivamente, esa escoria —masculló, haciendo que las tres sílabas de esa palabra sonasen como el choque de dos carros de supermercado vacíos— les dio a entender que matarían a mi hermano si no le daban lo que quería. Imagínese, por tratar de celebrar el Primero de Mayo con una concentración de cuarenta personas en Málaga.

—¿Cómo es que acabó en Madrid? Su delito, como usted dice, no parecía tan grave, ni él era un cabecilla del PCE.

—Esa es una pregunta muy relevante. A él lo habían cogido, tal y como les contaba, por una minucia: aquel Día de los Trabajadores de 1970 su grupo había quedado en la calle Larios, en la puerta de la farmacia Caffarena, y su intención era avanzar hacia la plaza de la Constitución, donde pensaban manifestarse al grito de «amnistía y libertad». No habían recorrido ni cincuenta metros cuando se les echó encima la policía, los disolvió y se llevó a algunos esposados. Los demás consiguieron reagruparse en la calle Granada y volver a iniciar la protesta, que una vez más fue cortada de raíz por los antidisturbios. La cosa no dio más de sí.

»Muchas veces se habían producido altercados más violentos en marchas por el barrio Cruz del Humilladero o frente a la sede del Sindicato Vertical, para denunciar la situación de industrias como la Fundición Ojeda, Castell, Talleres Criado, el hotel Miramar o Icometal, entre otras, y el resultado siempre había sido el mismo: desarticulación del PCE y de las Comisiones Obreras locales, mano dura y condenas abultadas del Tribunal de Orden Público para sus dirigentes y unos meses de cautiverio más una multa económica para las bases, a las que consideraban suficientemente escarmentadas tras su paso por el cuartel de la Guardia Civil de Natera o por el palacio de La Aduana, conocidas popularmente como "las casas de las tortas", lo cual ya lo dice todo.

»A Ignasi lo llevaron, de nuevo, a la Alameda de Colón y de ahí al antiguo Gobierno Civil, donde estuvo cinco días en los que le daban tres o cuatro tandas diarias. Sin embargo, aquí es donde sucede algo raro, porque lo normal, si es que fuera posible calificar así semejantes monstruosidades, hubiera sido que después lo trasladaran a la prisión provincial de Carranque, a la espera de juicio. Como mucho, podrían haberlo enviado a Cáceres o, en el peor de los casos, a Burgos.

»Sin embargo, a él lo llevaron a Madrid de forma extraña y saltándose el protocolo que noventa y nueve veces de cada cien seguían a rajatabla, sin que después se le sometiera allí al preceptivo Consejo de Guerra ni, por lo tanto, lo condujese la Guardia Civil al cuartel militar de la calle del Reloj, sino que la furgoneta en la que viajaba, custodiado por dos policías, fue directamente a la Dirección General de Seguridad. Allí, en la sala de interrogatorios del sótano, le esperaban González Pacheco y Muñecas Quintana.

—¿Y a qué atribuye esas diferencias? —dijo Isabel, sinceramente intrigada.

—Tuvo que contarle algo a alguien que llegó a oídos de Muñecas Quintana y le hizo pensar que tenía a tiro una presa fácil, un ingenuo al que desplumar... Pero no sé a quién o quiénes —caviló—, posiblemente a alguno de los que habían compartido celda y golpes en el Gobierno Civil.

—¿Un confidente? ¿Un infiltrado? ¿Alguien que se fue de la lengua? ¿Un traidor?

—Lo ignoro —dijo, sonriendo por primera vez, ante nuestra batería de preguntas—. Pero sí que sé, porque él mismo nos lo contó, que *Billy el niño* y *El electricista*, como ustedes lo llaman, estaban al corriente de su vida y milagros, hasta el último detalle, y que tras los primeros golpes y descargas eléctricas ya salió a relucir el tema de la casa de Montemar. «Qué, aquí no se está tan bien como en la playa de Torremolinos, ¿a que no, señorito rojo?».

»Poco después se presentaron en esta de aquí de Miravet, donde habían regresado mis padres porque no sabían a qué otro sitio ir, les dieron quince minutos para que hicieran deprisa y corriendo una maleta con lo imprescindible, porque tenían que acompañarlos, y sin más explicaciones se los llevaron también para Madrid. El resto ya lo saben: les obligaron a ver cómo torturaban a su propio hijo y a regalar lo que tanto esfuerzo y tantos sacrificios les había costado conseguir.

A Lucía Murgades se le quebró la voz y fue ostensible el esfuerzo que hizo por evitar las lágrimas; pero el orgullo era más fuerte que el dolor y siguió adelante, a duras penas, como si vadeara trabajosamente un río.

»¿Se lo imaginan? ¿Son capaces de concebir lo que debió de significar para ellos ver cómo azotaban con tubos de goma a su hijo, le quemaban con la picana y le rompían los dedos a martillazos? Yo sí que puedo figurarme al indecente de Muñecas Quintana en Torremolinos, disfrutando de lo que era y es nuestro, y me hierve la sangre, pero no por lo que nos quitó sino por lo que nos hizo. Les aseguro que voy a remover Roma con Santiago para tratar de hundir a ese chulo de vía estrecha —concluyó, apretando un puño igual que si exprimiese un limón muy amargo—; y no es por el dinero, ni por la casa: tengan por seguro que la quemaría hasta reducirla a cenizas, a condición de que fuera con él dentro.

—La ayudaremos a hacer justicia —dijo Isabel, acariciándole con suavidad una mano que aquella mujer curtida por la tragedia retiró en cuanto pudo hacerlo sin ser brusca o descortés.

—No sé de qué manera, si me permiten que se lo diga sin andarme con medias tintas.

—Confíe en nosotros —respondí, consciente de que esa es la frase por la que empiezan sus peroratas todos los embusteros.

—¿Por qué motivo, si no los conozco de nada ni sé quién les ha dado vela en este entierro?

—Sabe que nos envía un hombre recto, el comisario Sansegundo.

—Mire, lo recto sólo existe en la geometría. ¿Cómo puedo estar segura de que no quiere ganar tiempo para avisar a su colega? En ese mundo hay mucho corporativismo, entre bomberos no se pisan la manguera.

—No es el caso. Usted ya sabe que esta iniciativa no ha salido de un cuartel sino de un ministerio.

—Su amigo me ha rogado que espere y no ponga aún mi denuncia, pero ¿no lo he hecho ya bastante? Las familias de las víctimas hemos padecido décadas de impunidad, de desamparo, cuando no de menosprecio; nos han hecho sentir invisibles y solos; nos han tratado en algunas ocasiones con arrogancia y en otras con pura y simple soberbia.

—Eso es lo que queremos cambiar.

—Quizás se pueda ahora que el viento sopla a favor y hay una nueva ley que me permite reclamar mis derechos y un castigo para quien los vulneró. Pero ¿y mañana? ¿Quién me garantiza que no la derogarán, será recurrida una y otra vez o dormirá el sueño de los justos en un archivo?

—Queda un año de legislatura, es un margen de maniobra suficiente.

—Supongan que acepto. ¿Qué es exactamente lo que me ofrecen? ¿Qué pueden hacer ustedes que no pueda conseguir yo sola?

—Encontraremos la prueba que vincula a Muñecas Quintana con su hermano.

—¿Qué prueba es esa? ¿Dónde está? ¿Quién va a proporcionársela?

—Una inapelable.

—¿La tienen en su poder?

—Sabemos dónde buscarla y que hay serias posibilidades de que la encontremos. Pero si en algún momento nos damos cuenta de que no lo vamos a conseguir, tiene mi palabra de que le informaré de ello y al día siguiente podrá presentar en el juzgado su demanda.

—Así que Sansegundo y ustedes quieren que paralice mi querella criminal por unas razones que no pueden explicarme y que están basadas en informaciones hipotéticas cuyas fuentes tampoco me pueden revelar. ¿Me estoy perdiendo algo? ¿Cuál es la parte buena?

—Tendrá de su lado fuerzas muy poderosas, medios económicos y herramientas jurídicas que si actúa por su cuenta no estarían a su alcance. El suyo se convertirá en un suceso mediático y cuando la cara de la bestia sea revelada, una gran mayoría de la sociedad se pondrá de su parte y él tendrá que padecer esa humillación.

La vimos tener dudas y echar cálculos. Era lógico, porque se trataba de una de esas decisiones que no conviene tomar a la ligera, y di por hecho que nos iba a pedir que le dejásemos unos días para pensárselo. Pero me equivocaba.

—Les doy tres meses —dijo—. Ni un minuto más.

—Muchas gracias —respondió Isabel—, no se arrepentirá.

—Más les vale —sentenció, antes de despedirse.

Y el cronómetro se puso en marcha.

Capítulo nueve

Con lo que parecía una túnica bordada, los labios pintados de rojo grosella y el pelo blanco recogido en una cola de caballo, María Elena Cisneros tenía algo de echadora de cartas, un aura entre evangélico y quiromántico que te hacía pensar, inevitablemente, en espíritus, horóscopos y voces del más allá. Hablaba remarcando la segunda sílaba de las palabras, en un tono didáctico y a menudo solemne, con el que se adentraba por los caminos de la retórica tratando de dar la impresión de que guardaba secretos trascendentales que sólo tenía permitido desvelar de forma parcial, cifrada, dejando en tu mano la responsabilidad de sacar tus propias conclusiones. Vista en conjunto, daba una imagen entre candorosa y excéntrica cuya suma no dejaba en ningún momento claro si estabas ante una charlatana o una iluminada.

Por supuesto, a la hora de hablar sobre Perón y la tercera mujer de este, *Isabelita*, del terrorismo de Estado o del dinero que, supuestamente, robó su marido de las arcas públicas de su país, mantenía punto por punto la versión de los hechos del alguna vez todopoderoso José López Rega, «un policía gentil y amable» con el que había contraído un matrimonio legalmente cuestionable en Las Vegas, el día de Nochebuena de 1976, cuando ella contaba veinticinco años y el superministro recién depuesto ya había alcanzado los sesenta. Ahora ella había superado ampliamente esa edad, pero cuando dejaba de lado la pose mística y los argumentos cósmicos que al entrar en esos temas sí que daba la impresión de usar a modo de camuflaje, era para sostener un relato inamovible según el cual ambos fueron víctimas de una campaña ignominiosa, hecha de falsedades y orquestada por la Junta Militar y por los enemigos del general y antes de Evita, que, según nos dijo, se le aparecían a su esposo en sueños, noche tras noche y para decirle siempre la misma frase: «¿Pero qué andás haciendo, Lopecito; por qué no venís ya a reunirte con nosotros?».

Isabel Escandón se había puesto en contacto con ella a través de sus redes sociales, donde la autodenominada «pedagoga, escritora, maestra universitaria, especialista en musicoterapia y compositora de una obra para piano que ha sido emparentada con la de Beethoven» acababa de anunciar la aparición del primer tomo de sus memorias: «Ya salió mi libro: *4.752 días junto a López Rega*. Compren, lean y conozcan la verdad. El primero de una serie de tres. ¡Recomendadísimo!». Y tras ver que estaba dando entrevistas para promocionarlo, Isabel le pidió una virtual para nosotros que le dijo que se publicaría, como de hecho ocurrió, en el diario *infoLibre*.

Observada así, de medio cuerpo hacia arriba y en la pantalla del ordenador, María Elena Cisneros aparentaba más de sus casi setenta y una primaveras, con su envoltorio de dignidad y su postura algo rígida, sus modales anacrónicos y su pompa como de dignataria en el exilio, pero a la vez irradiaba la energía fosforescente de los apóstoles y los abanderados, convencida de que luchaba contra gigantes y segura de que, en caso de no poderlos derribar, al menos vendería muy cara su derrota. Si es cierto que, durante una temporada, con el fin de agradar a *El brujo* se había teñido de rubio y peinado como María Estela Perón, ya no quedaba en ella ni rastro de ese disfraz.

Ni que decir tiene que, además, se retrataba a sí misma como una ermitaña que había renunciado a los lujos terrenales y hecho oídos sordos a los cantos de sirena que le llegaban de aquí y allá —aunque sabíamos que tras la detención de López Rega en Miami se había dedicado a vender exclusivas—, a cambio de lograr «paz interior y equilibrio mental» retirada en su domicilio de Asunción, Paraguay, un «puerto deseado» —como lo llama Fray Luis de León en uno de los poemas que les suelo poner a mis alumnos en sus exámenes— donde dejar atrás «la errada muchedumbre, / el trabajar perdido, / la falsa paz, el mal no merecido».

—Yo carezco de ambiciones personales —nos dijo, a modo de carta de presentación, forzando una sonrisa beatífica con ángulos de santidad— y eso lo demuestra de sobra el que haya guardado décadas de silencio, recluida en mi mundo y sin querer llamar la atención de nadie. ¿Por qué hablo ahora? Mi único interés es que la gente conozca la verdad acerca de mi amado esposo, José López Rega, que ha sido durante más de cuarenta años humillado, denigrado, calumniado con toda suerte de mentiras y al que entre otras bajezas se acusa de crear en los años setenta la Triple A, una organización dedicada a limpiar de comunistas la Argentina.

—¿Sostiene usted, entonces, que su marido no tuvo nada que ver en eso? Discúlpenos, pero existen multitud de pruebas y testimonios que demuestran lo contrario.

—¡Díganme cuáles! No las hay, porque otra cosa sería imposible: jamás lo vio nadie empuñar un fusil o le escuchó ordenar un asesinato.

—Con todos los respetos, cuando se pidió su extradición fue bajo las acusaciones de fraude, conspiración, malversación, falsificación y robo; y al llegar fue procesado por asociación ilícita, secuestro y homicidio.

—Y murió tres años más tarde, aún en prisión preventiva y sin que se probase ninguna de esas inculpaciones, que eran igual de ridículas que lo de la Triple A. ¿Pero me pueden explicar cómo iba él a inventarse lo que ya existía, si ese grupo de militares estaba en marcha desde mucho antes, desde 1943? ¿No se paró nadie a deducir que esas tres aes son las de las tres Armadas? Mi esposo murió sin recibir ninguna condena en firme. Yo estaba a su lado en el simulacro de juicio que le hicieron en los Estados Unidos, pero si hubieran estado ustedes, habrían reconocido igualmente a un hombre que decía la verdad cuando declaró: «Soy una persona religiosa, un ser sensible y un hombre estudioso que dedicó toda su vida al servicio de su patria. Yo fui un policía honrado, fui un político honesto y era el mayor inconveniente para el golpe militar que se estaba preparando». Por eso querían poner esa cruz sobre sus espaldas.

—Hay declaraciones de Perón publicadas en esa época en las que dice que siempre pensó que «la violencia no se combate con más violencia, sino con justicia social» y que en aquellos años se mantenía firme en esa idea «pese a que muchas veces me piden que creemos un batallón de la muerte». ¿Quién podía insistirle de ese modo, salvo el propio López Rega, que era su consejero?

—No, para nada, qué disparate. En mi libro se ve que la realidad era justamente la contraria: él se oponía al uso de las armas, le insistía en eso al general ya desde los tiempos de Puerta de Hierro, y por eso, se lo repito, para vengarse y neutralizar su influencia los verdaderos culpables lo quisieron incriminar y responsabilizarle de esos muertos. Él no fue el matarife, fue el chivo expiatorio.

—Sin embargo, lo cierto es que mientras vivió Perón, que seguía pensando que podía «conducir el desorden» y creyendo en «la astucia de la historia», esa tentación de los escuadrones parecía controlada, pero al morir y sucederle *Isabelita*, corrió un río de sangre. ¿Quién lo autorizó, si es de sobra conocido que López Rega manejaba a su antojo a la presidenta?

—Otro error: ella era quien mandaba, no se equivoque, el resto son historias que contaron las malas lenguas —nos corrigió con una contundencia afable, filosófica—. Mi marido era un sabio al que no le interesaba el poder, que amaba la Argentina hasta el delirio y cuyos intereses y desvelos estaban en otras cosas y en otros sitios, no en la Casa Rosada, sino en las calles de afuera. Al regresar el general del exilio, él, que lo trajo de vuelta, podía haber elegido cualquier ministerio y no dudó en que fuera el de Bienestar Social, porque su única meta era ayudar a la gente, hacer que vivieran mejor los descamisados, como los llamaba su adorada Evita.

—Pero él tenía dominada a María Estela. Uno de los oficiales que la protegían, según declaró él mismo, le sorprendió mientras la abofeteaba para obligarla a salir al balcón sobre la Plaza de Mayo, donde una multitud exigía que López Rega fuera destituido. El joven militar sacó su pistola, se la puso en la sien al agresor y le preguntó a la viuda: «¿Qué hago, señora? Diga una palabra y aquí mismo resolvemos el problema». Y ella le respondió: «No, no, deje... Él me revitaliza... Lo que pasa es que yo a veces me confundo...».

—Miren, voy a reírme por no llorar —dijo María Elena Cisneros, haciendo una mueca de estupor que tenía algo de simulacro, no como el destello de cólera que pasó por sus ojos, una rabia amortiguada pero visible como el polvo que en determinadas circunstancias de la luz flota suspendido en el aire de una habitación—. ¿Quién puede tomarse ni medio en serio semejante patraña? Es como cuando dicen que hablaba con seres de ultratumba, que quería pasar telepáticamente la personalidad de Evita a *Isabelita* juntando las cabezas de la muerta y la viva o que celebraba sacrificios y rituales masónicos. Él a lo único que se dedicaba era a ayudar a quienes lo necesitaban, a ser para muchos una figura tutelar, benéfica... Y a cambio recibió ingratitud y desprecio.

Durante las semanas en las que estuvo preso en Estados Unidos, López Rega escribió a vuelapluma las notas que debían servir para redactar la segunda parte de su autobiografía, *El idioma de la verdad*, que quedó inconclusa, y se las entregó a Cisneros para que las completase con algunas cartas y varias fotografías, entre otras una con el dictador Francisco Franco. «Si Pilatos vuelve hoy a lavarse las manos como hace dos mil años, liberando a Barrabás y condenando a Cristo, ofrezco a Dios mi sufrimiento a cambio de la felicidad de mi patria», escribió en esas páginas donde también afirma que nadie lo echó del Gobierno, sino que fue él quien le pidió a María Estela Martínez de Perón que aceptara su renuncia a todos los cargos «como un aporte patriótico tendente a la pacificación de los espíritus perturbados». Todo eran reivindicaciones y autoindulgencia, no había una línea de arrepentimiento.

—A su juicio, ¿también fue abandonado por la presidenta?

—Pues qué quieren, la condición humana es así, la gente es malagradecida, egoísta... Déjenme que les revele algo: en mayo de 1988, mi marido fue trasladado en silla de ruedas a un hospital de Buenos Aires porque en la prisión había empeorado de su diabetes y otras enfermedades que padecía. A una amiga que lo visitó le pidió dos cosas: la primera, que me dijese, cuando él faltara, que yo lo había cuidado y lo había redimido cuando más lo necesitaba; que se sentía orgulloso de haber merecido mi compañía y que no dejaba de confortarse al escuchar mis discos en su celda; la segunda fue pedirle un favor: ¿podía suplicarle en su nombre a *Isabel* Perón, que supo que estaba de paso por Buenos Aires, que lo visitara en la clínica? Quería verla, seguramente despedirse... La respuesta fue que la señora tenía otros compromisos. Con todo lo que le debía...

—Usted sabe que pinta un retrato poco común de López Rega, lo presenta casi como a un mártir...

—Es que lo fue. Muchos a los que había ayudado se volvieron contra él como serpientes o escorpiones. ¿Sabe a quién se encontró en el sanatorio donde lo llevaron a morir? A uno de los personajes más viscosos de nuestra historia, *El gordo* Vanni, un miserable, un sablista y un falsificador al que había sacado del lodo y que nos delató cuando estábamos a salvo y felices en Villeneuve. ¿Sabe por qué estaba esa rata en la clínica? Para asegurarse de que mi esposo sufría hasta el final.

López Rega había conocido a *El gordo* en Suministros Gráficos, una antigua imprenta del Estado, dependiente de la Secretaría de Hacienda y después privatizada, a donde fue a preguntar si le publicarían su manuscrito *Astrología esotérica*. Vanni, que estaba a cargo de la cooperativa, era aficionado a las entelequias ultrasensoriales, así que simpatizó con él y le hizo una edición a cargo del autor de cuatro mil ejemplares.

La mayoría de los operarios de la empresa eran peronistas militantes y por eso de sus máquinas salía material publicitario —entre otros hitos las famosas octavillas con el lema «luche y vuelve»— y panfletos de adoctrinamiento que les llevaban sus camaradas. Allí conoció él a María Estela, cuando fue en 1965 al país y visitó el establecimiento para encargar material de propaganda. En un territorio mucho menos romántico, de esos talleres salió también la tirada ilícita, mencionada por Cisneros, de los llamados Bonos 9 de Julio, cuya finalidad era pagar los sueldos de empleados del Estado, un fraude que trataron de vender como una acción política revolucionaria pero que no fue más que una estafa que le dio notables beneficios a sus promotores. *El brujo* se empapó allí de doctrina justicialista y cuando llegó al poder se acordó de su compañero de fatigas, que a esas alturas se encontraba en la calle, había echado el cierre a su negocio y estaba procesado por quiebra fraudulenta, e hizo con él exactamente lo mismo que con Almirón: llevárselo al ministerio de Bienestar Social, en su caso para ponerlo a manejar la revista oficialista *Las Bases* y con el encargo de reorganizar y convertir en hegemónica la combativa JPRA, Juventud Peronista República Argentina.

El gordo Vanni, que fue otro de los miembros de su guardia personal que huyó con él a España, siempre le culpó de haberle sugestionado, metido en un laberinto de ensueños megalómanos y promesas incumplidas y después abandonado en Madrid a su suerte cuando, en 1976, para saltarse el cerco que se estrechaba sobre él y evitar la deportación, López Rega se evaporó y se fue a vivir con María Elena Cisneros nadie sabía a dónde, aunque seguramente a algún paraíso fiscal, según afirmaba el lugarteniente despechado, pero sin duda rodeado de lujos, mientras que él vagaba como alma en pena por Europa y sin poder regresar a su país, donde se le reclamaba por su participación en el desvalijamiento de las arcas públicas. Su rencor y deseo de venganza eran obsesivos, y con ellos por combustible se dedicó a indagar, sin resultado alguno durante más de un lustro, el paradero de su antiguo jefe, al que parecía haberse tragado la tierra.

Durante aquella travesía del desierto, malvivió como pudo, empezaron a manifestarse en su organismo los primeros síntomas del problema cardíaco que acabaría llevándoselo por delante y escribió la hagiografía de Evita que, según Cisneros, era en realidad una colección de apuntes de la mujer de Perón que *El gordo* había robado de «la pieza de los cocodrilos», como llamaba a su despacho. Es raro, porque Duarte ya había publicado dos tomos de memorias, ambos firmados pero ninguno redactado por ella, *La razón de mi vida* y *Mi mensaje*, este último dictado ya desde su lecho de muerte.

Un día de finales de 1982, Vanni entró en una tienda de discos y mientras curioseaba sin mayor interés que pasar el rato dio con uno que atesoraba dos composiciones para piano, *Suite Helvética* y *Concierto para la Suiza amada,* y que le llamó la atención porque conocía a la artista de la portada: aquella mujer sonriente, reclinada sobre su instrumento y ataviada con una exuberante blusa de fantasía, era la novia de Lopecito, quien desde luego era el mecenas que financiaba la grabación. Con astucia, su perseguidor se puso en contacto con el sello donde había aparecido el álbum y consiguió con cuatro martingalas que le diesen la dirección de la pianista en Villeneuve, cerca de Ginebra y a orillas del lago Lemán. El ajuste de cuentas estaba servido y la forma de materializarlo fue llamar a un periodista y antiguo embajador del Gobierno de María Estela Perón en Suecia, que en aquellos instantes prestaba sus servicios para la agencia EFE, y ofrecerle la exclusiva a cambio de una buena recompensa. Muy pronto, la fotografía de López Rega estaba en la primera plana del diario *Clarín*, y esa imagen del hombre más buscado de Argentina dejó un reguero de titulares a lo largo y ancho del mundo. La cacería ya no tenía vuelta atrás.

—Una cuestión más sobre la Triple A, si nos lo permite...

—No se aflijan, acá no hay vetos ni nada que esconder, en la verdad no existen las cerraduras —pontificó, tomándose una licencia poética y sin dejar de mostrarse animosa, convencida de hallarse en posesión de una superioridad moral que le daba pie para tratar a sus interlocutores con un grado de condescendencia.

—En España despierta un gran interés el personaje de Rodolfo Almirón Sena, por sus implicaciones en la política nacional y en la guerra sucia de la ultraderecha contra la democracia. Está demostrada su participación en cientos de atentados, tanto en Argentina como aquí, y también que era la mano derecha de su esposo: él lo reincorporó a la Policía Federal, de donde lo habían expulsado; hizo que lo ascendieran; lo puso a proteger o controlar a Perón y luego a María Estela...

—¿Ven lo que les digo? Se inventaron tantos cuentos... La guardia que se le puso a la señora era por su bien, para salvaguardarla y, efectivamente, esos agentes se convirtieron en su sombra tras el fallecimiento del general, porque les llegó el chivatazo de que Montoneros planeaba secuestrarla y liquidarla, lo mismo que a Aramburu. Y déjenme que les informe, además, de que los enemigos también se encontraban dentro: está documentado que el ministro de Economía ordenó quitar de en medio a mi esposo. Les descubrieron la trama cuando estaban a punto de llevarla adelante, iban a ametrallarlo con fuego cruzado desde unas motocicletas, a la salida de la Quinta de Olivos, mientras manejaba en su coche.

—Volvamos, si no tiene inconveniente, a Rodolfo Almirón —le sugerimos.

—Lo conocí en Madrid, en 1976, antes que a López Rega, que entonces era para mí aún un sueño y sobre el que ironizaron él y Vanni, que también estaba presente. No me gustó, lo encontré lleno de envidia y maledicencia, tal y como lo cuento en mi libro, pero no sé gran cosa de él, más allá de lo que sabe todo el mundo y de lo que le oí contar de pasada a mi marido —dijo, mirando ostensiblemente su reloj de pulsera como quien te avisa de que tu tiempo a su lado ya se acaba y el suyo vale su peso en oro, está cargado de citas y obligaciones inaplazables—: según él, se trataba de un magnífico, riguroso y leal policía. En pago, fue otro de los que intentaron culparlo a él de sus acciones sangrientas. Pero si ustedes me van a volver a preguntar por las tres aes, me parece que eso ya está respondido, en esta conversación y sobre todo en mi libro, que con mucho gusto les invito a conocer a los lectores de su medio y a todo aquel que quiera saber quién fue, qué hizo y lo que le hicieron a mi amado esposo.

—Bueno, pero es que hasta apadrinó a Almirón en su boda...

—Sí, sí, claro, y para agradecérselo Rodolfo lo llamaba socarronamente así, *El padrino*, dando a entender que era el jefe de una mafia.

—... Además lo rescató del retiro, lo llevó a la Quinta de Olivos, le encargó...

—No le encargó nada de lo que ustedes creen, porque se lo quieren creer o porque se lo han contado mal, que para el caso es lo mismo. Lo siento, mi marido era sosegado, tolerante, pero yo respondo cuando me provocan.

—... Incluso se lo trajo a España... No se puede negar que eran uña y carne.

Hizo un gesto al cincuenta por ciento despectivo y resignado, dejando ver que el detalle le parecía irrisorio.

—Muchísima gente quiere ser amiga tuya cuando estás en el poder, entre ella toda la que al perderlo te va a traicionar —enfatizó.

—Usted incluye entre los agradecimientos recogidos al final de *4.752 días junto a López Rega* uno «al comisario Eduardo Almirón, que al conversar conmigo en Madrid me permitió extraer información que de otra manera no hubiese conocido».

—No me parece que haya mucho que añadir a eso: es un reconocimiento debido a un par de datos que pude saber de su boca. En el mundo académico citamos las fuentes, señora Escandón y señor Urbano. Otra cosa distinta es la opinión que me merece alguien que trató de atribuir sus propias faltas a una persona inocente, ponderada y leal, que es lo que era López Rega, no un brujo, ni un terrorista, ni un monje negro, ni todos esos dislates que se lanzaron en su contra.

—Así que su marido no mandó matar a nadie, sino que era él quien estaba en una diana —dije, sin poder refrenar la ironía y arrepintiéndome de ello antes de terminar la frase, porque lo último que quería era irritarla y que diese la espantada antes de llegar a la cuestión que más nos interesaba en esos instantes, y que era todo lo relacionado con la pista suiza y

los bancos, las cuentas de Perón que pudo controlar *El brujo*, de las que ella sería fiduciaria, y las cajas
de seguridad donde según las especulaciones del comisario Sansegundo y su ministro podrían estar los
papeles de González Pacheco y Muñecas Quintana.

Nos volvió a sonreír, sin amedrentarse, armada
de paciencia. Sus maneras ceremoniosas y su expresión flemática, que sin duda quería transmitir parsimonia y templanza, se contradecían cada dos por
tres con su gesticulación acelerada, pujante, con esas
manos que al sentirse obligada a defenderse pasaban
en segundos de lo reposado a lo vertiginoso. Algunas
personas le atribuían un puño de hierro: Norma, la
hija de López Rega, cuando lo fue a visitar a su celda
norteamericana lo conminó a librarse de Cisneros,
le quiso hacer ver que lo había aislado del resto del
mundo, que se había apropiado de sus bienes y hasta de su identidad, y que por culpa de ella ahora estaba en prisión. Aquel hombre abatido la dejó hablar
y guardó silencio.

—Eso también lo aclaró en aquel juicio, está en
las actas, ustedes las pueden consultar y yo me lo sé
de memoria —nos respondió, para lanzarse después
a un nuevo alegato hecho de palabras prestadas—:
«Los militares prepararon una trampa. Le dijeron a
la señora de Perón que me iban a ejecutar delante de
ella si yo no me iba de la Argentina. Entonces, me
hizo llamar, me recibió con lágrimas en los ojos y me
dijo: "Por favor ¡váyase! Porque lo quieren matar y
yo no quiero eso". Le pregunté: "¿Me lo dice como
presidenta o como amiga?". Su contestación fue la
que sigue, y esto es histórico, lo juro por Dios: "Lo
uno y lo otro, y las dos le suplicamos que usted se

marche del país". Y para que no me fuera por la puerta de atrás, como un desterrado o un prófugo, me designó embajador plenipotenciario en Europa, para hacer estudios económicos y financieros en relación con posibles inversiones en el país».

Pero López Rega no hizo nada de eso. Ni sus últimas peripecias en el poder fueron tan novelescas. La realidad es que cuando su guardia pretoriana fue reducida en el complejo presidencial, él se desplazó a toda prisa al primer alojamiento de Perón en Buenos Aires tras su vuelta, el de la calle Gaspar Campos 1.065, quién sabe en busca de qué bienes o documentación. Pero se le habían adelantado, y para cuando llegó allí le aguardaba una patrulla militar con la orden taxativa de no permitirle bajo ningún concepto apropiarse de objetos de los Perón. No hubiera sido la primera vez: ya se le había visto en alguna ocasión paseándose con la capa azul-gris de teniente general con la que en tantas ocasiones fuera retratado el mandatario.

Mientras tanto, *Isabelita*, al borde de uno de sus ataques de nervios, se dirigía al coronel del regimiento de Granaderos que la vigilaba: «¿Estoy detenida?». Él contestó que no estaba facultado para responder a eso. «Es que no veo a Almirón, ¿dónde está y por qué lo desarmaron? Quiero que venga acá», le insistió. «Bueno, es que Almirón no es su custodia, sino la del señor López Rega. La suya es la Policía Federal, que está aquí». Ella comenzó a gritar: «¿Estoy presa? ¿Me derrocaron? ¿Qué significa esto?». El oficial quiso tranquilizarla: «Señora, no tiene nada que temer, cálmese, en este momento estamos asegurando su vida. Tenga la certeza de que la estamos defendiendo».

Unos minutos más tarde, el ya exministro de Bienestar Social reapareció fugazmente, bajo custodia de varios soldados que lo apremiaban, para despedirse de ella y, sin más dilaciones, fue conducido al Aeroparque en el que lo esperaba el avión a bordo del cual salió del país, al que no regresaría hasta 1986, extraditado desde los Estados Unidos.

María Elena Cisneros había estado junto a él todo ese tiempo, compartiendo sus andanzas por Ginebra, Miami, las islas Bahamas y Fort Lauderdale; tras su detención, le visitaba todo lo que era posible en el Metropolitan Correctional Center y sería su principal apoyo, como ella misma nos había recordado, durante el juicio al que fue sometido en la corte de Florida... Pero luego se esfumó, puede decirse que de forma paralela a las fortunas atribuidas a Perón y al propio López Rega. Ella sostiene que al ser llevado a su país ya no la dejaron comunicarse con él, porque allí no existía el divorcio y, «por lo tanto, no nos consideraban casados ni a mí nada suyo, así que esas puertas me estaban vedadas». ¿Dónde fue y qué hizo tras la muerte de *El brujo*? Algunas fuentes la sitúan a salto de mata entre Suiza, España, donde pudo estar una temporada de incógnito en Madrid, quizá incluso en la mansión de Puerta de Hierro, la propia Argentina, donde fijó administrativamente su domicilio en Paraná, aunque no hay constancia de su presencia allí, y finalmente Paraguay, establecida en Asunción, donde puso en funcionamiento un Centro Pedagógico Musical en el barrio de Jara, en la calle San Cosme 825. En el ámbito del periodismo y la historiografía fue señalada de forma recurrente como cómplice de la apropiación de caudales públicos llevada a cabo por su pareja y beneficiaria última de ese saqueo, pero jamás fue llamada a declarar por ningún tribunal, ni se pidió el levantamiento del secreto bancario de sus dos cuentas identificadas en Suiza.

—De acuerdo, pasemos entonces a nuestras últimas cuestiones. Además de los cargos que se le imputaban por la Triple A, la justicia de su país le pedía cuentas a López Rega por una serie de delitos económicos, entre otros las irregularidades cometidas en el marco de la llamada Cruzada de Solidaridad y la sustracción reiterada de fondos reservados de la Presidencia de la Nación —dije.

—Y le preguntamos acerca de este asunto porque usted, María Elena, habla de ello en sus *4.752 días junto a López Rega* —redondeó Isabel, para que Cisneros pudiese llevar el agua a su molino, vender su producto y halagar su vanidad. Ella hizo un gesto sacerdotal, no se podía saber sin disculpándonos a nosotros o absolviéndose a sí misma, aunque de nuevo vimos arder en su mirada una furia contenida pero incandescente, que poco a poco, al ganar tiempo con un suspiro enfático, de actriz resabiada, que quería parecer hondo y cargado de santidad, fue apagándose del modo en que decrece en nuestra mano el frío del vaso que contiene una bebida con hielo.

—Lo repetiré una vez más: esas calumnias no se demostraron, ningún juez las avaló, ninguna sentencia condenó a mi querido esposo, que murió en cautividad siendo inocente de todas esas patrañas inventadas de mala fe por sus enemigos y creídas por haraganes que no se quisieron tomar la molestia de buscar más allá. Por eso yo, que no tengo nada que ocultar pero sí mucho que contar y que sé hacerlo porque no soy esa nula que dicen, sino una catedrática de la Universidad Nacional de Asunción con casi medio siglo de experiencia y una obra musical que ha recibido los parabienes de la crítica más selecta, he sacado a la luz este libro en el que aporto datos fidedignos y pruebas irrefutables, porque si no lo hubiera hecho, Dios y la patria me lo podrían demandar. En este primer tomo de los tres que formarán el proyecto, llego hasta el instante en que López Rega viaja a España para llevar de vuelta a la Argentina el cuerpo de Evita, que había quien quería robar de nuevo para utilizarlo como moneda de cambio —dijo, haciendo una vez más el tipo de exposición sin fisuras ni intermitencias al que su propia rotundidad le resta crédito porque le da un aire prefabricado y le quita espontaneidad, nos hace sentir que nada en el discurso es nuevo y que se repite una lección aprendida, un papel ensayado y puesto en escena una y otra vez.

—Pero no se inquieten —continuó—, que no pretendo divagar ni irme por las ramas. ¿Ahora quieren que hablemos de esas teóricas fortunas escondidas en Suiza y puestas a mi nombre? ¡Ojalá existiesen! Les aseguro que yo más que nadie quisiera saber dónde está esa montaña de dinero e ir a buscarla, porque entonces iba a tener una vida de ensueño, en vez de pasar las necesidades que paso y no parar, desde que sale el sol hasta que se pone, con mis clases, con mi escuela y amenizando fiestas. ¡Si hasta tuve que vender mis dos pianos y los muebles de mi apartamento para pagar el entierro de mi mamá! ¿Saben una cosa? Al contrario de lo que me ha atribuido la perfidia de los malintencionados, yo siempre me gané el pan, nunca dependí de mi marido e incluso nos mantuve a los dos cuando fue necesario porque las cosas venían mal dadas, en Suiza impartí lecciones particulares a domicilio, ofrecí recitales de piano en casas de personas mayores… Nos alcanzó para comer a nosotros y a nuestros perros y gatos, que son muchos porque yo soy una amante y protectora de las mascotas, recojo animales abandonados a los que también mantengo con mis sueldos, porque mi esposo a mí estrictamente no me dejó nada. Sólo soy la heredera de su sabiduría.

»¿Fondos reservados, me dicen? Vayamos al grano: él reconoció honestamente, en su testimonio ante la justicia, que tuvo que recurrir a ellos por indicación de la presidenta, e imagínense ustedes qué tranquila estaría su conciencia y qué seguridad tendría de no estar haciendo nada indebido, cuando la suma más cuantiosa a la que debió de recurrir, creo que de ciento cincuenta mil pesos, la retiró él mismo y firmó el recibo correspondiente en la tesorería, para luego entregarle el monto total a la señora *Isabelita*, que lo utilizó para la construcción de la cripta donde descansarían los restos de Perón y Evita en la Quinta de Olivos. Ya lo ven: donde había una causa noble que defender, allí estaba mi marido. Su recompensa fue el odio y la persecución contra él y su familia: por Dios, si una de las veces que se me facultó para entrar a la Unidad 22 de la prisión federal, como refiero en mi libro, lo encontré completamente abatido porque le habían contado que los otros escolares pegaban a diario a su nieto por llevar sus apellidos.

»Y déjenme que concluya afirmando que, como demuestra con luz y taquígrafos esta obra mía que, por cierto, se puede adquirir desde España y desde cualquier lado en su versión digital, él no se quedó con nada y lo poco que tenía y yo gestionaba lo gasté pagando coimas a sus carceleros, para que me lo tratasen bien. Cuando ya no pude verlo, porque no me lo permitían, comenzó el maltrato, le robaban todo, hasta la insulina. Cuando se legalizó el divorcio en Argentina, en 1988, me pidió en matrimonio y yo no acepté porque de haberlo hecho su pensión de policía hubiera sido para mí y su primera mujer lo necesitaba más que yo. Gracias a mí, ella cobró esa paga hasta su fallecimiento en 2012. Yo no percibí entonces nada y nada recibo ahora.

—En su libro, dice que fue a Madrid «a llevarle a la señora de Perón los documentos de la cuenta que había abierto en Ginebra, donde había depositado el dinero que el ejército le había devuelto al general, junto con su cargo, al volver al país». Parece que ustedes se movían como peces en el agua por los bancos suizos...

—Pero siempre como mensajeros e intermediarios de la fortuna ajena, ya lo ven. No hagan caso de leyendas y patrañas, crean sólo en lo que ven con sus propios ojos y saquen las únicas conclusiones que se pueden extraer de lo modesto de mi casa y de mi propia existencia. Si lo hacen, no se creerán esos cuentos de las mil y una noches que se cuentan por ahí sobre nosotros.

—¿Qué les diría a la hija de López Rega y al resto de personas que sostienen que usted lo entregó, que fue al consulado argentino en Miami a pedir el imposible de que le renovaran el pasaporte para que lo localizasen y que lo persuadió de que se entregara sin necesidad, faltando apenas tres meses para que venciera el plazo de la orden judicial que le impedía regresar a Suiza, que expiraba en mayo de 1986?

Ahora sí que fue perceptible un arrebato de indignación en ella, un enfurecimiento global que salpicaba de forma ecuánime desde los rasgos de su cara, de pronto más atormentados y menos contemporizadores, hasta el tono de voz, súbitamente grave y con una nota de amenaza. En el pasado, debió haber sentido miedo de Norma, que viajó a Miami para visitar a su padre ya apresado y María Elena creyó que había ido allí a matarla, sospecha que transmitió por teléfono a López Rega, quien trató de quitarle esa idea de la cabeza, pero sin éxito, porque al colgarle a él llamó a tres corresponsales de su país en la ciudad para alertarles sobre las supuestas intenciones de la recién llegada.

—Pobres, casi siento piedad por esa gente que se ve que nunca amó a nadie como yo a mi marido, tan dulce, desde que vi una fotografía suya en una revista —dijo, con una calma postiza y dominando como pudo el enojo— hasta que murió en mis brazos en la clínica Saavedra, el 9 de junio de 1989. Por cierto, que esa imagen que me enamoró, en la que se lo veía junto al general Perón e *Isabelita*, estaba tomada en Málaga. Fue verlo y quererlo, tal y como escribí en mis *4.572 días junto a López Rega*: desde ese instante sólo hubo un pensamiento en mi cabeza: ¿cómo haría para llegar a él?

—Una última cuestión: ¿conoce a un hombre llamado Pascual Muñecas Quintana, también conocido por el apodo de *El electricista*?

—Vagamente... Quiero recordar que se trata de un policía español que hizo de custodia de mi marido en Madrid, cuando se supo que lo pensaban asesinar; pero nunca lo vi en persona —dijo, con una brevedad desusada en ella que nos llamó la atención.

—¿No le contó López Rega que se lo había llevado a Buenos Aires y que allí formó parte de la guardia de seguridad de María Estela en los Olivos? —dije, para ver cuál era su reacción.

—Puede ser —respondió, a la defensiva y tratando de echar balones fuera—, no le digo ni que sí ni que no. ¡Mi marido y yo hablábamos tanto y de tantas cosas!

—Estamos seguros —me secundó Isabel, siempre tan rápida y cazando al vuelo mis intenciones— de que fue otro de los que hizo lo mismo que Almirón: cargarle la responsabilidad de sus propios actos violentos a su esposo, mantener que todo lo que hizo como mercenario de la Triple A fue cumplir sus órdenes.

La llamarada de ira volvió a manifestarse en sus ojos, que se achinaron al tiempo que la sonrisa beatífica se tensaba en un rictus de crispación.

—¿Eso dice?

—Así es —le respondimos, sin pasar por alto el tiempo verbal en presente—, y que la fortuna que escondieron ustedes en Ginebra, las islas Bahamas y Miami, y que según él usted ha dilapidado «en negocios de loca», proviene en parte del saqueo que hizo López Rega desde el Ministerio de Bienestar Social, y en parte de la estafa al Estado argentino que cometió cuando lo enviaron a Libia a intercambiar grano por petróleo, que pagó al doble de su precio de mercado, quedándose con una mordida de casi treinta millones de dólares.

—¡Eso es falso! —estalló, perdiendo los papeles por primera vez. Pero se controló de inmediato, su furia se apagó como la espada al rojo vivo que el herrero mete en un balde de agua, recompuso la figura, entrelazó las manos sobre el abdomen con una ampulosidad eclesiástica y fingió hacer memoria—. Sí, sí, ahora ya lo recuerdo: mi marido lo despreciaba, me dijo que era un pobre diablo que andaba por ahí a ver qué le caía, un mediocre al que se refirió en alguna ocasión como un roba gallinas y que, como tantos otros, brilló un momento por contagio, porque estaba junto a un ser luminoso, se apagó al perderlo de vista y después le echó la culpa de su eclipse.

—¿No ha vuelto a tener noticias suyas?

—Le responderé lo mismo de antes: pocos de los que comían de la mano de mi querido esposo y le rendían una pleitesía de la que los dos nos burlamos han tenido la deferencia o el interés de preguntarle a su viuda si se encontraba bien o se encontraba mal. Por otra parte, si es un cobarde, no se atrevería a plantarme cara.

—¿Ni la visitó nunca en su casa de Villeneuve?

—Nunca hubo tal casa mía ni tal visitante.

Pero al decir eso desvió de forma ostensible la mirada, hasta entonces fija en el objetivo de la cámara del ordenador, y todo su envoltorio de seguridad perdió consistencia, hasta su voz dio la impresión de titubear, de hacerse más quebradiza.

—¿Tampoco lo ha recibido en la actual, la de Asunción?

—No y lo repito, no sé nada de él, ¿no ven que no sale en mi libro?

Y así acabó nuestra entrevista con María Elena Cisneros: dejándonos la impresión de que sabía más de lo que decía acerca del torturador Muñecas Quintana.

Capítulo diez

En ese tablero donde ninguna ficha se movía en línea recta, no había quien dijese toda la verdad, unos se negaban a otros y nadie asumía culpa alguna ni se responsabilizaba de sus actos, nos pareció importante tratar de descubrir qué era lo que cada uno de ellos le debía a los demás. Empezando por el mismo Perón, que, de hecho, parecía deberle algo a todo el mundo.

¿Qué hizo por él López Rega? Según su esposa, y muy poca gente más, ser el secretario íntegro y abnegado del general; según el resto, en Madrid se encargó de su burocracia y en Buenos Aires, de su trabajo sucio. Entre una cosa y la otra, un norte y sur que marcan los extremos de su tránsito de correveidile a ministro y de cabo en la reserva a comisario General, su ascenso cortesano empezó desde tan abajo que al principio Perón se refería peyorativamente a él como su mayordomo, y llegó tan arriba que en el apogeo de su gloria política fue conocido y temido como el hombre más poderoso de Argentina.

Su gran habilidad no estaba en lo que era, sino en lo que aparentaba, no en lo que hacía sino en su forma de amplificarlo para engatusar con palabras ambiguas y silencios medidos a quienes le escuchaban y hacerles creer que les convenía estar a buenas con él, como quien se arrima al sol que más calienta. Era un virtuoso de los tejemanejes, se sabía vender con una pericia de viajante y era imbatible a la hora de dar la impresión de que cada uno de sus pasos contaba con el respaldo y la bendición de las altas esferas. Al llegar a la casa de Puerta de Hierro, donde se coló por la puerta más débil, la que abría y cerraba *Isabelita*, se hizo útil y llegó a ser imprescindible; al ponerse a su disposición para lo que necesitasen, fuera lo que fuese, terminó sabiéndolo todo y se las ingenió para manejar con astucia y en su provecho esa información. Sus oídos estaban por todas partes, hasta el punto de que cuando Perón deseaba preservar la intimidad de alguna de sus conversaciones, salía con su interlocutor a pasear por el jardín de su finca o, a veces, lo citaba en la cafetería Nebraska, en plena Gran Vía, donde se desplazaba con la única compañía de su chófer. A *El brujo*, en esas ocasiones, se lo llevaban los demonios.

¿Qué sabían de López Rega quienes lo iban viendo quemar etapas de su carrera meteórica hacia el poder? Poco y lo que él quería, porque sembró su biografía de pistas falsas y su pasado de exageraciones, hasta el punto de que no hay certidumbre alguna sobe la mayoría de sus supuestas andanzas y, en algunos casos, sus mentiras son palmarias, aunque como buen embaucador se cuidaba de dotarlas del tanto por ciento mínimo de verdad que necesitaban para resultar factibles o, al menos, sembrar dudas razonables sobre su autenticidad. Así, pasando de grotesco a siniestro, aquel charlatán que aseguraba entender el lenguaje de los astros, ser un heraldo de Dios en la Tierra, poseer poderes curativos mágicos y estar en sintonía con el más allá, consiguió hacerse con las riendas del país y arrastrarlo a una espiral de violencia y odio. Su imperio, sin embargo, era un castillo en el aire, un espejismo, y como muestra sirven dos botones: el primero, una foto que le habían tomado de joven, en la que se le ve con el pie en el estribo del coche de Perón, durante la primera presidencia de este, y en torno a la cual montó toda una farsa, ofreciéndola como prueba de su vieja relación con el líder, que en aquellos momentos era por completo inexistente; el segundo, el bulo, lanzado y sostenido por él mismo, que aseguraba que había sido secretario personal de Evita y confidente suyo, algo desmentido por el hecho de que su nombramiento como tal no figura en ningún documento ni registro oficiales, ni tampoco aparece en uno solo de los miles de retratos que se le hicieron a aquella mujer perseguida por las cámaras día y noche a lo largo de su vertiginosa y multitudinaria existencia.

Pero si hablamos de otras cosas, es difícil saber a ciencia cierta si las hizo o no, en qué casos le son atribuidas para engrandecer su figura o se le exonera de toda responsabilidad para lavar su imagen y en cuáles estaba allí pero no jugó un papel significativo sino testimonial, y después se apuntó el tanto. Por ejemplo, ¿de verdad fue tan decisivo su concurso en la devolución de los restos de Eva Duarte a su marido en Madrid? ¿No está demostrado que quien llevó la voz cantante en aquella peripecia fue Licio Gelli, el jefe de la P2 italiana? Tirando de esos hilos, su mujer, María Elena Cisneros, trataba de darle la vuelta a la reputación de fantasioso de López Rega, siempre envuelto en mitos y leyendas, para hacer ver que lo de atribuirle la creación de la Triple A era otro invento. Todo tiene su cara y su cruz.

¿Y qué hay de su relación con Muñecas Quintana, otro hombre escurridizo, difuso, de los que si los buscas te hacen creer que persigues sombras? Era fácil imaginar al joven ultraderechista con ansias de gloria fascinado por aquel maestro en el arte de darse importancia que le debió de franquear el paso a la Quinta 17 de Octubre, de la que a esas alturas ya era el cancerbero sin cuyo permiso nadie accedía a Perón y sus timbas ideológicas con antiguos nazis, camisas negras, franquistas y otras subespecies.

—Pues tienen que permitirme que les felicite de manera entusiasta, porque su conversación con la viuda de López Rega, si no lo he entendido mal, certifica que *El electricista* estuvo, tal y como intuíamos, en Argentina, que ella lo conoce y, posiblemente, que siguen en contacto o lo han estado hasta hace poco.

—Esa es nuestra impresión; pero claro, está basada en indicios endebles —respondí—: un tiempo verbal, un gesto, un par de reacciones fuera de lugar… No es como para lanzar las campanas al vuelo.

—¡No se quite méritos, está haciendo un gran trabajo! —exclamó el ministro del Interior.

Había recibido la llamada del comisario Sansegundo aproximadamente una hora después de haberle dado el informe pertinente de nuestra charla con María Elena Cisneros: el gran jefe quería verme. Y allí estaba yo, llevado en un coche oficial que generó un revuelo de caras de profesores y alumnos pegadas a las ventanas de mi instituto y acomodado en una sala lateral de su enorme y solemne despacho, en uno de los dos sillones de terciopelo rojo donde se sentaría el político con aquellas visitas a quienes le interesase dar un trato prioritario, hacerles sentir que ingresaban en un espacio más íntimo, sin mesas ni otros parapetos de por medio, un lugar reservado para las personalidades de mayor rango. El otro asiento doble lo ocupaban él y el policía, que lo trataba con una reverencia algo envarada y a la vez distante, con respeto institucional, pero sin acercarse siquiera a la sumisión o la pleitesía. Al llegar me habían ofrecido un café, al que dije que sí para aparentar desenvoltura, seguridad en mí mismo y temperamento mundano, y que me trajo una de esas secretarias a la par serviciales y altivas que hacen de su eficacia un cristal blindado y de sus trienios, un aviso para navegantes cargado de razón: he visto pasar a muchos como tú por el puesto que hoy ocupas, ellos se van o los cesan y la que sigue aquí soy yo. El café sabía a rayos.

—Ustedes ya estaban al corriente de que *El electricista* se desplazó a Buenos Aires —dije—: el comisario me contó, de hecho, que fue uno de los saqueadores de la tumba del general Perón.

—Si me permite, señor ministro —intervino raudo Sansegundo—, son dos cosas distintas, separadas por más de treinta años de diferencia: estábamos convencidos de la presencia de Muñecas Quintana en Argentina en 1987 y lo que parecen confirmar las averiguaciones de Urbano lo sitúa allí a mediados de los años setenta.

—¡Excelente, excelente! —vitoreó el político, cuyo nombre ustedes ya han leído a estas alturas en cientos de titulares de prensa: Iván Martínez Olvido, una de las figuras más pujantes del socialismo actual, hijo de una leyenda del partido que además fue en sus tiempos uno de los emblemas de la resistencia antifranquista; líder durante su juventud —de casta le viene al galgo— de las juventudes de la formación y al que hoy, superados por poco los cuarenta, se da por descontado como la gran esperanza blanca de la izquierda, futuro secretario general y candidato a la presidencia del Gobierno.

En la distancia corta, su carisma resultaba manifiesto y su poder de seducción era ostensible, casi abusivo; su mirada franca era a la vez intimidatoria y su sonrisa, digna de un galán de cine. Sin embargo, sus formas tenían al mismo tiempo algo impostado, una manera de hablar e incluso de moverse que parecía ensayada y que, en consecuencia, te hacía atribuirle la falta de legitimidad de las cosas artificiales, por lo que despertaba en ti admiración y suspicacia al cincuenta por ciento. Tenía una voz sugerente, que modulaba con una mojigatería de actor que no quiere forzarla, reservándose para el escenario, y aparte de una cierta profesionalidad y una notable discreción, ambas lógicas en alguien que se siente observado con lupa y conoce la relevancia y el riesgo de que sean malinterpretados o adulterados cada uno de sus movimientos y expresiones, sus modales desprendían cierta fragancia de autoritarismo. Era un hombre acostumbrado a pedir favores de manera que se interpretasen como órdenes.

—En realidad, saber que Muñecas Quintana fue parte del dispositivo de seguridad de María Estela Martínez de Perón en la residencia de Olivos demuestra la estrechez de su vínculo con López Rega, pero también, de alguna manera, con el hombre invisible de esta historia —dijo Sansegundo.

—¿Que es...? —inquirió Martínez Olvido.

—Licio Gelli, quién si no. Él corría con los gastos, y quien paga manda. En Italia lo llamaban *il burattinaio*, el que mueve los hilos.

—Desde luego —dije—, parece indudable que él llevó a Perón de vuelta a Argentina y pagó la factura.

—Pero no por idealismo —siguió adelante Sansegundo, tras pedir autorización con la mirada a su superior, que asintió—. Necesitaba controlar el poder para que sus negocios fueran lucrativos e impunes.

—¿Y cuáles eran esos negocios? —preguntó Martínez Olvido.

—Todos los peores: estaba detrás del Banco Ambrosiano, que fue usado para sobornar a cargos públicos en Italia y para financiar innumerables crímenes; estaba tras la estafa del petróleo de Libia, donde como sabemos también metió la cuchara López Rega; estaba al mando de una red de tráfico de armas y drogas, que dirigía desde Buenos Aires controlando una ruta hacia Europa por la que los narcóticos cultivados en Bolivia pasaban de Santa Cruz de la Sierra a La Paz, de ahí, surcando el lago Titicaca, a Lima y finalmente, por valija diplomática, a Bolonia.

»Con sus ganancias, compró en Argentina y Uruguay entidades financieras, revistas y editoriales; trató incluso de hacerse con el diario *Clarín*; entró en el negocio del acero... Adquirió decenas de propiedades inmobiliarias con las que especular y algunas explotaciones agrícolas y ganaderas. Y, por supuesto, colocó en puestos estratégicos a miembros de su logia que, a su vez, controlasen el ámbito político, la economía o las Fuerzas Armadas: la filial argentina del banco Ambrosiano, por ejemplo, la dirigía desde la sombra el almirante Massera, uno de los protagonistas del golpe de Estado contra *Isabelita*.

»Gelli, aparentemente, era íntimo de Perón, al que había conocido durante su primera estancia en la Casa Rosada, tras huir de Europa al acabar la Segunda Guerra Mundial, y la relación fue tan sólida y duradera que el patriarca le impuso tres décadas más tarde, nada más reasumir la presidencia de la nación, la Orden del Libertador General San Martín, que es la máxima condecoración que se puede otorgar a un civil en su país.

—Se sobrentiende que escapó de Italia por temor a que le diesen su merecido los Aliados —apunté—, porque a su historial no le faltaba un detalle: de joven se había enrolado en las Milicias Voluntarias de Seguridad Nacional, una banda paramilitar al servicio de Mussolini; un poco más adelante vino a España para luchar codo con codo junto a los falangistas en la guerra civil; de regreso, en 1940, se afilió al Partido Nacional Fascista, donde tuvo el encargo de traficar con cargamentos de oro; poco después lo encontramos convertido en oficial de enlace con las SS, encargado de lo que llamaban tareas de *collegamento*. Nada más refugiarse en Buenos Aires, Perón le dio un pasaporte y gracias a él fue el primer italiano en recibir la doble nacionalidad. Y cuando el general fue derrocado y tuvo que exiliarse, lo siguió viendo en Madrid, se reunieron en Roma y lo tuvo de huésped más de una vez en su mansión de Arezzo.

—Pero donde cambia todo es en Puerta de Hierro —dijo Sansegundo—, porque allí fue donde Perón vuelve a ser quien había sido siempre en su interior y más allá de su disfraz de caudillo de los obreros: un enemigo feroz de los izquierdistas, a los que había alentado desde su destierro con la esperanza de que sembraran un caos que hiciera a las masas echarse a las calles para exigir su vuelta. Ahora, sin embargo, se le hacía necesario desmantelar lo que llamaban «formaciones especiales», es decir, las bandas terroristas de las que él mismo se había servido. El ideólogo de todo el proceso era, naturalmente, el masón Licio Gelli, y entre los actores secundarios estaban nuestros González Pacheco o *Billy el niño*, y Muñecas Quintana, *El electricista*. A este último, como demuestra la documentación que manejamos, entre la que están los movimientos registrados en su pasaporte, se lo llevaron con ellos a su país y hoy, aunque sea con las reservas que nos impone la fuente no del todo fiable que representa la señora Cisneros, podemos confirmar, gracias a los buenos oficios del señor Urbano, que formó parte de la guardia de seguridad que puso López Rega en la Quinta de Olivos y, por extensión, de la Triple A, ya que lo uno conllevaba lo otro.

—¡Brillante! —dijo el ministro—. Es una reconstrucción brillante de los hechos que nos impulsa hacia nuestro objetivo, ¿no es verdad? Porque resulta obvio, y si me equivoco corríjanme sin dudarlo, que lo que emparenta a Muñecas Quintana con López Rega lo acerca también a los papeles que buscamos. Así que siguiéndolo a él llegaremos hasta ellos.

—Esperemos que así sea —dije, con una brusquedad terapéutica que aliviara el peso de la obligación con la que nos cargaba—, y que el hecho contradictorio de que la viuda de *El brujo* niegue que lo viera en Ginebra y en cambio nosotros sepamos que sí estuvo allí demuestre que él tiene algo que ver con esos archivos o cajas de seguridad que buscamos.

—Me hago cargo —respondió—, pero debe de saber que este es un asunto de la máxima importancia para el Gobierno y que, en consecuencia, no vamos a escatimar medios ni recursos para llevar la investigación a buen puerto. Miren, la ley que acabamos de sacar adelante era para nosotros un deber moral, un acto de reparación que no podíamos dejar de acometer y que deseamos dejar resuelto antes del fin de la legislatura, porque si no lo hacemos nosotros no lo hará nadie... Creo que me explico, a buen entendedor pocas palabras.

»Usted no ignora, señor Urbano, que en mi caso hay, por añadidura, un interés especial, podríamos decir que autobiográfico, porque mi padre fue uno de los líderes de la lucha antifranquista, sufrió en sus propias carnes la represión más despiadada, lo encarcelaron, fue sometido a torturas indescriptibles, recayeron sobre él condenas desorbitadas por el simple hecho de defender la libertad... Pero se levantó una y otra vez, resistió golpes y humillaciones sin fin cuyo inventario les ahorro, aunque jamás delató a un compañero ni puso en riesgo un operativo, y tras la dictadura llegó a ser elegido diputado en las elecciones de 1977. Sin embargo, las secuelas de lo padecido fueron severas y, entre otras cosas, impidieron que extendiese su trayectoria política; pero hoy, a sus noventa y tres años, disfruta de una vejez tranquila; ha perdido en gran parte la memoria y la conciencia de quién es, pero nosotros no, y vamos a pelear por que el país en su conjunto la recupere. Él me inculcó desde niño las ideas democráticas que defiendo, por las que estoy dispuesto a luchar hasta mi último suspiro y que ahora, en virtud del cargo que tengo el honor de ocupar, veo posible conseguir que se materialicen de forma que él, como tantas y tantos que sufrieron experiencias traumáticas similares por defender los derechos de todos, obtengan el reconocimiento que merecen, algo que sólo es posible si quienes los avasallaron pagan de alguna manera por sus delitos atroces. Más vale tarde y mal que nunca.

Menudo discurso. Si hubiéramos tenido banderines, los hubiésemos agitado. Me pareció tan pulido que me resultó un poco artificioso: a veces, ser impecable te resta credibilidad, lo mismo que defenderte te hace parecer sospechoso. Quizá fueran imaginaciones mías.

—Usted no ignora lo trascendente que es para nosotros su discreción, y no porque hagamos nada incorrecto ni arbitrario, sino porque estamos seguros de que en esta primera fase nos proporciona una gran ventaja contar con el factor sorpresa —remató el ministro—; y aunque por ahora no me sea posible exteriorizarlo en público, sabe bien que cuenta con mi gratitud y complicidad: somos muy conscientes de la importancia de su tarea y de que gracias a ella acortaremos los plazos de nuestra misión. Ya sabe, en ocasiones conviene buscarle las vueltas al protocolo, si es por una buena causa y cuando hacerlo no constituye irregularidad alguna, como en este caso y otros parecidos: por suerte, en la Administración se permiten los cargos de confianza y las asesorías externas.

Y una vez recalcado ese punto, la entrada de uno de sus ayudantes, que le informó de que le esperaban en La Moncloa, puso fin a la reunión.

En medio de las palmadas en la espalda y las frases de cortesía con que Martínez Olvido nos despidió, me rondaba la cabeza la pregunta que ya me había hecho mientras entrevistábamos a María Elena Cisneros: ¿si esa mujer tenía una fortuna, por qué vivía en Paraguay, en una casa más bien modesta de una ciudad como Asunción, en lugar de seguir en Suiza, en su hotel al borde del lago Lemán? ¿Podía haber perdido lo que se sabe que acumuló López Rega? ¿Hasta qué punto era cierto el dominio que ella decía ejercer sobre aquel loco carismático y ridículo a partes iguales que alardeaba de que «Perón hace lo que yo quiera y el resto del mundo lo mismo porque soy Buda, Mahoma y Cristo a la vez» y que, de hecho, llegó a ostentar un gran poder, aunque fuese de naturaleza siniestra y demostrando que es cierto que la Historia se repite dos veces, primero como tragedia y luego como farsa, aunque en su caso al revés? ¿O en eso también era posible que llevase algo de razón su esposa y él tenía un tanto por ciento de chivo expiatorio, era la justificación circunscrita a un solo hombre, individualizada y tranquilizadora, que se le dio al espanto sufrido, para mantener a salvo la imagen y el apellido casi sagrado de su jefe, el gran hombre, el mito, el padre de la patria...? ¿Dejó realmente *El brujo* su montaña de dinero y sus secretos en manos de una soñadora sin ninguna experiencia en esos ámbitos? ¿No es más razonable pensar que habría confiado antes en su hija, especialmente en Norma, con la que le unían vínculos muy sólidos y que le había asesorado en numerosas ocasiones? ¿Y qué fue de sus propiedades en Ginebra, Miami y las Bahamas, donde compartían un piso de la selecta Torre Lucayan, en Freeport, con vistas al mar Caribe? Algo no encajaba y me pregunté si esa pieza no sería justo la llave que abría la cerradura que buscábamos. Puede que Cisneros fuera, antes que nada, una de esas personas que una vez tuvieron suerte y se les escapó, no la supieron gestionar o, sin más, la despilfarraron: «La Fortuna es antojadiza y ciega», dice Cervantes, «no ve lo que hace ni sabe a quién derriba». ¿Eso era lo que le había pasado? Y en tal caso, si alguien las derribó a ella y a su torre de oro, ¿quién había sido, cuándo y por qué? No dejaba de pensar en la cara de miedo que se le puso cuando nos oyó decir el nombre de Pascual Muñecas Quintana.

Capítulo once

¿Por qué flotaba en torno a Muñecas Quintana semejante aureola de peligro y misterio cuando era, al fin y al cabo, un policía del montón, otro de los matones de la Dirección General de Seguridad y aparentemente nada más que eso, un hombre sin la menor relevancia en campo alguno y que debería de estar más cerca del anonimato que de otra cosa? Sin duda porque, si había suerte, podría convertirse en el símbolo de un cambio que, de cualquier manera, sería más aparente que real, aunque consiguiéramos desenmascararlo: la dictadura había finalizado medio siglo antes y la gran mayoría de sus verdaderos protagonistas se fueron de este mundo sin pagar por sus actos ni arrepentirse del daño causado. Que uno de ellos fuera la excepción que confirmaba la regla, sin embargo, podría servir de consuelo a algunos y de justificación a otros.

El electricista, además, sería un actor secundario pero participó en muchas escenas importantes: por ejemplo, tuvo que asistir, aunque fuera en calidad de oyente, a las eternas reuniones de Puerta de Hierro donde se fantaseaba sobre el retorno de Perón a Argentina; y también es casi imposible que no se enterase de las negociaciones con Licio Gelli para conseguir la devolución de la momia de Evita o que desconociera los entresijos de la creación de la Triple A, de los que le tendrían al tanto su amigo Rodolfo

Almirón y el resto de los hombres de confianza de López Rega, lo cual nos da un indicio de su personalidad, puesto que *El brujo* era un loco al que sólo otros locos podían seguir en sus delirios.

Pero había algo para lo que esa gente sí que tenía la cabeza en orden y donde era muy difícil echarle un pulso: su destreza para robar y que no los atraparan resultaba sorprendente, en ese terreno eran verdaderos constructores de laberintos, se movían entre bambalinas como zorros astutos, con una desconfianza y un sigilo que hacían muy complicado seguirles la pista y desenredar las madejas que con tanta habilidad y malas artes habían tejido, recurriendo a mil y una artimañas, poniendo sus bienes a nombre de otras personas, usando testaferros y cuentas opacas en paraísos fiscales o escondiéndose en las madrigueras del anonimato.

Pero en el caso de Muñecas Quintana había una grieta en el muro: el paso sospechoso a sus manos de las escrituras de la casa de los Murgades justo mientras él torturaba a Ignasi en la Dirección General de Seguridad. La relación causa efecto era evidente, pero faltaba la prueba de que el joven había pasado en esas fechas por las salas de interrogatorios de la Puerta del Sol, un dato que sólo podrían confirmar los registros que llevaban él y González Pacheco, *Billy el niño*, y que nosotros queríamos encontrar dondequiera que los tuviesen escondidos.

Tras la reunión con Martínez Olvido y con Sansegundo, que había sido convocada por sorpresa y con carácter urgente, fuimos a echarle un vistazo a las obras de reforma de nuestra nueva casa, donde nos instalaríamos en dos o tres semanas, y regresamos esa misma tarde a Torremolinos para tener al día siguiente una breve conversación con el encargado de La Imperial, el cenagoso Salvador Córdoba Montenegro, precedida estratégicamente por la visita de la Brigada Central de Estupefacientes a la antigua sala de fiestas, que había tenido lugar mientras nosotros estábamos en el ministerio. El plan era asustarle y despistarle, para que él y su jefe pensaran que andaban tras ellos por un asunto de drogas, no de memoria histórica. También trataríamos de sonsacarle lo que se pudiera, como es lógico, pero siempre con la premisa de que no había que levantar la liebre, sino jugar al despiste, contando con que esos rufianes estarían mucho más atentos a ocultar sus actividades presentes que a seguir guardándole las espaldas a su pasado, del que a esas alturas ya se sentirían libres. O puede que no, si estaban al corriente de las últimas noticias: la prensa daba fe en aquellos precisos instantes de la primera declaración aceptada en un tribunal español por un caso de tortura llevada a cabo durante el franquismo, la de un hombre detenido en 1975, trasladado a la Dirección General de Seguridad y apaleado allí por varios policías de la Brigada Político-Social, contra los que había interpuesto una querella. En la vista hubo otra novedad: se encontraba presente una fiscal de la recientemente creada sala de Memoria Democrática. Y no era un caso aislado: treinta agentes más de la última época de la dictadura habían sido también denunciados en otros procedimientos y por otras víctimas de la represión. Resultaba innegable que algo se movía, la duda era hasta dónde iba a llegar y si lo iba a hacer a tiempo.

Al día siguiente de su «charla rutinaria e informal» con los inspectores de narcóticos, que terminó cuando les dijo que se marcharan y no volviesen si no era con una orden judicial, salimos temprano del hotel Pez Espada y entramos en la cafetería donde Córdoba Montenegro bajaba cada mañana a desayunar, hacia las nueve. La mirada que nos lanzó cuando nos identificamos y le pedimos que nos atendiese unos instantes fue la de una fiera arrinconada; la que le echamos nosotros a él lo identificó como un hombre crepuscular que ya estaba muy lejos de su mejor versión y parecía rebajado a la categoría de mero superviviente. A grandes rasgos, su aspecto me recordó las imágenes de Rodolfo Almirón cuando fue localizado en Torrent, Valencia.

—Sé quiénes son ustedes: los falsos periodistas que fueron a La Imperial a meterse donde no les llaman —soltó a bocajarro, tratando de componer un gesto retador que tuvo algo de obsoleto, una crispación histriónica de estrella del cine mudo.

—¿Falsos? No entiendo por qué lo dice, pero se equivoca, preparamos un reportaje...

—Sí, sí, claro, sobre las cafeterías de Torremolinos. ¿Acaso cree que somos estúpidos? A ver, enséñenme sus acreditaciones. ¿Qué pasa, pelotudos, les comió la lengua el gato? Pero no, no es eso, sino que esos carnés no existen, ¿verdad?

—Somos colaboradores, no estamos en plantilla y no tenemos credenciales del diario, pero si lo desea puedo entrar en la red y le dejo leer todos los artículos míos que quiera —respondí, pasando de las palabras a los hechos y mostrándole en la pantalla de mi teléfono algunas columnas de opinión que llevaban mi firma y mi foto.

—Pero a lo que sí nos autorizan es a ofrecer una compensación económica a nuestros entrevistados —improvisó sobre la marcha Isabel. Pagaba el Ministerio del Interior.

Pareció dudar, mientras les echaba un vistazo despectivo a mis escritos. Luego apartó los ojos y los clavó unos instantes en la copa de brandi que sujetaba con una de sus manos: dentro había un licor que tenía más pinta de inflamable que de potable. Se colocó el cuello y las bocamangas de la camisa, igual que si se acicalase dispuesto a posar para un retrato, y le dio un trago mínimo a su bebida, observándonos con prevención por encima del cristal. Era un hombre que caía a cámara lenta por una pendiente, estaba cansado y ya sin fuerzas para nada que no fuese ir tirando. Si tenía algo que ver con las drogas, sería para hacer cuatro trapicheos por encargo: en ese mundo tampoco iba a llegar a nada, ni en ningún otro. Lo observé como quien hojea un álbum de fotos: había estado en la cresta de la ola durante su etapa en la Triple A, cuando tuvo el poder que les dan a los malvados la violencia y la impunidad; formó parte de la corte de López Rega y Perón en Madrid; había caído en picado en 1976, cuando la Junta Militar dejó de pagarles a él y a sus camaradas un sueldo público y tuvo que buscarse la vida; había trabajado brevemente junto a Almirón en Aseprosa; tuvo algún buen momento en La Imperial, en los años glamurosos de Torremolinos, y en 1981, muy probablemente, formó parte del intento de golpe de Estado del 23-F... Luego cayó sobre él la oscuridad de una existencia anodina, sin horizontes ni metas que cruzar. Y estaría lleno de ese rencor que caracteriza a quienes se sienten héroes traicionados.

—Ustedes serán, más bien, unos pelagatos de esos que escriben en internet, así que no imagino en qué consistiría la recompensa de la que hablan —tanteó, con un brillo de codicia en los ojos.

—Cuatrocientos —dijo Isabel, enseñando los cuatro billetes y poniendo dos sobre la mesa, a modo de anticipo.

Córdoba Montenegro alargó una mano de bruja para atrapar el dinero y con la otra nos invitó a sentarnos.

—Por las dudas, se lo adelanto: nada de cuestiones personales —advirtió, tratando de mantener la iniciativa con sus trazas de malo de teleserie y poniéndose digno para encubrir el hecho de que acababa de dejarse comprar.

Le hicimos cuatro o cinco preguntas genéricas e inofensivas, para romper el hielo. Después, entramos en materia.

—Los fundadores de La Imperial continúan al frente del negocio, ¿no es cierto?

—La propiedad no ha cambiado, sigue al pie del cañón, aunque sea a distancia.

—¿Quiere decir que sus patrones no viven en España? —continué, recalcando el plural para hacerle creer que desconocíamos la existencia de *El electricista*.

—Van y vienen —serpenteó aquella triple *d*: demonio devenido en pobre diablo—. Para el día a día ya estoy yo aquí.

—¿Y el dueño o dueña se hallan al tanto de las actividades que se realizan en su local? —dijo Isabel, para hacerle morder el anzuelo según lo convenido y darle la impresión de que estábamos tras un asunto de drogas.

—Conocen las marcas de las bebidas que servimos y sus precios de venta al público —ironizó.

—O sea, que ustedes les rinden cuentas de lo que hacen.

—Cómo no, si somos sus empleados.

—¿Y cuando ellos se dejan caer por Torremolinos, qué opinan? ¿Les gusta lo que ven?

—El señor mantiene su casa aquí, pero viene poco desde que enviudó.

—Comprendo... ¿Y no tiene hijos que quieran continuar su tarea?

Mientras hablábamos, Isabel había pedido en la barra tres copas del mismo brandi que estaba bebiendo y a él pareció agradarle que nos apuntáramos a su ritual alcohólico, incluso hizo un conato de brindis, antes de vaciar de una sentada la mitad de la suya.

—Un pibe y una mina, ya mayores, los dos se dedican a otras cosas, él creo que es arquitecto y ella, economista; uno vive en no sé qué sitio de Alemania y la otra en Londres. ¿Qué tratan de insinuar con eso de que si les gusta o les disgusta lo que ven? —dijo, enseñando los dientes.

—Lo decía porque La Imperial ha conocido tiempos mejores...

—Ese garito y todo lo demás... El país entero, por ejemplo —murmuró, en un tono entre resignado y reivindicativo, dando por descontado que no estaríamos en absoluto de acuerdo. Pero yo vi ahí una oportunidad de camelármelo.

—Bueno, es que cuando abrió sus puertas lo hizo en otra España que les vendía a los turistas otra cosa: autenticidad, esencia —divagué—. Un país tranquilo…

Acabó de un segundo trago su aguardiente de vayan ustedes a saber qué hierbas y miró más allá de nosotros, como si allí pudiera verse el pasado. Le preguntamos si le pedíamos la tercera y asintió, reclamándosela a la chica que aclaraba vasos al otro lado de la barra, con una jactancia de experto en la materia.

—Entonces había orden, respeto, moral… Había normas… Ahora esto es una merienda de negros. Miren dónde hemos llegado con tanta democracia y tan poca autoridad —añoró: la falta de miedo es la peor pesadilla de los monstruos.

—¿No le gusta a usted nuestro actual sistema político?

—No me hagan reír. ¿Quitar monumentos, reescribir historias y sacar a la gente de sus tumbas es hacer política? Esto no es un Gobierno, es una empresa de demoliciones. Pero mejor no hablar, no me tiren de la lengua, que en estos tiempos es muy arriesgado dejar ver lo que se piensa.

—«Hay que decir la verdad siempre que no sea imposible», sostenía el general Juan Domingo Perón —coloqué, como quien pone un señuelo. Y di en la diana.

—Un hombre como no hubo ni habrá otro; el más grande de la historia de mi país —enfatizó, con una pincelada de satisfacción en la cara.

—Y un gran benefactor del nuestro. Se ganó a pulso la estatua y la avenida que tiene en Madrid.

—Me alegra que lo reconozca alguien: de bien nacidos es ser agradecidos —cacareó, liquidando con euforia su tercera ronda de aquel matarratas que era un himno a la amargura y pidiendo la de «el último trago y me voy» a la camarera. A todas luces, Salvador Córdoba Montenegro no era de los que desaprovechan la ocasión de emborracharse gratis. Nosotros, a la fuerza ahorcan, dimos igual que él buena cuenta de ese mejunje que quemaba la garganta y nublaba la mente, lo cual fue todo un aprendizaje: ahora ya sabíamos a qué saben las lágrimas de un cocodrilo mientras te devora.

—¿Y usted también se dedicaba en Argentina al sector hostelero? —le preguntó Isabel, con su sonrisa más inocente.

—No, señorita, yo formaba parte de las fuerzas de seguridad del Estado. Y les puedo asegurar que tuve responsabilidades de mucha categoría —se ufanó—. Había tanto boludo al que bajar la caña... Y luego hubo tanta ingratitud... Pero, en fin, eso es agua pasada, ustedes están aquí para que hablemos de bares y yo soy un hombre que se viste por los pies, de los que no se lamentan ni hacen reclamo... Como decimos nosotros: la calavera no chilla. Aunque..., si no fuera por lo que es... Ni se imaginan lo cerca que estuve de Perón; es que ni se lo imaginan... Yo y los míos... más de una vez le tuvimos que sacar las papas del fuego...

La lengua empezaba a trabársele y a soltársele a la vez, lo que hubiera sido una ventaja... de no ser porque a mí me ocurría lo mismo. No supe si era mi cabeza o el bar, pero una de las dos cosas daba vueltas.

—Así que sí, ¿eh? ¿Así que fue usted un pez gordo? ¿Y qué pez: un tiburón? Seguro que sí... Uno fuerte al que le tenían pánico todas las sardinas del océano —imposté, con voz de titiritero, antes de soltar una carcajada extemporánea y otra aún más absurda al ver la cara de estupor con la que me miraba Isabel.

—Siempre un tiburón, siempre con los que comen, nunca con los que son comidos —respondió, con una sonrisa de escualo a juego con su frase.

—¡Por los fuertes! ¡Por los depredadores! —casi aullé.

—Y no llegaría usted a conocer a Evita, ¿verdad? —dijo Isabel.

—Sí, pero ya después de muerta —le contestó, tirando de humor negro—. Y seguía siendo una señora, lo digo con todo el respeto y quitándome el sombrero ante ella... Yo le he rezado mucho a su cadáver, en Puerta de Hierro. Soy una persona religiosa, de las que tienen a Dios de su parte. Me gané el cielo mandando al infierno a gente que se lo merecía... Aún deben de estar quemándose allí, en la parrilla, como San Lorenzo...

—¡Por Perón y por Evita! —farfullé, alzando mi copa con tanta energía que la mitad de su contenido salió volando para caer en el hombro de Córdoba Montenegro.

—Chinchín —dijo, tocándose ritualmente la mancha húmeda con dos dedos, para santiguarse con el alcohol. Después me tiró a la cara lo poco que quedaba en su copa y los dos nos partimos de risa. La suya era entrecortada y sorprendentemente aguda.

—¡Por Borges! Por su verso «Ya no seré feliz. Tal vez no importa» —recité, sin saber ni yo mismo a qué venía eso.

—¡Miralo el boludo gallego, sangre de pato y concha su madre, qué pavadas se aprendió! —dijo Córdoba Montenegro, dándome dos palmadas en el muslo. Luego entornó los párpados de iguana y se quedó como en trance.

—Debía de ser un hombre fascinante, el general, qué gran suerte haberlo conocido tan de cerca —terció Isabel, para espabilarlo.

El truhan abrió los ojos igual que si acabara de despertarlo un hipnotizador, se puso teatralmente serio y levantó la mandíbula como si se cuadrase ante un superior, lo que le dio a su cara un perfil de gorila.

—Era un líder, un guía... Perón llevaba la luz, los demás le seguíamos. Luego, el país se apagó.

—Qué impresionante eso que dice... Y, entonces, usted era ni más ni menos que uno de sus hombres de confianza —dijo Isabel.

—Más que eso... Yo piqué muy alto, doña fotógrafa... Estaba sentado en la cumbre del mundo... Y mírenme ahora, laburando por el pancho y la coca. ¿Se dan cuenta? En mi patria debieran de besar por donde pisamos, y en vez de eso, ¿qué recompensa nos dieron? En lugar de medallas, chaucha y palitos... Pero bueno, no hay que llorar sobre la leche derramada... Y seguimos dando guerra... Cuando allá nos cerraron todas las puertas, acá nos abrieron otras los camaradas españoles de entonces y de ahora.

—Discúlpeme, pero no le sigo. ¿A quiénes se refiere? —preguntó Isabel, tras darme una patada por debajo de la mesa para que mantuviese la boca cerrada.

Córdoba Montenegro entrecerró los ojos y pareció sestear unos instantes. Era un asesino cansado, un hacha enterrada.

—¿A quiénes qué? —dijo, volviendo en sí y desperezándose.

—¿Los que se portaron mal fueron sus compatriotas y el que se portó bien fue un español que le dio su puesto en La Imperial?

—Pudiera ser —dijo, haciéndose el enigmático.

—¿Y por qué lo llama camarada? ¿Es que acaso ese señor era también policía? ¿Y perteneció al círculo de Perón? Perdóneme que le haga tantas preguntas, no me lo tome en cuenta, ¡es que su historia me parece tan fascinante! No todos los días tiene una la ocasión de conocer a alguien así —le doró la píldora Isabel Escandón. El muy fatuo la miró como si lamiese un helado, le sonrió con lascivia y apuró con un movimiento seco la de la espuela, que acababan de servirle. El camino más corto a un engreído es su vanidad.

—Hombres de honor, eso es lo que fuimos. Con uniformes diferentes y los mismos ideales. Pero ustedes no lo podrían comprender, son jóvenes y hoy esas cosas ya no se llevan. El mundo giró en la dirección equivocada y ganaron los malos...

—¿El dueño de La Imperial y usted trabajaron juntos aquí o en Buenos Aires?

—Qué potrilla tan preguntona... Pues en los dos sitios. Los compadres arriman el hombro cuando y donde se los necesita.

—Ya, pero ¿cuál era su cometido? ¡No me irá a contar que eran agentes secretos, espías o algo así!

La retó con la mirada, a la vez que hacía una mueca despectiva. La maldad se asomó a sus ojos. Que no fuese ni su sombra no significaba que no fuera el mismo.

—Limpiábamos la basura —dijo.

—Quiere decir que luchaban contra la delincuencia...

—Exacto, así fue, eso es lo que hacíamos.

—Y ahora, ¿siguen del lado de la ley o se han cambiado de acera? Corren por Torremolinos ciertos rumores... —solté, lanzándole ese guante, a ver qué pasaba. Lo vimos tamborilear sobre la mesa como si mecanografiara sus pensamientos, que por la furia con que lo hacía debían de tener algo que ver con hacernos picadillo.

—Se dicen muchas tonterías, les aconsejo que no las tomen en serio.

—Me pregunto —continué, haciendo una pausa dramática— si su jefe está al corriente de lo que se rumorea que pasa en su bar todas las noches...

Soltó una carcajada histriónica. Luego, el buen humor se borró de su cara como desaparece edificio a edificio la historia de una ciudad bombardeada.

—Número uno: en La Imperial no pasa nada fuera de lo común; y número dos: el dueño está de visita donde sus pibes y tan tranquilo, porque sabe que puede confiar al cien por cien en mí —dijo, elevando la voz y con un tono desafinado por la borrachera.

—¿Pero es posible vivir donde lo hacen los ricos, con una jubilación de policía? Usted, en cambio, nos ha dicho que no anda muy boyante —dije.

—Y eso a pesar de todos sus méritos y sacrificios del pasado... —le dio coba Isabel. Y el antiguo matón que alguna vez debió de sentirse todopoderoso y ahora era un don nadie asintió lentamente y curvó los labios, con un gesto de amargura.

—Pues qué quieren, así es esta vaina y el mundo se divide en dos: unos somos los monos y otros, los dueños del circo. Unos pican en la mina y otros se llevan la plata. Y ya que hablamos de dinero... —dijo, poniendo la mano para que Isabel le diera lo prometido. Sus últimas frases estaban cerca de lo ininteligible.

—Se sentirá maltratado, viendo que otros se llevaron lo que usted también merecía... —lo azuzó una vez más ella, tan ladina a la hora de preguntar como a la de no beberse lo que le traían: cada vez que nos llevaban otra ronda a nosotros, ella dejaba la suya casi entera en la bandeja.

—Pues, ¿y qué le hacemos ahora? Lo pasado, pasado está. Aunque, eso sí, igual me había ido mejor si les hubiese seguido a esos grosos el juego en todas sus bobadas de la logia de no sé qué, la confraternidad de esto y lo otro y bla, bla, bla. Pero eso ya fue, yo lo hice y yo me la banco.

Gracias a Dios que existe la envidia, pensamos Isabel y yo mientras oíamos en nuestra cabeza el clic de una luz que se encendía.

—Una vez más, no le entiendo —se hizo ella de nuevas.

—Yo tampoco lo entendí y así me va —se lamentó, y vimos que se le vidriaban los ojos y parecía zambullirse en la autocompasión.

—¿A qué se refiere?

—¿Qué no entienden? Blanco y en botella... No entré en la orden, no afané cuando pude la guita que hacía falta para ser parte de esa manada... Si esto es muy fácil, son habas contadas... Los de dentro se protegen entre ellos; los demás estamos fuera y estamos solos.

—¿Quiénes son «ellos»? ¿Su jefe, por ejemplo? ¿Y de qué está hablando: de masonería?

La palabra le dio calambre. Se quiso incorporar, pero le fallaron las fuerzas. Nos quiso fulminar con la mirada, pero no pudo: sus ojos eran pólvora mojada.

—Déjelo ahí nomás —concluyó Córdoba Montenegro, poniéndose un dedo en los labios para mandarse callar a sí mismo—... Sólo bromeaba, son cosas mías. Y si me disculpan...

A la segunda, consiguió ponerse en pie, tambaleándose, pero volvió a dejarse caer en la silla, como quien busca un punto de apoyo al sufrir un mareo. Tendió otra vez la mano, con ademán de pedigüeño: la dignidad hacía mucho que no llamaba a su puerta. Le entregamos los doscientos euros restantes de mil amores, dos billetes que crepitaban, y le invitamos a otra copa de aquel mejunje, porque a las sabandijas se les da veneno y porque en realidad nos había contado muchas más cosas de las que él creía.

Me giré en la puerta de salida, para observarlo por última vez. Viéndolo allí, tan acabado y de nuevo medio dormido, su perfil esquelético, las sienes y el dorso de las manos surcados por venas como de tinta azul que le daban a su piel amarillenta una reverberación de mapa antiguo; con su envoltura de resignación, sin horizontes que alcanzar, convencido ya de que no había en este mundo escalera por la que huir del agujero en el que estaba y seguramente enganchado a las mismas drogas que vendía, casi nos hubiese podido dar pena, de no ser porque sabíamos quién había sido en el pasado y lo que había hecho aquel carnicero que nunca pagó ni iba ya a pagar por sus muchos crímenes. O sea, como tantos otros. Si podíamos evitarlo, Muñecas Quintana no iba a ser uno de ellos.

Capítulo doce

Ya no había duda: encontrarse en el sitio apropiado y el momento justo era la gran especialidad de *El electricista*, que parecía haber estado en todas partes donde hubiese algo que ganar y en posesión de una naturaleza camaleónica que le permitía adaptarse al medio y sacar tajada de casi todas las situaciones, especialmente de las más dramáticas. Tras escuchar en Torremolinos lo que Córdoba Montenegro nos dejó entrever acerca de él, había que deducir que el antiguo agente de la Dirección General de Seguridad también fue en muchas cosas un paso más allá que sus propios secuaces: más que González Pacheco o *Billy el niño*, que ni viajó como él a Argentina, ni como consecuencia se enroló en la Triple A, ni formó parte de la guardia que custodiaba a *Isabelita* Perón en la Quinta de Olivos; e incluso más que el propio Rodolfo Almirón, del que nada indica que estuviera en el ajo de la masonería; y la conclusión era que todo eso que él sí que hizo lo situaba más cerca de López Rega, de la P2 de Licio Gelli y, por lo tanto, del robo de las manos de Perón en el cementerio de la Chacarita, según había vaticinado el comisario Sansegundo. Si estaba en lo cierto y lo podíamos demostrar, sería una bomba que mataría dos pájaros de un tiro, al ponerle por primera vez los puntos sobre las íes a uno de los esbirros de la dictadura en España y, de paso, solucionar el misterio más insondable de la historia de Argentina. Un dos por uno impresionante.

—Ni magia negra, ni ritual masónico: saquear la tumba del general fue un acto político, una llamada de los involucionistas a la puerta de los militares: toc, toc, ¿serían tan amables de dar otro golpe de Estado? Lo demás son paparruchas —dijo Marconi.

Hablábamos en el Montevideo. Yo había pasado a recoger unos papeles en el instituto, que ya cerraba por vacaciones hasta después de Navidad, e Isabel estaba en su puesto de trabajo en la multinacional farmacéutica González y Uribe, en unos días por lo visto muy ajetreados por la nueva carrera de los laboratorios más importantes por dar con la fórmula exacta de un medicamento llamado zosurabalpina, capaz de combatir los lipopolisacáridos, unas bacterias multirresistentes a los antibióticos conocidos y que causaban una mortalidad preocupante en todo el mundo. Las obligaciones se nos acumulaban, porque al día siguiente los camiones de mudanzas llevarían nuestras cosas a la casa nueva. Y después del verano celebraríamos nuestra boda. Estábamos a punto de estrenar otra vida.

—Bueno, pero no me niegues que en esa profanación hubo una liturgia rara, muy del gusto de la P2 de Licio Gelli, empezando por la firma del mensaje que enviaron los asaltantes: «Hermes *lai* y los 13», es decir: el dios egipcio de los muertos, que era «tres veces grande» como Perón fue tres veces presidente; las partes en las que se divide el cuerpo humano y el espacio en el que se produce o se interrumpe el tránsito entre la vida y la muerte.

—Que es, imagino, lo que significa *lai*. Y supongo también que eso da fuerza a la idea loca, que flotaba por ahí desde el principio, de que lo mutilaron para evitar su paso al más allá.

—Más o menos: si te quitan algo quedas «incompleto para toda la eternidad», como hacía notar la carta en la que los secuestradores pedían ocho millones de dólares por el rescate.

—Así que ahora Perón es un alma en pena, otro marinero a bordo del Holandés errante...

—Más bien italiano, en este caso.

—Lo decís por Licio Gelli.

—El mismo que viste y calza. Te cuento un detalle: investigando su archivo privado, que donó en 2005 a la biblioteca de su pueblo natal, Pistoia, se encontró una carta suya al mago ceremonial y escritor Frank G. Ripel, seudónimo del barón Gianfranco Perilli, de Trieste, jefe de la Orden de la Rosa Mística y una autoridad mundial en parasicología y ciencias ocultas, en la que le preguntaba justo por el significado de ese término: *lai* —dije, mientras recordaba a Isabel contándome que esa palabra también era un nombre chino y un verbo del idioma mandarín: venir. Se me llenó de mariposas el corazón al rememorar la última noche en el Pez Espada de Torremolinos y a mi bella políglota diciéndome: «Y eso es lo que yo hice: *wǒo wèi nǐ ér lái*, vine a por ti».

—¿Y vos le das chance a ese tipo? —dijo Marconi, poniéndome un café. Su gesto era de escepticismo y burla.

—¿Al tal Ripel? Pues mira, no mucha: es alguien que se define a sí mismo como un profeta; asegura ser la reencarnación del escritor maldito Aleister Crowley; es un ocultista que creó la llamada filosofía religiosa de Thelema y sostiene que cuando vino a vivir a Tenerife entró en contacto con la energía mágica del Teide y el volcán le hizo saber que las islas Canarias son parte de la Atlántida.

—No te puedo creer... Así que hablamos de un perturbado.

—También afirma ser el protagonista real de la novela *El péndulo de Foucault*, de Umberto Eco, aunque sea oculto tras el personaje del profesor Camestres. Y hace muy poco ha fundado el Reino de Draconia, del cual es sultán bajo el título de Al-Gabal, el dios solar de la Montaña.

—Pero supongo que no nos vamos a tomar en serio esas majaderías.

—Sí y no, porque esto tiene dos lecturas muy diferentes: la primera es que nos podemos tomar a broma a esa gente, sus aquelarres y sus misas, porque sin duda son ridículos, una parodia; la segunda, que no debemos olvidar que algunos de ellos son peligrosos, terroristas que matan de verdad, financian golpes de Estado, sostienen dictaduras... Gelli, por ejemplo, no fue un refinado caballero de la Toscana ni nada más que un fantoche con un cáliz lleno de sangre de carnero en la mano, sino además un delincuente, un ladrón y, sobre todo, un ultraderechista criminal...

—Obvio que no me tenés que explicar eso. Acá lo que me interesa es saber si das por buena la teoría de que él ordenó cometer aquella barrabasada y si creés que lo hizo pensando en el más allá y todas esas macanadas, o en este mundo cruel, que obviamente era lo único que le interesaba: le cortó las manos a Perón para pararle los pies a Alfonsín.

—Creo que hay indicios más que suficientes de ello. Y parece que se lo confesó a un tal Leandro

Sánchez Reisse, exagente del Batallón de Inteligencia 601, cuando compartió celda con él en la cárcel suiza de Champ Dollon, en las afueras de Ginebra..., antes de fugarse de allí sobornando a varios funcionarios.

—Pero ¡cómo no, Sánchez Reisse, alias *Lenny*, que se dedicaba a secuestrar empresarios y banqueros, los pasaba por la picana y les cobraba dinerales a las familias por liberarlos! Era socio de uno de los agentes más temidos del Centro Clandestino de Detención Automotores Orletti, que se llamaba Aníbal Gordon y era conocido como *El coronel*. Juntos tenían una banda que robaba en los museos de todo el país. Se afanaron cuadros de Goya, El Greco, Rembrandt... Algunos se recuperaron y otros no.

—¡Qué me dices!

—Lo que oís: esa rata estaba en uno de los grupos de tareas de la Triple A y en sus ratos libres cometía atracos.

«O sea», pensé, «lo mismo que Almirón y el subcomisario Morales, sólo que más a lo grande». Luego comprobaría cuánto más: se llevaron de distintas pinacotecas de todo el país obras valoradas en cuarenta millones de dólares: Matisse, Renoir, Cézanne, Gauguin, Degas, Rodin, cinco o seis de Goya, varias de El Greco, otras de Ribera y Murillo... Un verdadero expolio.

—¿Aún vive Aníbal Gordon?

—No, ni modo, ese al menos murió en la cárcel en 1987, tres meses después de lo de las manos. Por cierto, ya sabés que los culpables se quitaron de en medio a todos los posibles testigos que les hubieran podido identificar, desde el sereno que vigilaba la zona de la Chacarita donde estaba la sepultura hasta la mujer que llevaba cada semana flores a la tumba del general, y pasando por el juez que instruía la causa, que lo apiolaron inyectando en las ruedas de su coche deportivo un gas que las hizo explotar. ¿Vos creés que eso también fue un abracadabra? No, amigo, fue un intento de desestabilización, quisieron cargarse la democracia.

—Seguramente hubo un poco de todo —dije, pensando en Muñecas Quintana, de quien, como sabemos, no le podía hablar—. Esos personajes fueron ridículos y siniestros a la par, me refiero al iluminado de López Rega y su cuadrilla de mangantes, unos pobres desgraciados que durante un tiempo tuvieron poder y lo ejercieron de forma brutal, quién sabe si porque, en el fondo, intuían que era su única alternativa a ser unos parias, unos ceros a la izquierda. A Almirón y compañía los sacó *El brujo* del arroyo, estaban acabados y, de pronto, se sintieron los reyes del mambo.

—Pero y cómo no, si el propio Lopecito era un mediocre, un pícaro al que le vino Dios a ver con Perón.

—Serían tal para cual.

—O eran cada uno de los dos peor que el otro —sentenció Marconi, antes de retirarse para atender a los clientes que acababan de llegar.

Me había preguntado, nada más verme aquella mañana, en qué andaba metido y qué tenía yo que ver con toda aquella historia tan argentina, de la que me había oído hablar con el comisario Sansegundo la última vez que estuvimos allí. Y yo le había contestado, medio en serio, medio en broma y sabiendo por anticipado que, dadas las circunstancias, no estaba en condiciones de cumplir el trato que yo mismo le proponía, que solamente se lo diría si a cambio él me contaba a mí, de una vez por todas, si estuvo con los Montoneros cuando vivía en Buenos Aires, como yo sospechaba. «Nunca apreté un gatillo, el resto lo he olvidado», me respondió, acogiéndose a un ni confirmo ni desmiento de libro. Así que me quedé igual que estaba, es decir, convencido de que en su momento tuvo que escapar para salvarse, pero ignorando por qué lo perseguían exactamente. En cuanto a mí, las confidencias tampoco eran posibles, puesto que estaba atado de pies y manos por el carácter secreto de mi investigación; así que escurrí el bulto amparándome como pude en mi famosa superstición, pero sin contar realmente ninguna mentira: nunca desvelo sobre qué estoy escribiendo, esgrimí en mi amparo y defensa, primero por no vender la piel del oso antes de cazarlo y, segundo, por no atraer sobre ello, como castigo, alguna nube negra.

Por cierto, que todo aquel asunto, que ya me daba mala espina desde el principio, empezó a dármela peor cuando aquella misma mañana, sentado en mi sitio de siempre del Montevideo, junto a la ventana desde la que se ve la fachada de mi instituto, me puse a trastear por aquí y por allá en busca de cualquier información que pudiera servirme y encontré en internet el vídeo íntegro de la exhumación y apertura del ataúd del general Juan Domingo Perón en el cementerio de la Chacarita, al día siguiente de ser violentado, probablemente por tres sicarios de Licio Gelli entre los que se encontraba Pascual Muñecas Quintana, y de sufrir aquella tenebrosa amputación con una sierra quirúrgica. Las imágenes son macabras, espeluznantes, hacen daño a los ojos por su crudeza. Háganme caso y no las vean, o tendrán las mismas pesadillas que tuve yo.

—Está aquí —dijo el comisario Sansegundo, nada más sentarse a la mesa.
—*¿El electricista?*
—Ha aterrizado hace tres horas en Barajas, procedente de Londres.
—Allí tiene a uno de sus hijos, según nos dejó caer Córdoba Montenegro. ¿Quiere que intente hablar con él, usando cualquier disculpa, o que lo siga?
—No, de ninguna manera. Aún no es el momento de ponerlo en jaque.
—¿Dónde está? ¿Tiene una casa en Madrid?
—No, al menos que nosotros sepamos: en España sólo es propietario de la de Torremolinos. Cuando viene a la capital, se aloja en un hotel cercano a la estación de Atocha, hace aquí lo que tenga que hacer y baja a Málaga en el AVE, como acostumbra. Sus empleados de La Imperial lo recogen y lo llevan a Torremolinos. Imaginamos que en esta ocasión seguirá la misma rutina.
—Comprendo, comprendo, y lo que me va a pedir es que vaya tras él.
—No, Urbano, se equivoca de lado a lado —dijo—: usted se va a Suiza.
—¿Perdone?
—Allí recabará cualquier información que nos pueda ser útil. Un contacto doble de nuestra con-

fianza le ayudará en sus gestiones. Son dos colaboradoras de primer nivel y el propio ministro se ha ocupado personalmente de llamarlas.

—¿Me toma el pelo? ¿Pretende que me vaya en dirección contraria del tío al que persigo?

—«Si quieres cazar al sospechoso, no lo sigas a él, sigue su dinero», dicen los manuales del FBI.

—No, no, espere un momento... Es que no lo puedo entender... ¿Aparece el monstruo que estoy buscando y yo me voy a otra parte?

—Usted no está buscando a nadie, ¿me entiende? Eso es cosa de la policía —respondió, en un tono helado y lanzándome una mirada acuciante.

—Ah, ¿no? ¿Y qué es lo que busco, entonces?

—Documentos, no a personas, eso ya lo haremos nosotros cuando toque y siempre que nos lo mande hacer un juez. Cumpla con su parte, siga las instrucciones y no se meta en camisas de once varas..., salvo que se lo pida yo.

—A la orden —ironicé.

—Buen muchacho —dijo, olvidándose de sonreír. Después, puso sobre la mesa mi pasaje a Ginebra y se fue por donde había venido, con ese aire tempestuoso de quien al salir de una habitación deja tras de sí un halo de electricidad, una atmósfera que tardará un tiempo en aquietarse. Me pregunté qué parte de todo aquello le inquietaba o le hacía no tenerlas todas consigo, porque había una reserva nueva en él, un giro sutil en su comportamiento que le hacía parecer más distante, menos seguro; y también una vacilación inusual en su mirada, una forma de esquivar la mía que nunca antes le había notado y que él trataba de enmascarar con alguna brusquedad anómala en alguien por lo común atemperado. Tuve la corazonada de que me ocultaba algo y la presunción de que lo hacía por orden de Martínez Olvido. Tal vez sería porque el señor ministro no acababa de fiarse de mí. O quizá es que esa gente no se fía de nadie.

La pista suiza de la fortuna de Perón estaba difuminada por la niebla de las leyendas: el cargamento de oro que le entregaron los nazis a los que puso a salvo en Argentina, el dinero proveniente del expolio a los judíos, los desfalcos de capitales públicos de los que le acusaban sus rivales... Resultaba difícil separar la verdad de las calumnias y lo imaginario de lo real. Y el robo de sus manos era otra parte de la misma historia. Había quienes lo explicaban desde la política, como había argumentado Marconi, de forma vehemente, en el Montevideo. Sin embargo, frente a la teoría de que aquel hecho vandálico llevaba la firma de los *carapintadas* y otros grupos involucionistas conocidos como «mano de obra desocupada de la última dictadura» —es decir, los iguales de Rodolfo Almirón o Salvador Córdoba Montenegro—, cuyo propósito evidente era desestabilizar la democracia y a Raúl Alfonsín, había otra que trataba de culparlos a él mismo y su Gobierno, avalada por la aparición de una copia de las llaves de la tumba profanada en los archivos de unas dependencias policiales de Buenos Aires y que invitaba a sospechar de la implicación de los servicios secretos. Era una hipótesis rocambolesca e inverosímil, pasaba por alto que, si hubo agentes implicados en el suceso, habrían actuado a título particular y contra el inquilino de la Casa Rosada, no en su nombre, dado que él era la bestia negra de los involucionistas, no su jefe. El presidente responsabilizó de aquellos hechos «a un minúsculo grupo golpista, muy débil pero que está jugando a la desesperada» y los diarios antijusticialistas como *La Prensa* advirtieron que «de aquí a la desintegración social y al caos media sólo un paso». Sin embargo, ya sabemos que esa frontera no se cruzó y las aguas se calmaron, de modo que el peligro no debía de ser tan real.

Quedaban las justificaciones esotérica y económica. La primera no me parecía descartable, a la luz de la relación del general con logias y brujos; la segunda era la razón de que yo estuviera caminando por las calles de Ginebra, viendo a lo lejos el *Jet d'Eau*, el surtidor que lanza agua a ciento cuarenta metros de altura en la desembocadura del Ródano, y deseando visitar las tumbas de Borges y Robert Musil en el cementerio de los Reyes.

En el avión había leído el poema que María Estela o «*Isabelita*» Perón le escribió desde su cautiverio a su esposo y que había rogado que se introdujera en su ataúd cuando este fue trasladado desde la Quinta de Olivos a la Chacarita por mandato de la Junta Militar. Sabemos que ese escrito fue la otra cosa que se llevaron los asaltantes de la sepultura, en principio para cortarlo en dos, enviarle cada mitad a un dirigente justicialista y probar de ese modo su autoría. A mí, aparte de parecerme muy malo, no me dijo nada: «Pensamiento del alma. / Cuando plantaba el jazmín / y otrora su flor me entregaba, / llega tu mano de amor / como mariposas blancas. / Los pájaros trajeron tu voz / confundida con sus trinos / haciéndome recordar / tu dulce y triste mirada. / Contemplando desde el cielo / mi figura y tu figura / tomados de nuestras manos / con dulzura no olvidada». Tenía suficientes errores sintácticos y gramaticales como para hacer que le castañeteasen los dientes a un lingüista, pero por más vueltas que le di no encontré en él la posibilidad de un mensaje cifrado ni cosa por el estilo.

—La clave está en los bancos privados —dijeron Maite Mateo y Karmela Cáliz, las altas funcionarias de peinados ondulantes y ropa peripuesta a quienes el ministro Martínez Olvido había encomendado que me atendiesen en Ginebra. Una era abogada, otra bióloga y las dos diplomáticas de carrera, ambas profesionales serias y mujeres divertidas, de esas que saben hacer cada cosa a su tiempo y lograr que lo cortés no quite lo valiente. Llevaban años más que de sobra desempeñando su oficio como para haber aprendido a relativizarlo casi todo; habían visto ascender y caer a gente sin escrúpulos ni límites que no entendió que pedir la luna es propio de lunáticos; sabían que, si a la hora de remar se te caen los anillos, terminas quedándote con las manos vacías y que el precio de la ambición es la insatisfacción: quien viene a comerse el mundo se suele quedar con hambre. Mientras hablabas con ellas de asuntos serios eran formales y juiciosas, puede que un centímetro estiradas cuando tiraban de terminología; el tipo de personas que se lo piensan todo dos veces y entienden que la mejor manera de no arriesgarse a dar un paso en falso es andarse con pies de plomo; pero a la hora de tomarse unas cervezas eran las que mejor se lo

pasaban del bar, se mostraban desinhibidas, relaja-
das y ocurrentes. Me gustaron de verdad.

—Podemos confirmar que Muñecas Quintana
tuvo una caja de seguridad aquí en Ginebra, en una
banca privada, por supuesto, y asociada, como es
preceptivo, a una cuenta corriente; pero la cerró
—dijeron, cuando aún estábamos en la fase for-
mal—. Nuestros contactos en esa entidad aseguran
que quien controlaba las finanzas de la familia era su
segunda mujer, una azafata de Aerolíneas Argentinas, diecisiete años más joven que él, que falleció
hace tres años a causa de una enfermedad coronaria
y que, al parecer, comprendía con bastante soltura
los servicios de gestión de activos o *asset management*
que le ofrecían. Cuando ella faltó, a él le vino grande
el asunto, entre otras cosas porque no habla una palabra de inglés, francés o idioma alguno más allá del
español, ni se fía de los intérpretes.

—Así que se fue con la música a otra parte... Y
con Dios sabe qué más.

—Bueno, si te gustan las frases hechas, se puede
decir así. Fuera lo que fuese que tenía a buen recaudo aquí, efectivamente, ya no está.

—Y ese ejecutivo al que me van a presentar ahora no va a decirnos qué era.

—Si lo hiciese iría a la cárcel por infringir la
cláusula de confidencialidad de su contrato y aparte
le caería una condena por vulneración de secreto
bancario. Como sin duda ya sabes, los datos de la
clientela sólo se proporcionan cuando una institución tributaria los requiere sobre algún contribuyen-
te que esté siendo investigado, o cuando hay un
mandato judicial de obligado cumplimiento cuyo

propósito sea llevar a cabo una pesquisa criminal —dijo Mateo.

—Y además es que él no podría contestar a la parte que más te interesa, porque las entidades no conocen el contenido de sus cajas de seguridad: la gente deposita allí joyas, efectivo, tal vez documentos, y nadie la controla, no se hace bajo vigilancia —completó Cáliz.

—¿A qué se dedica en concreto ese hombre?

—Transacciones de préstamos titularizados, consultoría, gestión de patrimonios...

—¿Y qué puedo entonces sacar de él?

—Más orientación que información. No olvides que recibirte es una deferencia que tiene contigo por venir tú de parte de quien vienes, el Gobierno de España, y tener él ciertos vínculos familiares con nuestro país que nosotras no estamos autorizadas a poner en tu conocimiento ni tu podrías difundir, así que lo mismo te da saberlos que no.

—¿Pero creéis que sacaré algo en limpio?

—Nunca se sabe. Pero, en cualquier caso, eso ya es cosa tuya: nosotras te lo hemos puesto en suerte, el resto depende de ti.

La reunión no fue en un despacho, sino en el café La Clémence, en la Place du Bourg-de-Four, aunque yo hubiera preferido el del Hôtel de Ville, en la Grand-Rue 39, que es donde iban Borges y su mujer, María Kodama. El hombre con el que estaba citado y del que no puedo revelar su identidad ni dar indicio alguno que pueda contribuir a desenmascararlo, llevaba un traje tan inmaculado y que le quedaba tan como un guante que uno tenía la impresión de que se lo habían planchado en la tintorería con él dentro; hacía gala de una educación helada, de las que sirven menos para acercar posturas que para guardar las distancias y poner un cortafuegos entre él y tú. Hablaba perfectamente el castellano..., al parecer junto a otros seis idiomas, aunque con un acento inconfundible que delataba sus orígenes. Lo primero que hizo fue explicarme por qué me recibía, contándome una emotiva historia sobre sus raíces, la guerra civil, sus abuelos y la emigración, que naturalmente tampoco puedo repetir: de hecho, borraré esta última frase antes de que ustedes la lean y saquen conclusiones o alguien la pueda usar como pista.

—Mire, la idea de la banca suiza como una institución glamurosa, exclusiva e inabordable ya no tiene razón de ser —dijo—; lo primero, porque aquí ya no vienen sólo la aristocracia y la *jet set* en sus aviones privados y sus descapotables, desde Saint-Tropez o Montecarlo, sino lo peor de cada casa, y créame que el abanico de posibilidades es amplio: narcotraficantes, contrabandistas de armas, mafiosos, sicarios con ahorros o simples horteras con dinero, si me permite serle franco; y lo segundo, porque los Gobiernos tomaron cartas en el asunto hace ya mucho tiempo y hoy en día el secreto financiero no es que haya desaparecido por completo, pero ya no es lo que era desde que Estados Unidos impuso su Foreign Account Tax Compliance Act, el temible FATCA, que es un mecanismo de control de las obligaciones tributarias por parte de los contribuyentes poseedores de cuentas en el extranjero; y a partir del momento, en octubre de 2018, en que firmamos compartir los datos que nos fuesen requeridos por parte de nuestros socios, mediante el AEOI, Automatic Exchange of Information. El resultado, para no abrumarle con jerga técnica y siglas raras, es que hoy en día las autoridades fiscales de los países desarrollados entran en nuestras cámaras acorazadas como elefantes en una cacharrería, congelan activos o embargan saldos con una orden judicial, y a ver quién les corta el paso o les pone trabas, cuando, supuestamente, no se les puede desobedecer.

»Desde luego, para que eso ocurra el cliente debe estar bajo investigación; y como eso, a Dios gracias, no suele ser tan habitual, para el resto sigue habiendo cuentas encriptadas y cajas fuertes donde se guardan joyas, bonos, millones de dólares, euros o libras en billetes de curso legal, documentos de toda clase y hasta lingotes de oro, en las que sus arrendatarios están a cubierto y esconden cosas… Pero si el dedo de Hacienda te señala, échate a temblar. Sin embargo, lo mismo que le digo una cosa le digo la otra, aquí en Suiza el secreto bancario es un rasgo cultural, distintivo, se inicia en el siglo XVII y tiene la peculiaridad de que existe por ley desde hace cien años y se ha endurecido notablemente en las últimas dos décadas, lo que en la actualidad significa que su incumplimiento está más perseguido que nunca y se castiga penalmente con dureza, tanto en el caso del personal como en el de las propias entidades: no olvide las multas históricas que debieron pagar el HSBC y la UBS por ayudar a evadir impuestos e incumplir el protocolo antifraude.

—Así que no me va a poder contar nada.

—Es que eso sería imposible, dado que usted y yo no nos conocemos ni estamos aquí hablando, confío en que ese extremo haya quedado meridianamente claro —dijo, clavándoles una mirada inquisitiva a Cáliz y Mateo.

—Por supuesto —se apresuraron a confirmar ellas.

—Me llama la atención —insistí— que diga que no se pueden saltar las órdenes contra el blanqueo y demás, pero haya añadido la coletilla «supuestamente...». A eso se le llama ponerle una vela a Dios y otra al diablo.

El hombre rio entre dientes y le vi tomarse su tiempo para beber con parsimonia la copa de espumoso, como él lo llamó, que le habían servido. Después reanudó su parlamento. Hablaba con un cuidado obsesivo; parecía madurar cada una de sus palabras y esmerarse con cada matiz, como quien tiene miedo de ser malinterpretado o de cometer alguna indiscreción, y con tantos miramientos y precauciones construía frases tan elaboradas que más que hablar parecía que estuviese leyendo una redacción o un informe.

—¿No son ustedes quienes inventaron eso de que «quien hizo la ley hizo la trampa»? Mire, en la ingeniería fiscal no existen las líneas rectas sino que todo son curvas, impedimentos, subterfugios y vaivenes, algo de lo que se encargan los abogados especialistas en la materia, que desde luego cobran minutas astronómicas pero defienden con mucha solvencia a quienes se las pagan; esa gente exprime el Derecho hasta sus últimas posibilidades, le busca los rincones a la jurisprudencia y al Código Penal, usa en sus escritos un galimatías casi indescifrable que confunde a las acusaciones y las obliga a perder mucho tiempo; y nunca se da por vencida, insiste erre que erre en sus apelaciones y siempre se guarda un as en la manga, una nueva instancia ante la que recurrir, un argumento al que darle otra vuelta de tuerca... Se sorprendería de la cantidad de expedientes e investigaciones que se cierran por falta de pruebas o porque a las autoridades les resulta humanamente imposible atar los cabos sueltos, identificar las pistas falsas, salir del laberinto de testaferros, sociedades interpuestas, gestores financieros y apoderados en el que se ven metidos y orientarse en la espiral de las transacciones internacionales, maniobras de despiste hechas a base de continuos ingresos y reintegros que se llevan a cabo para marear la perdiz, idas y venidas de capital que llevan las ganancias de aquí a Hong Kong, a las Islas Caimán, a Andorra, a Jamaica... Hay muchas vías de escape y los inspectores no dan abasto para cerrarlas todas. Es como meterse en un océano a pescar peces voladores con la mano.

»Usted viene de España y sabe que prácticamente el cien por cien del dinero negro que sacaron de allí políticos y empresarios corruptos, procedente de obras públicas, licencias urbanísticas manipuladas o comisiones ilegales, del blanqueo, la evasión o el fraude y destinado a la financiación irregular de los partidos o al enriquecimiento personal, ha venido a Suiza..., y que la mayoría de los defraudadores han salido indemnes, a algunos les han favorecido con una amnistía fiscal a la carta, gracias a la cual han regularizado un pequeño tanto por ciento de lo obtenido y han hecho borrón y cuenta nueva, y los menos, en el peor de los casos han ido a la cárcel apenas dos o tres años, aunque tuvieran una condena de veinticinco. Salen ganando, casi siempre.

—El caso de nuestro Muñecas Quintana, sobre quien ya sé que le han hablado largo y tendido mis compañeras —dije, señalando a Mateo y Cáliz—, es de otra clase.

—No tanto, en lo que respecta a su patrimonio: lo trajo, lo invirtió, logró unos réditos y se lo llevó a otro sitio: nada ilegal.

—El problema está en el modo en que se hizo con él…

—Puede que sí, pero debe usted de ponerse en situación y comprender que esto no es una iglesia y aquí no le preguntamos a nadie cuáles son sus pecados, sólo cuál es su saldo —ironizó.

—Pero sí que tienen la obligación de informar de cualquier movimiento sospechoso, ¿no es cierto?

—Siempre y cuando exista ya un proceso en marcha que nos haga entregar lo que se nos requiera. En el caso de España nuestro interlocutor es la Unidad Central de Delincuencia Económica, a la que pertenece su amigo el comisario Sansegundo, con quien hemos colaborado en varias ocasiones: nosotros les hacemos llegar lo que nos piden y ellos le dan traslado al instructor que lleve la causa. No hay otro modo reglamentario de hacerlo.

—¿Y antirreglamentario? —tanteé.

Volvió a hacer otra de sus pausas dramáticas y me observó con el interés con que un entomólogo miraría con su lupa un saltamontes rosa. No puedo desvelar de qué color son sus ojos, pero sí que en ese instante me parecieron de la estirpe de los taladros neumáticos y las palas excavadoras.

—Presumo que usted es un caballero, señor Urbano, de forma que jamás se atrevería a proponerme algo ilícito, y menos aún teniendo como testigos a dos distinguidas funcionarias como las aquí presentes Cáliz y Mateo; pero tampoco sería tan ingenuo de esperar que yo tirase piedras contra mi tejado, ¿verdad? Ya sabe lo que se dice de los banqueros: son tan egoístas que si fueran árboles sólo se darían sombra a sí mismos —bromeó, fingiendo primero que se escandalizaba y dejando claro a continuación que se reía de mí. Pero no había terminado, y tras dejar que sus palabras flotasen en el ambiente como las burbujas en su bebida, cuyo último sorbo paladeó con una complacencia golosa, siguió adelante. Durante su silencio vi descender sobre la fuente de la plaza unos cormoranes negros. Los marineros dicen que esos pájaros son los espíritus de los ahogados.

—No obstante —siguió mi interlocutor—, lo que sí podría hacerle es una pregunta, contando con su discreción y siempre en el marco de una charla informal como la que *no* estamos manteniendo. ¿Le parece bien? Bueno, pues en ese caso, procedo: ¿sabe usted lo que es el Transporte de Fondos y Valores? Sobre el papel suena algo pomposo, seguramente; pero, hablando en plata, son los furgones blindados con los que las empresas de seguridad privada llevan de un sitio a otro dinero en efectivo, metales preciosos, obras de arte, joyas y otros objetos de valor, entre ellos documentos relevantes: cualquier cosa que sus propietarios crean que merece la pena defender con revólveres del calibre treinta y ocho y escopetas de repetición. Son vehículos que deben ajustarse a lo dictaminado por los ministerios competentes en la materia, en su caso los de Interior y Justicia, ofrecer un blindaje integral en el parabrisas, las lunas laterales y trasera y la carrocería, ir provistos de una emisora de radiofrecuencia, cerrojos eléctricos, sistema de alarma con campana acústica y de extinción de incendios, troneras giratorias por las que puedan disparar los vigilantes, que deben ser tres, incluido el conductor... Esos son algunos de los requisitos que deben cumplir con respecto a su equipamiento. Igualmente, están marcadas las cifras máximas que se permite desplazar y las cantidades a partir de las cuales es necesario dar parte a la policía, ya sea la de fronteras o cualquier otra. Toda precaución es poca con un negocio que hace circular por las carreteras de Europa cientos de miles de millones de euros y dólares.

—Vaya, pues muy delatador que se siga moviendo tanto efectivo, ahora que se pueden hacer y recibir pagos electrónicos hasta con el teléfono, ¿no le parece?

—Nosotros tenemos una respuesta a eso, y es que en la era de la tarjeta de crédito y el bizum los billetes y las monedas siguen en uso por la misma razón que cuando se inventó el ascensor no desaparecieron las escaleras.

—Es un buen símil, muy ingenioso. El problema es que por estas escaleras se escapan los ladrones. Por eso los Gobiernos, también el de España, han ido recortando el máximo que se puede pagar en metálico.

—Lo cual, querido amigo, aumenta el control sobre los ingresos de las personas y es una panacea para la banca y las multinacionales. Nosotros, encantados, lógicamente. Ya sabe: la información es poder.

»Pero, si me permite dejar la filosofía para otro momento y seguir con lo que nos traíamos entre manos —dijo, poniéndose de pronto serio por sorpresa y echándole un vistazo admonitorio a su reloj—, le sugeriría reflexionar sobre otras normas burocráticas de control a las que se deben atener estas compañías. Le comento en unos segundos, porque debo regresar ya a mi despacho, dos que podrían ser de su interés: la primera, que las operaciones de recogida y entrega que realice cada dotación se consignen diariamente en una hoja de ruta que se formaliza en el puerto de partida y se sella en destino; la segunda, que tienen que llevar un libro de registro de cada uno de sus desplazamientos y pormenorizar en qué consistieron sus servicios.

—¿Hacen un inventario de lo transportado? —dije, cazando al vuelo la importancia de esa revelación.

—No exhaustivo, en cualquier caso. Quiero decir que pueden poner que llevan en su bodega «documentos», pero no especificar en modo alguno su contenido, porque eso haría el procedimiento interminable y seguramente vulneraría el derecho a la intimidad de los propietarios de la carga. En cualquier caso, si me acepta un consejo, no mire el dedo, mire la luna... Y recuerde que donde hubo papeleo y formalismos, habrá pistas. Siga el rastro y llegará donde llegó antes que usted aquello que persigue —sentenció, dando por concluido nuestro encuentro.

—¿Cuánto tiempo se conservan esos registros? —pregunté, sintiendo que el pulso se me aceleraba aún más.

—A los cinco años se destruyen.

—¿Sabe cuándo se llevó sus cosas Muñecas Quintana? ¿Me lo puede decir?

Volvió a esbozar una sonrisa entre piadosa y cómplice.

—No me pida lo que no le puedo entregar... Pero recuerde sus motivos para irse... La soledad... Su falta de destreza con los idiomas... El duelo...

—¡La muerte de su esposa! Me está dejando caer que se fue de Ginebra cuando ella murió.

—Yo no le estoy dejando caer nada, ni he dicho esta boca es mía —protestó, soliviantándose de forma visible, por la forma en que su cara enrojeció y sus ojos se helaron. Sin duda, era un hombre temperamental.

—Sí, sí, no se preocupe —me disculpé—. Aunque si pudiera darme algún indicio más...

Su expresión volvió a dulcificarse y su voz adquirió un rumor pedagógico.

—No lo olvide: la curiosidad mató al gato.

—Puede ser... Sin embargo, yo prefiero una frase de Calderón de la Barca que siempre les hago copiar a principio de curso a mis estudiantes: «Quien daña el saber, homicida es de sí mismo».

—Lo reconozco, es hermosa. Pero a partir de aquí —dijo, trazando una línea imaginaria en el aire—, usted se lo guisa y usted se lo come.

Decidí plegar velas, porque la conversación, evidentemente, no iba a dar más de sí, y porque Mateo y Cáliz me habían echado una mirada de amonestación.

—Muchas gracias por su ayuda —dije, mientras hacía ademán de levantarme, tal y como él acababa de hacer, cosa que me impidió con un gesto inequívoco y casi beligerante de la mano. Luego, se despidió de nosotros con una inclinación de cabeza.

—Leeré alguna de sus novelas, señor Urbano, y si me gusta pensaré que me encantaría haberle conocido —insistió, para remachar de nuevo la naturaleza clandestina de nuestra charla.

Lo observé mientras abandonaba La Clémence y se perdía entre el gentío que en esos momentos transitaba por la Place du Bourg-de-Four. Era un individuo peculiar y a la vez la versión homologada del clásico ejecutivo de altos vuelos, con su distinción un poco artificial, sus modales británicos, su ropa a medida y sus zapatos de marca; pero a pesar de eso y de la atmósfera envarada en la que se envolvía como en un perfume demasiado aromático, no tuve la impresión de que fuera de los que creen que la gente normal y sus problemas son del tamaño del que ellos los ven desde sus rascacielos: diminutos y, en consecuencia, insignificantes; al contrario, aparentaba tener una relativa conciencia social y enervarse, aunque fuera nadando y guardando la ropa, con las injusticias y los atropellos de los más fuertes a los más débiles, tal vez porque algunos de los suyos los habían sufrido en el pasado... Sin entrar en detalles que no puedo dar, el resumen sería que gracias a los sacrificios de quienes le querían subió una montaña muy alta, pero durante el ascenso vio muchas caídas; y que lo primero hizo de él un triunfador y lo segundo, una persona misericordiosa.

A mí, desde luego, me había sido de gran ayuda y me había dado cuatro datos muy valiosos: el primero, la confirmación de que Pascual Muñecas Quintana tuvo una caja de seguridad en su banco, algo sin duda poco habitual en un policía que, además, no había pasado de sargento; el segundo, la pista de los furgones blindados, en uno de los cuales se llevó lo que tuviera allí escondido; en tercer lugar, la pista de que lo hizo tras el fallecimiento de su mujer, lo que me ayudaría a situarlo en el tiempo; y finalmente, la advertencia de que si este se había producido hacía menos de cinco años, el Ministerio del Interior tendría acceso a la ruta que siguió ese vehículo.

La niebla se empezaba a disipar. Y los cormoranes negros ya se habían ido.

Capítulo trece

«Si no mirásemos otra cosa que el camino, pronto llegaríamos», dice Santa Teresa de Jesús. Analiza esa sentencia, di a cuál de sus libros pertenece y en qué época literaria se la puede enmarcar y sitúala en el contexto filosófico, histórico, religioso y biográfico de su autora.

Me acordé de esa pregunta que les suelo poner a mis alumnos en sus exámenes sobre el Siglo de Oro y me apliqué el cuento: ahora que había encontrado por dónde ir en mi investigación, no debía distraerme con nada que no fuera la búsqueda de los registros que llevaba *El electricista* sobre los detenidos en la DGS y, más en concreto, localizar las entradas referidas a la familia Murgades y cualquier referencia que pudiera existir a su hotel de Torremolinos. Ese era mi objetivo inmediato y el resto, las otras historias que, si soy capaz de hacerlas convivir, acabarán por formar parte de esta novela cuando la escriba, podía esperar. Cada cosa a su tiempo y, mientras llega, a guardar la calma, como también nos aconsejó nuestra poeta: «Nada te turbe, nada te espante, todo se pasa, / Dios no se muda y la paciencia todo lo alcanza».

En cualquier caso, de momento ya habíamos logrado con Muñecas Quintana más de lo que se consiguió nunca con Perón, de quien nadie ha encontrado, por ahora, la cuenta o caja de seguridad cuya clave, supuestamente, estaba grabada en el anillo con el que fue enterrado. Los requerimientos judiciales que se habían hecho por conducto diplomático, a través de la embajada argentina en Ginebra, para recabar información sobre ese particular obtuvieron como respuesta que no había «ningún producto financiero en los bancos del país registrado a su nombre»; lo cual era como no decir nada: casi nadie usa su verdadera identidad en los paraísos fiscales.

El general siempre negó haberse enriquecido con su paso por la Casa Rosada, lo hizo insistentemente de viva voz, en declaraciones institucionales y entrevistas, e incluso por escrito en algunos textos autobiográficos: «Mi exilio, a diferencia de lo que se quiere hacer creer en Buenos Aires, no es dorado ni cómodo, jamás fui a Suiza, donde inventaron que prácticamente no había en toda la Confederación Helvética máquina registradora que no trabajase en el recuento, moneda a moneda, de mi fabulosa montaña de dinero. También se preguntan cómo pude adquirir una propiedad en Madrid. La zona de Puerta de Hierro es aristocrática, no lo voy a negar. Pero mi Quinta 17 de Octubre no tiene nada que ver con todo esto: es más modesta que la que poseen muchos industriales argentinos de medio pelo en Florida, Martínez o La Lucila».

Pero hay muchas lagunas en esa explicación, que no aclara el origen de los fondos con los que se mantenían él y María Estela o *Isabelita* en España, a todas luces holgadamente, con chófer, ama de llaves y servicio doméstico. Y tampoco pueden olvidarse determinados episodios de su pasado que debilitan la leyenda de sus supuestos apuros económicos y le van restando credibilidad, de la misma forma en que las letras fundidas de un letrero de neón le quitan prestigio a la tienda que anuncian. Por ejemplo, la historia probada de los nazis que puso a salvo en su país genera especulaciones, pero también da algunas pistas. ¿Le pagaron su peso en oro, literalmente, a cambio de su hospitalidad? Pudieron hacerlo, porque les sobraba y porque, en el fondo, tiraban con pólvora ajena: no era suyo, se lo habían robado a los judíos.

El caso de Perón no sería, además, nada raro, sino uno entre muchos. En 1983 se descubrió un listado con doce mil nombres de nazis residentes en Argentina o militantes de la rama local del partido de Adolf Hitler, que mandaron a Suiza lo que hoy serían casi cuarenta mil millones de dólares, con toda probabilidad obtenidos con el saqueo a sus víctimas. El Centro Simon Wiesenthal le pidió a la sede central del Credit Suisse en Zúrich acceder a la información de esas cuentas inactivas, para determinar la procedencia de los fondos que atesoraban, pero sin éxito.

En uno de nuestros desayunos en el Montevideo, el perseverante Marconi me había llamado la atención sobre una de las personas que formaban parte de aquel entramado de blanqueo: Ludwig Freude, un poderoso mecenas del Tercer Reich, condecorado por el *führer*, empresario maderero que se radicó en Argentina tras la caída de Berlín y dirigente de la Unión Alemana de Gremios, que ya en el pasado había dado refugio al entonces secretario de Trabajo y su mujer, Eva Duarte, en su Quinta Ostende, en una isla del Tigre, cuando lo buscaban sus compañeros de armas para detenerlo, y del que se sabe que aprovechó su cargo de director del Banco Transatlántico para llevarse al Schweizerische Kreditanstalt, luego Credit Suisse, bienes expoliados durante el Holocausto cuyo valor, al cambio de hoy, sería de unos mil setecientos millones de euros. Su hijo Rudolf fue secretario privado del propio Perón, que le puso un despacho en el primer piso de la Casa Rosada desde el que gestionó la llegada a Buenos Aires de monstruos como Adolf Eichmann, Josef Mengele o Erich Priebke. Ese Rodolfo Freude, como prefería que lo llamaran, se dedicó en cuerpo y alma a intentar recuperar en Ginebra, con sucesivas denuncias y reclamaciones, el ignominioso tesoro de su padre, pero murió de cáncer, en 2003, sin haber conseguido su objetivo. Tampoco lo han logrado sus descendientes, por más que litigasen sin tregua con el banco, que aún mantiene esas cuentas congeladas.

Salvando todas las distancias, *El electricista*, que había hecho lo mismo a su manera, chantajear a quienes torturaba y usurparles su patrimonio, estuvo más listo al llevarse a tiempo el botín... O eso creería él, porque quién sabe si con ese movimiento lo único que hizo en realidad fue ponérnoslo más cerca a quienes lo perseguíamos. Esa era la posibilidad buena: la mala, que las noticias sobre la nueva ley le pusieran en guardia y fuese a quemar la documentación que le comprometía, si es que no lo había hecho ya. Me imaginé que su astuta mujer le decía desde el más allá: «Pascual, qué error de cálculo más elemental. Qué va a ser de ti sin mi ayuda». Y crucé los dedos para que le hiciera caso.

Se llamaba Guadalupe Maestre y había nacido en Rosario, Argentina, donde su padre trabajaba como agente de la policía federal y su madre era propietaria de una tienda de ultramarinos, heredada de sus abuelos, que vendió para seguir a su esposo a Buenos Aires, cuando lo destinaron allí tras ser ascendido a suboficial mayor. Con lo obtenido por aquel traspaso les dio para instalarse cómodamente en una casa de la zona de Puerto Madero. La chica, que era la menor de tres hermanas —las otras dos se llamaban Inmaculada y Elena—, había destacado siempre en sus estudios, porque según coinciden en reseñar sus profesores era lista, aplicada y sistemática, de manera que obtuvo cuantas becas y premios se pusieron a su alcance y, al llegar al último curso y a los exámenes decisivos, se graduó con notas sobresalientes. Más adelante, quiso completar su formación en una academia de idiomas, donde perfeccionaría su dominio del inglés y aprendió alemán, y logró una plaza de auxiliar de vuelo en Aerolíneas Argentinas con poco más de veinte años. Pero eso tampoco colmó sus expectativas, porque era una persona ambiciosa, siempre dispuesta a aumentar sus conocimientos, y que supo compaginar sus obligaciones con sus aspiraciones para sacarse en su tiempo libre una licenciatura en Economía por la Universidad de Belgrano. Lo que a nosotros nos interesa, el camino que la llevó hacia Muñecas Quintana, se explica por el hecho de que su padre, un peronista de derechas que admiraba hasta la devoción al caudillo del justicialismo, al poco de llegar a la capital se hizo amigo de López Rega, que visitaba su casa en algunas ocasiones, acompañado normalmente por Rodolfo Almirón y parece que, a partir de cierto momento, también por un español que ella supuso que le hacía al gran hombre las veces de guardaespaldas: *El electricista*. Con este iba a casarse no mucho después en España, donde es muy probable que los suyos se refugiasen debido a sus vínculos con la Triple A. El matrimonio entre Guadalupe y Muñecas Quintana les permitiría quedarse en Madrid y la Ley de Obediencia Debida, regresar a su país sin cuentas pendientes con la justicia. Pero el flechazo fue real y quienes frecuentaron a la pareja aseguran que eran felices y que él bebía los vientos por su esposa. Perderla lo había devastado y, según Córdoba Montenegro, que era quien nos había contado toda esta historia, desde que se había quedado viudo su jefe no levantaba cabeza.

—Así que eran una pareja muy unida —había dicho durante mi encuentro con el capataz de La Imperial, para darle carrete y que siguiera hablando.

Por toda respuesta emitió un gruñido amortiguado, una especie de vibración que no supe cómo interpretar y que recordaba al rumor sordo del agua en las conducciones subterráneas de una vivienda. Me recreé en su aspecto penoso, con su aire de rufián taciturno y vestido con aquella ropa indolente que parecía sacada del baúl de un antepasado. Su rostro, una representación quimérica de la maldad donde se conjugaban a la perfección lo abominable y lo grotesco, provocaba a la par temor y burla, pero sin duda había en él algo depravado, bilioso, que predominaba sobre cualquier otro rasgo. Me dio un escalofrío y volví a sentir el desasosiego que me producía toda aquella historia espectral de fascistas y profanadores de sepulcros. Isabel se burla a veces de mis supersticiones y yo me defiendo con una frase paradójica: «Soy demasiado escéptico para creer que nada sea increíble».

—Una pareja unida, sí... Hasta que la muerte los separó —dijo Córdoba Montenegro, volviendo de pronto en sí como de un trance—. Aunque, con todos los respetos, más bien parecían una reina y su soldado. Esa mina, que Dios la tenga en su gloria, era cosa seria.

—Quiere decir que era quien cortaba el bacalao...

—Mirá, eso lo sabíamos todos, está más que claro que si él es un Gardel se lo debe a su doña. Antes de conocerla era uno más, como el resto.

—Uno que no era mejor, pero tuvo más suerte. —Echó leña al fuego Isabel, usando una vez más el comodín de la lisonja.

—Y tanto —respondió, sin poder ocultar la envidia—. Los hay que nacen de pie. Ayer sacaban en el periódico deportivo que compran acá la historia de un croata que es el hombre con más tuje del mundo. ¿La conocen? Una vez descarrila el tren en el que va, cae a un río y palman todos los pasajeros menos él; al año siguiente se estrella el avión en el que viaja a no sé dónde y se vuelve a salvar él solo; la tercera vez su autobús se despeña por un puente y la cuarta lo atropella un coche al cruzar la calle. Y así hasta siete veces que no se va al otro mundo de milagro. Pensarán que el tipo es mufa, que atrae las desgracias, pero ¿saben qué? Pues resulta que el día de su cumpleaños, creo que cumplía setenta y tantos, se regala un décimo de lotería que ve en el escaparate ¡y le tocan ochocientos mil euros! Yo siempre juego, pero nunca me cae nada.

—¿Y la señora de su jefe, que en paz descanse, le ayudaba también en sus negocios? —dije, para interrumpir la divagación.

—¿Es una broma o es que no me oís? Estaba hasta las manos, en eso y en todo lo demás. Ella era el cerebro; él era el brazo armado.

—¿Se refiere a que es un hombre violento?

—¡Pero no, boludo, no tomés el rábano por las hojas, es sólo una forma de hablar! ¿Y aparte, qué es eso de «violento»? ¿Darle una trompada a quien se lo ha buscado? ¿Cumplir tus órdenes en una guerra? ¿Defender a tu país de la subversión? —refunfuñó, pegando un golpe con la palma de la mano en la mesa.

—Así que su mujer era quien llevaba las riendas —insistí, para volver a encauzarlo.

—Pará, pará, pará... Demasiadas preguntas, vos querés la chancha y los veinte. Por hoy se acabó, fin del capítulo.

—Lo dejamos, entonces, en que su señora falleció y perderla lo ha dejado roto —insistí.

—Está *kaput*. La muerta lo ha matado.

Y tras lanzar esa sentencia volvió a entrecerrar los ojos y a caer en otra de sus desconexiones, como si hablar más de la cuenta tuviera en él un efecto anestésico. Vimos resbalar unas lágrimas por sus mejillas. Si hubieran sido venenosas, no me habría extrañado. Me pregunté para cuántas dosis de la droga que tomase le alcanzaría el dinero que le habíamos dado.

192

En cualquier caso, no le duraría mucho, pronto necesitaría más y eso podría beneficiarnos: él era nuestra garganta profunda y nosotros su clavo ardiendo.

También nos contó de pasada que otra de las relaciones duraderas de Guadalupe Maestre fue con Norma, la hija única de López Rega, de la que Isabel Escandón me hizo una breve semblanza: profesora de Bellas Artes y psicóloga social; viuda del presidente durante tres meses Raúl Lastiri y casada en segundas nupcias, desde hace cuatro décadas, con un periodista que fue jefe de prensa del Ministerio de Bienestar Social que comandaba su padre y ejerció como subsecretario de Prensa del Gobierno hasta 1975. El matrimonio compartió algo más, aunque fuera en diferentes momentos: una pena de tres años de cárcel por su relación con el terrorismo de Estado. Antes de eso, ella estuvo con frecuencia en Madrid y se alojó de forma recurrente en la Quinta 17 de Octubre, donde se encontraba el día en que llegó a la casa de Puerta de Hierro el cadáver embalsamado de Evita. En alguna entrevista declaró guardar con afecto varias fotos en compañía del dictador Francisco Franco. Es autora de un libro titulado *Lealtad sin honores*, en el que defiende con uñas y dientes la honorabilidad e inocencia de su progenitor y, curiosamente, recurre a argumentos calcados de los de María Elena Cisneros, a la que sin embargo detesta. En sus apariciones públicas ha contado milongas como esta: «Un día estaba en la prisión para visitar a mi marido y vi a Videla, sentado en una silla, así que aproveché para acercarme a él y le dije: "Buen día, general, soy Norma López Rega". Él se puso pálido. Creo que pensó que yo lo iba a insultar. Pero en lugar de eso, le sorprendí: "Mire, señor, ¿no le parece que con el tiempo que ha pasado tenemos que olvidar todo esto, luchar para volver a ser hermanos y que haya unidad entre los argentinos? ¿Me quiere dar un beso, un abrazo..., qué sé yo?". Y nos abrazamos, me dio un beso en la mejilla y olvidamos el pasado». El problema de ese puente emocional es lo que hay abajo, treinta mil víctimas, entre los desaparecidos de la Junta Militar y los de la Triple A, a las que se refirió en 2003, hablando con esa sangre fría que sólo tienen los asesinos, el último presidente de la dictadura, Reynaldo Bignone: «Esa cifra es falsa, sólo fueron ocho mil, de los cuales mil quinientos bajo el Gobierno de ellos, los peronistas». O sea, en la época de María Estela Martínez de Perón, *El brujo*, Rodolfo Almirón y Muñecas Quintana. Aquel carnicero, en cualquier caso, se quedó corto: se estima que los asesinados por el grupo terrorista fueron, como mínimo, quinientos más.

Mientras yo estaba en Suiza, Isabel había conseguido ponerse en contacto con Norma López Rega a través del correo electrónico y le preguntó acerca de la fortuna de su padre y sobre la teoría de que este la puso en sus manos para alejarla de las de Cisneros. La respuesta no tardó en llegar y fue taxativa: «Estimada señora, no me haga reír, ese dinero no existe ni existió nunca y, por lo tanto, ni lo tengo yo, qué más quisiera, ni lo tuvieron jamás ellos. En 1982 los visité en Suiza y le aseguro que vivían de alquiler en un apartamento de una modestia rayana en el desamparo. Le ruego que no me importune más, sobre todo si es para calumniarnos, y que respete el nombre y la memoria de un hombre bueno y un gran político,

194

que es lo que fue mi padre». No merecía la pena insistir, y además daba lo mismo: como dice una canción que fue muy famosa en su país y a ella, sin duda, no le gustará escuchar, «si la historia la escriben los que ganan, / eso quiere decir que hay otra historia»; y nosotros, le gustase o no, estábamos ahí para contarla.

Nada más regresar a Madrid me reuní en el Montevideo con el comisario Sansegundo. Yo le había puesto al corriente de lo ocurrido en Ginebra, tal y como mandaba el protocolo que se me había impuesto, aunque estaba seguro de que Cáliz y Mateo habrían hecho otro tanto, así que, entre una cosa y otra, llegó con los deberes hechos al bar-restaurante de Marconi.

—Lo que le ha contado su hombre de Suiza es correcto —dijo, a modo de preámbulo—. La legislación, además, es prácticamente común a toda Europa, con leves variaciones. En España, las compañías de furgones blindados tienen que inscribirse en el Registro General de Empresas de Seguridad del Ministerio del Interior, que está bajo control de la Unidad Orgánica Central de la Policía o, en su caso, del órgano correspondiente de cada Comunidad Autónoma; efectivamente, deben llevar cuenta de sus rutas y su carga en libros con las hojas foliadas y selladas, que cuentan en su primera página con una diligencia de habilitación de las fuerzas del orden, y además conservar ese material informativo durante un periodo de cinco años. La regulación es estricta y no deja escapatoria posible, cada una de las actividades de transporte y custodia sólo se lleva a cabo tras especificar la fecha y el número del contrato que se firme con los solicitantes, el nombre y apellidos de estos, su número de identificación fiscal y su domicilio, el objeto de la prestación del servicio, el lugar donde va a realizarse, haciendo constar tanto el origen como el destino final, e incluso el precio convenido entre las partes: y para concluir el proceso, es obligatorio enviarnos toda esa documentación por vía electrónica.

—¿Y qué pasaría si en vez de leerme el prospecto me da la medicina? ¿Le quitarían una de las estrellas doradas de sus galones?

Su risa de conejo hizo evidente que estaba de buen humor.

—Es nada más que una, dentro de una corona de laurel. Eso sí, de ocho puntas.

—Venga, no me haga rabiar, que estoy que no me llega la camisa al cuerpo. ¿Lo tienen?

Hizo un gesto petulante, impropio de él, por lo general tan mesurado, pero acorde con la bomba que iba a soltar.

—Lo hemos localizado: el tesoro de Muñecas Quintana salió de Ginebra hace exactamente cuatro años, tres meses y seis días.

—¡Fantástico! Estamos en plazo. ¿Y adónde lo llevó?

—A Torremolinos. Y sabemos que justo por esas fechas mandó instalar en La Imperial una caja fuerte y una alarma bastante mejores que las que ya tenía el local. Tal vez sea una coincidencia.

—No lo es, seguro. ¿Cómo lo han averiguado?

—Quiso desgravarse ese gasto en su declaración de la renta. Se lo echaron para atrás y tuvo que hacer una declaración paralela, abonar lo deducido irregularmente y una pequeña multa.

—Vaya, vaya, vaya... Parece que en cuanto le faltó su mujer, volvió a ser el pobre diablo que era: primero se fue de Suiza porque no sabía manejar sus depósitos allí; después se llevó sus bártulos al negocio de la playa por ahorrarse contratar una caja de seguridad. Un miserable en dos de los tres sentidos de la palabra, por pérfido y por cutre; y en el tercero no lo es, únicamente, por lo que ha robado.

—Me temo que ya no es el que era. Los hombres que puse tras él para que lo vigilasen desde que llegó de Londres dicen que está muy avejentado y se le ve decaído.

Volví a pensar en las fotos de Rodolfo Almirón cuando fue extraditado a Argentina, tras su arresto cerca de Valencia, y en la ruina humana que era Salvador Córdoba Montenegro; también en las imágenes de *Billy el niño* que dieron la vuelta al mundo, enfurecido y tratando de huir con vaivenes de fiera acorralada de la reportera y el camarógrafo que lo perseguían por la calle. La justicia había llegado demasiado tarde hasta ellos, cuando ya casi daban más pena que otra cosa.

—Está así por la pérdida de su esposa.

—Ya ve: un sentimental —dijo el comisario.

—¡Sí, sí, claro...! Esa gente es el cuchillo de trinchar la carne a la hora de hacer daño y el de untar la mantequilla a la de sufrir. Acuérdese de Franco llorando por el asesinato del almirante Carrero Blanco.

—Bueno, mírclo desde su óptica: era su presidente, su delfín y su amigo más cercano, según he leído...

—Era un fascista, antisemita y simpatizante del nazismo. Si quiere seguir leyendo, escribió un libro que se titula *España y el mar*, cuya teoría es que «el mundo, aunque no lo parezca, aunque en apariencia sus contiendas tengan su origen en causas muy distintas, vive una constante guerra de tipo esencialmente religioso. Es la lucha del cristianismo contra el judaísmo. Guerra a muerte, como tiene que ser la lucha del bien contra el mal, de la verdad contra la mentira, de la luz contra la oscuridad».

—No me dé un mitin, Urbano —dijo, aunque con más sorna que acritud—. Y volvamos a lo que nos ocupa.

—Tiene razón. ¿Qué había en la furgoneta?

—Trescientos mil euros, que es lo que tenía regularizado... Poca cosa, en realidad: la punta del iceberg. El resto lo habrá movido como lo hacen todos, con operaciones ejecutadas por personas interpuestas. Y otra parte se la llevaría en metálico. Mirando las fechas de sus viajes a Alemania e Inglaterra, que se multiplican de manera muy significativa en los meses previos a que cerrase su cuenta en Ginebra, sospechamos que podría haber ido allí a repartirlo equitativamente entre sus hijos.

—Cuando decimos «el resto», ¿de cuánto dinero hablamos?

—Según una ley no escrita, pero muy común entre los defraudadores, estos suelen cubrir el expediente declarando al fisco alrededor de una quinta parte del total de su patrimonio; así que pongamos que debía de tener en Suiza en torno al millón y medio de euros.

—¡Madre mía! ¿Pero a cuánta gente extorsionó en la Puerta del Sol? ¿Cuánto le pagaron *El brujo*, Licio Gelli y compañía?

—Supongo que afanó mucho, gastó poco e invirtió bien. Su esposa era muy buena en eso, un lince para adelantarse a las fluctuaciones de los mercados. Imagino que, además, en los buenos tiempos de La Imperial ganarían bastante, dado que por entonces Torremolinos era una verdadera mina de oro y los dólares les lloverían del cielo. Pero mientras algunos empresarios murieron de éxito, él y su esposa supieron guardar para mañana.

—¿Contenía algo más el furgón blindado?

—Dos cajas metálicas de tamaño medio, concretamente de trescientos centímetros cúbicos. Para que se haga una idea, las de zapatos tienen unos ciento sesenta.

—¿Se sabe qué había en ellas?

—En una, «documentación»; en la otra, «una escultura y otros recuerdos y objetos personales».

—Conque una escultura... Con ese tamaño y viniendo de quien viene, será un pisapapeles... Aunque, en ese caso, ¿por qué lo tendría en Suiza? Se me ocurre que igual es una obra de arte valiosa que le sacó a otro de los detenidos en la DGS.

—Pudiera ser, aunque no consta que se tratara de eso.

—¿Entonces?

—Si le cuento lo que representa esa pieza, un extremo que también está detallado en el informe de la compañía de seguridad que desempeñó el traslado, tal vez se le pueda ocurrir alguna teoría de las suyas —dijo, demorando su respuesta con una complacencia morbosa.

—No se ponga enigmático, que me tiene en vilo —le apremié.

—¿De verdad no lo adivina?

—¡Comisario Sansegundo, déjese de misterios y dispare! ¿Qué había en la segunda caja?

—La escultura que Muñecas Quintana escondía en Suiza representa unas manos.

Capítulo catorce

El nombre de Ezequiel Martínez Panadero era para varias generaciones de españoles sinónimo de la lucha proletaria. Nacido en 1941, en Barbastro, Huesca, su familia se trasladó a Barcelona al lograr su padre un empleo en la fábrica de coches SEAT de la zona franca, donde al poco tiempo él mismo encontraría acomodo como aprendiz. Las condiciones laborales de los operarios; los turnos infinitos, durante los que no disponían siquiera de una pausa para comer; las humillaciones a las que eran sometidos por los capataces; el salario paupérrimo y la falta de medidas de seguridad despertaron en él una conciencia de clase que le llevó a militar muy pronto en las Comisiones Obreras. Mientras ganaba su jornal no descuidó tampoco sus estudios básicos y logró sacarlos adelante. Eso, unido a su destreza oratoria, un arte para el que tenía un talento espontáneo, lo convirtió en un modelo de compromiso, valor y perseverancia para sus compañeros: aquel muchacho tenía madera de líder.

Pronto llegaron las multas, los expedientes y las detenciones por organizar asambleas y pegar carteles reivindicativos. Y, naturalmente, fue torturado más de una vez en oscuros calabozos y lúgubres salas de interrogatorios por la policía brutal de la dictadura. Sin embargo, él no era de los que se amilanaban, ni mucho menos de los que se rendían, y siguió con su tarea política. Su primer gran triunfo sería formar parte del comité que le ganó las elecciones, contra todo pronóstico, al monolítico y hasta entonces invulnerable sindicato vertical que auspiciaba el régimen. Pero, sin duda, su momento de gloria llegó con la famosa huelga celebrada en aquella factoría automovilística cuando la dirección los echó a la calle a él y a otros camaradas por exigir mejoras de sueldos y reducciones de jornada. La plantilla entera dijo basta, se concentró a las puertas de la fábrica para protestar contra aquel nuevo atropello y cuando fue conminada por los antidisturbios que rodeaban el edificio a disolverse y regresar a sus puestos, se negó a rendirse y se encerró en sus talleres. Los amotinados, con los que habían sido despedidos a la cabeza, resistieron durante más de doce horas el asedio de las fuerzas del orden, que habían irrumpido en las instalaciones a caballo y disparando sus armas. Hubo una víctima mortal, abatida por las balas de los *grises*, y numerosos heridos, pero los trabajadores no se doblegaron, mantuvieron el pulso y, tras dos semanas de paro y una ola de solidaridad y protestas multitudinarias que agitó de norte a sur y de este a oeste el país, se salieron con la suya, el Gobierno dio su brazo a torcer, se anularon los castigos, se readmitió a los expulsados y se archivaron los procesamientos militares en marcha. Hay quienes consideran que esos sucesos marcan el principio del fin del franquismo.

—Después de eso, mi padre, como usted sin duda ya sabrá —dijo el ministro Martínez Olvido, que me había citado, una vez más, en su despacho—, ocuparía al llegar la democracia cargos importantes en el ámbito sindical y tuvo el privilegio de ser diputado por el Partido Comunista en dos legislaturas, completando de esa manera una brillante hoja de servicios a su país de la que yo, como se comprenderá, me siento inmoderadamente orgulloso. Pero lo que más le agradezco es que me educara en los valores de la libertad y la democracia y que me inculcase, desde que tengo uso de razón, el sentido del deber que le ha caracterizado toda su vida.

—Pero a pesar de ello, usted no siguió su ejemplo y se decantó por otra formación, el PSOE —dije, porque era verdad y por darme el gusto de zaherirle. El comisario Sansegundo me lanzó una mirada expeditiva; pero la de su jefe fue piadosa.

—Elegí la mejor opción de cambio y modernidad para una España que sin ningún género de dudas le debe la práctica totalidad de los avances sociales que se han conquistado desde 1982 a los sucesivos Gobiernos de mi partido —me sermoneó—. Usted estará de acuerdo, señor Urbano, en que somos la única alternativa seria de izquierdas y con sentido de Estado que tenemos los progresistas de nuestro país para alcanzar el poder y así mejorar las vidas de las y los ciudadanos. Y le aseguro que mi padre lo entiende, lo respeta, lo comparte, lo avala y me ha animado siempre a defender mis convicciones a mi modo y bajo las siglas que considere más oportunas.

»Pero lo cortés no quita lo valiente y no me duelen prendas a la hora de aceptar que ni siquiera nosotros hemos sido justos con parte de esa gente admirable que en los peores tiempos se dejó la piel en la lucha clandestina y le puso una alfombra roja a la Transición. En consecuencia, ha llegado el momento de recompensarles, si no a ellos, que en muchos casos y por desgracia ya no están aquí, sí al menos a sus descendientes, y por eso hemos sacado adelante, pese a la resistencia feroz de las derechas, esta nueva ley que era necesaria, cuyo fin no es reabrir heridas sino sanarlas, que pretende deshacer muchas tropelías como la sufrida por los Murgades que un Estado de Derecho no se puede permitir y que si Dios quiere le va a poner los puntos sobre las íes a más de un Muñecas Quintana. Y para eso, querido amigo, contamos con su valiosa ayuda, que es determinante porque evita riesgos innecesarios que pondrían en peligro el éxito de nuestra misión. Nosotros abriremos esa puerta y usted será quien encuentre la llave de la cerradura. Y tras esa reparación vendrán muchas otras, téngalo por seguro.

El comisario Sansegundo y yo guardamos un silencio acorde con la niebla púrpura que esa disertación había dejado flotando en el ambiente. Nadie podía negar que Martínez Olvido dominaba el arte pirotécnico de la retórica, aunque también es justo reconocer que parecía sinceramente entusiasmado con el avance de nuestras pesquisas. Era un orador convincente, sin duda, lo que no quita que hubiese algo formulario en su manera de expresarse, un runrún de lección sabida, de esas que se repiten una y otra vez con la misma precisión, sin tocar una coma, pero en las que se echa en falta la autenticidad de lo genuino, la verosimilitud de lo espontáneo. Que su nombre saliese en todas las quinielas como candidato a vicepresidente en la próxima reestructuración del Gobierno y que en los mentideros periodísticos cada vez hubiera más voces que lo situaban como futuro sucesor del actual presidente es muy posible que lo volviera aún más cauteloso, algo que se le notaba en lo referido a nuestra investigación: quería apuntarse un tanto, pero a puerta vacía, sin correr riesgos que pudiesen después pasarle factura o poner obstáculos en su carrera a La Moncloa.

—Sin embargo —continuó, lo mismo que si me hubiese leído los pensamientos y tratara de confirmarlos—, debemos ir sobre seguro y evitar en la medida de lo posible cometer errores o incurrir en defectos de forma que nos puedan acarrear problemas cuando empiece el baile. A ese individuo y a sus compinches no les falta dinero y, por lo tanto, pueden defenderse contratando abogados que se las saben todas, capaces de darle mil vueltas al Código Penal y de usar la jurisprudencia más remota a su favor... «Ten cuidado», me suele decir mi padre, «que esos picapleitos encuentran una aguja en un pajar y te cosen la boca con ella». Por eso es tan importante ir con tiento y recordar que nuestro sistema es muy garantista y, por consiguiente, aquí el único pájaro que se puede enjaular es el pájaro en mano. No estamos en condiciones de sentarlos a él y a otros como él en un banquillo por lo que hicieron en la Puerta del Sol, dirían que se limitaron a obedecer a sus superiores.

—Eso es exactamente lo que pasó en Argentina, que muchos hicieron auténticas barbaridades y después se ampararon en que sólo eran unos mandados y en que las órdenes de sus comandantes habían sido «legales e inobjetables». Y a casi todos les salió bien. Aquí a *Billy el niño* y compañía ni les preguntamos...

—Por eso —continuó, sin echarme cuentas—, en este caso tenemos un as en la manga, que es ir a por ese individuo dando un rodeo, por la comisión de un delito de apropiación indebida..., si es que conseguimos demostrarlo. Y esa es la razón de que le pida, aparte de prudencia y comedimiento, que no se distraiga con nada hasta finalizar nuestra tarea. Yo entiendo que el otro asunto, el de Perón y sus manos robadas, sea muy sugerente para usted. Sin embargo, desentrañar ese misterio no es su cometido en estos instantes. Céntrese por ahora en lo que nos ocupa, sírvanos la cabeza de Muñecas Quintana en bandeja y ya tendrá después tiempo para lo demás. Y cuando llegue ese momento, dé por hecho que podrá contar con nuestra ayuda en aquello que necesite y que esté a mi alcance.

—Sé que está muy ocupado —me adelanté, al ver que el ministro estaba a punto de levar anclas—, pero si dispone de unos minutos, me gustaría aclarar una cuestión.

Me miró con cierta sorpresa, como si el hecho de que me hubiera atrevido a hablar sin ser preguntado le pareciese un acto de insubordinación. Pero cambió de cara al instante e hizo un ademán cortés, similar al de quien te cede el paso en la entrada de una casa o un ascensor, invitándome a proseguir.

—Naturalmente —dijo, recostándose en su silla y entrecruzando teatralmente las manos, a la manera de quien se dispone a escucharte con atención, pero sin dejar de echarle un vistazo impaciente y ostensible a los dos teléfonos móviles que había sobre su mesa. Estaban en silencio, pero no habían dejado de iluminarse de forma continua con avisos de llamada, mensajes de texto y otras notificaciones.

—Si no lo he entendido mal —empecé—, ese «pájaro en mano» al que se acaba de referir son los documentos que presuntamente se habrá traído *El electricista* desde su banco en Ginebra y que ahora sospechamos que puedan estar o en su villa de Torremolinos o en la nueva caja fuerte de La Imperial, porque sin ellos sería más difícil incriminarlo.

—Correcto —respondió escuetamente, para que abreviase, y con un destello de impaciencia en los ojos.

—Así que hay que conseguirlos por lo civil o por lo militar.

—Son imprescindibles, efectivamente.

—Pero la policía no puede hacerlo, porque ningún juez va a ordenar un registro por sorpresa de sus propiedades sin citarlo antes a declarar.

—Me temo que no con los indicios de los que disponemos en estos momentos y mediante los cuales sería complicado demostrar que Muñecas Quintana se encontraba en la Dirección General de Seguridad justo los días que estuvo allí detenido Ignasi Murgades Váscones —dijo, incidiendo en el segundo apellido para demostrar lo al tanto que estaba del asunto—. De ahí la relevancia de su colaboración.

—Vale, entonces mañana me subo a un avión, llego a Torremolinos y una vez allí ¿me creen capaz de colarme por una ventana y abrir una caja fuerte?

—Le creemos capaz de cualquier cosa, Urbano —ironizó Sansegundo—, y también de algo más fácil que eso: encontrar a quien lo haga por usted. De hecho, no tiene que buscarlo, ya lo tiene.

—Sí, Córdoba Montenegro... Le doy la razón: no era muy difícil darle el papel de Judas en esta historia. Es el eslabón más débil de la cadena, pero la verdad es que no tengo yo muy claro que traicione a Muñecas Quintana, ya sea por lealtad o por miedo.

—¿Por qué piensa que le teme?

—¿Me lo pregunta en serio? Hablamos de un tipo al que en sus buenos tiempos se apodaba *El electricista* y ya sabemos por qué; de alguien que hizo lo que hizo en la DGS; que seguramente fue uno de los que mataron al estudiante anarquista Enrique Ruano, tirándolo por una ventana; que salió de cacería humana por el País Vasco con los paramilitares del Batallón Vasco Español; que entró al Congreso pistola en mano, en el intento de golpe de Estado del 23F, y que si damos por hecho que estuvo implicado en la profanación de la tumba de Perón, también sería de los que después liquidaron a todos los testigos e investigadores del caso, desde el juez que lo instruía hasta el jefe de la Policía Federal, pasando por el vigilante del cementerio de la Chacarita que los pudo haber visto, y por aquella señora que tal vez se cruzara con ellos cuando iba a poner flores en la tumba del general. Hasta la presunta viuda de López Rega nos dio la impresión de que se echaba a temblar cuando le pusimos su nombre encima de la mesa. ¿Usted se la jugaría a un elemento de esa calaña?

—Córdoba Montenegro ya lo ha hecho —contraatacó Sansegundo, en un tono áspero y llevándose la mano al mentón con uno de esos gestos suyos de fumador de tabaco invisible. Pero no lo vi muy convencido, más bien parecía que hablase para cubrir el expediente.

—No tiene nada que ver —insistí, metiendo el dedo en la llaga—, una cosa es proporcionarnos cuatro datos sobre La Imperial y su dueño que él no cree muy relevantes y que, de hecho, le harán pensar que nos está dando gato por liebre, y otra muy distinta sería atreverse a saquear su caja fuerte para que veamos si lo que queremos está allí. Y no le digo ya si de lo que se trata es de meterse en la casa de su patrón... Probablemente, en cuanto supiera qué es de verdad lo que pretendemos, le iría con el cuento.

—Depende... Estamos hablando de un toxicómano y los adictos son fáciles de sobornar.

—¡Caballeros, si me disculpan, tengo que dejarles en este punto y ausentarme: me reclaman mis obligaciones! —dijo a la carrera Martínez Olvido, tendiéndome la mano a la vez que se levantaba como impulsado por un muelle al oír la palabra *sobornar*, dejando claro que de ninguna manera iba a estar presente en una conversación en la que se sugiriese recurrir a fórmulas o procedimientos ilegales, porque un cargo público de su categoría y que además está en la posición de privilegio que él ocupaba, la de quien tenía en el bolsillo, según los analistas, todas las papeletas para llegar a presidente del Gobierno, no se arriesga a ensuciar su imagen, nada y guarda la ropa, se cubre las espaldas, no se quiere pillar los dedos, no se fía de nadie, no se quiere mojar ni dentro del agua: en la política, igual que en tantas cosas, si vas segundo, asumes riesgos; si vas ganando, te vuelves conservador. «Por eso tiene más mérito aún que haya emprendido esta cruzada contra los torturadores de la dictadura, porque es algo que traerá cola, generará debates y enfrentamientos con la oposición, hará que lo acusen de agitar el pasado, sembrar cizaña y reabrir heridas: lo de siempre», me dije en el ascensor, para reprenderme por mi desconfianza.

—Atiéndame, Urbano, le voy a explicar cuál es el plan —continuó el comisario, en cuanto estuvimos en la calle y después de echar, según su costumbre, un vistazo defensivo a su alrededor—: le vamos a pasar un paquete de cocaína que forma parte de un alijo de droga que hemos incautado en una de nuestras redadas contra el narcotráfico. Si se lo ofrece a ese pobre desgraciado, no podrá resistir la tentación. Consumirá una parte y venderá el resto. O se la meterá toda y lo encontraremos muerto en el lavabo de un bar. Quién sabe. Y, en el fondo, a quién le importa.

Me sorprendió esa dureza, tan extemporánea y tan poco habitual en aquel hombre por lo común templado y de hielo, las dos cosas a la vez porque siempre me había parecido un ejemplo de autocontrol y un hombre inalterable. Deduje que estaba furioso, pero no se me ocurría el porqué ni tampoco imaginaba contra quién, aunque descartaba que fuese contra mí, que no le había hecho nada, al menos que yo supiera. Sin embargo, era muy raro que de pronto guardara las distancias conmigo de una forma tan evidente, igual que si tuviera que proteger algo o a alguien de mí y hubiese establecido un perímetro de seguridad para evitar que me acercase. ¿Qué le pasaba? ¿Qué había cambiado entre nosotros? Al fin y al cabo, era una de las personas a las que Isabel y yo habíamos invitado a nuestra boda. Le propuse irnos a tomar un café al Montevideo o, si lo prefería, a cualquier otro sitio de los alrededores, para intentar pedirle allí explicaciones, pero declinó la oferta sin demasiados miramientos, aunque sin atreverse a mirarme a los ojos.

—¿Cuándo pretende que me vaya a Torremolinos? —dije, con un tono que le dejase claro que estaba molesto.

—Saldrá dentro de tres horas y, por razones obvias, hará el viaje en su coche —respondió, sin darse por aludido—: con la mercancía que va a llevar no puede ir en ningún transporte público.

—¿Y si no me pareciese bien?

—Pues ya seríamos dos —respondió, antes de meterse en el coche oficial que lo esperaba a la puerta del ministerio.

¿Entonces, no era idea suya? ¿Lo era y, aun así, no le gustaba? ¿Se lo había ordenado el ministro Martínez Olvido, que luego tiró la piedra y escondió la mano?

Le mandé un mensaje a Isabel, que a esas horas no podía hablar porque estaría atendiendo alguna reunión importante en González y Uribe. «Cada día estoy más convencido», escribí, «de que aquí hay gato encerrado».

Capítulo quince

Hay quienes aseguran que en Torremolinos empezó la democracia; que allí en los años cincuenta ya estaban en 1977 y que para demostrarlo no hay más que recordar cuando en sus playas las suecas ya podían ir en bikini y en cambio, si pasaban a Málaga, aún las multaban por escándalo público. Los extranjeros lo habían cambiado todo en un visto y no visto y el bello pero humilde municipio de pescadores y molineros —de ahí su nombre— dejó de ser un pueblo de casas blancas con ventanas de madera pintadas de azul y se transformó en ciudad. Algunas villas, como Santa Teresa o La Roca —que aspira a ser reconocido como el primer hotel de la Costa del Sol—, habían servido de reclamo para atraer a un grupo pionero de matrimonios ingleses, casi siempre formados por un militar con la piel quemada de servir en la India y una esposa pálida como la cera y con una sombrilla contra el sol en la mano, pero al aumentar la demanda se expandieron y reinventaron para albergar las oleadas cada vez más numerosas de turistas que buscaban en su jubilación la paz de los veranos infinitos y la recompensa del clima mediterráneo. Para atraerlos a ellos y sus libras esterlinas fueron abriendo hospedajes como el Parador de Montemar, antiguo cortijo de la Cucazorra, y locales que se pusieron de moda en menos que canta un gallo, por ejemplo El Copo o El Mañana, que pronto serían el tema favorito de las malas lenguas.

Otras fincas señoriales, como el antiguo cuartel de carabineros de Santa Clara, con sus yucas, sus araucarias, sus palmeras y sus vistas a Sierra Nevada, se convertirían también en albergues para visitantes ansiosos de experiencias pintorescas y a la vez tranquilas, que disfrutaban con vocación de pioneros de aquel paisaje inmemorial. Los edificios crecieron y se multiplicaron, el número de los que llegaban aumentó hasta alcanzar lo inimaginable y con el cambio de uso y el paso del tiempo las historias de algunos de sus propietarios originales se volvieron leyendas, crónicas románticas y a menudo trágicas de una época extinguida. Como botón de muestra, lo que con el tiempo sería el Miami fue antes la vivienda entre colonial, surrealista y neomudéjar de la gitana Lola Medina, que se gastó una fortuna en sus vidrieras, su suelo de cerámica de Granada, su jardín tropical y su piscina en forma de cola de ballena…, hasta que se declaró en bancarrota y tuvo que vender su paraíso. Esa mujer era una bailarina del Sacromonte, donde tenía una cueva famosa con teléfono, cuarto de baño, una jaula llena de aves exóticas y hasta un mono traído de las selvas de África; que había actuado por toda Andalucía y en media Europa y a quien en su momento de esplendor se consideraba una innovadora, una revolucionaria que incorporaba al flamenco de raíz toques de danzas árabes que había aprendido de gira por Marruecos y que diseñaba su vestuario dándole un aire vanguardista.

—Pero se arruinó por casquivana y por manirrota… Acabó tan sin blanca que de vez en cuando iba por allí, a lo que había sido suyo, para que el gerente o los recepcionistas la invitasen a una copa y la dejaran pasar la mañana a la sombra de los árboles que ella había mandado plantar —dijo doña Violeta, la madre del camarero del bar al que iba a diario Córdoba Montenegro. Su hijo nos recordaba de la otra vez y en aquella ocasión no se había perdido detalle, así que se ofreció a presentárnosla, aunque no por altruismo sino por codicia: «No pierdan la oportunidad y entrevístenla, se conoce esto piedra a piedra», alardeó como quien pregona su mercancía, «les dará lo que no puede darles nadie y no hace falta que nos paguen lo que a don Salvador, con la mitad nos conformamos». Le ofrecimos cincuenta euros, para guardar las apariencias y no quitarnos la careta, y aceptó. La señora bajó nada más avisarla: vivían en el piso de arriba. Isabel la recibió con la consideración y las atenciones que reserva a las abuelas, que como sabe cualquiera que la conozca o haya leído *Todo lo carga el diablo* y *Los dos reyes*, son su gran debilidad.

La mujer continuó su relato con un detallismo de narradora solvente y una erudición de cronista local, explicándonos el salto cualitativo que se produjo al variar las características y la edad de los forasteros, que ya no eran parejas crepusculares, sino «marabuntas de jóvenes con ganas de parranda» que llenaban los negocios que iban abriéndose «y en los que pasaba de todo»: el San Enrique, La Nogalera, el Tropicana; y poco más tarde los bares de ambiente, con sus nombres explícitos: Incógnito, Villa Ariel, Saturno, El Fauno..., «que ya se harán ustedes cargo de lo que eran esos sitios y qué canalla iba por ahí o a la Sauna Miguel... Si no se hubieran permitido esas indecencias, mi chaval y otros no hubiesen probado lo que no debieran, bendito sea Dios», se lamentó.

Sin embargo, donde la señora Violeta oía los tambores de la perdición, muchos oyeron las campanas de la libertad. Y el sonido venía de lejos, yo a esas alturas conocía, desde luego, la historia del considerado primer toples en nuestro país, el de Gala, la pareja de Salvador Dalí, en 1930, hoy inmortalizado en una estatua de bronce situada entre las playas de El Bajondillo y La Carihuela, en la que se la puede ver, como escribió recatadamente la narradora falangista Mercedes Formica, «vestida con un solo y magnífico collar de jazmines»; y sabía que tras ellos y antes que las estrellas de Hollywood llegaron otras celebridades literarias, de Gerald Brenan a Ernst Hemingway, pasando por Cyril Connolly o Paul Bowles, al que le gustaban los establecimientos de nombre tropical: Aloha, Tahití, Las Antillas, Acapulco... Ahora me estaba poniendo al día sobre lo que vino luego: la gran explosión, la marea humana. Los carteles luminosos se llenaron de nombres en los que tintineaban los cascabeles sugestivos de lo foráneo —Le Fiacre, Bossa nova, Galaxy...— y de genitivos sajones: Tiffany's, Piper's... Los cristales de los coches se cubrieron de pegatinas con el anagrama de los establecimientos más famosos, como si los conductores luciesen con orgullo el distintivo que los identificaba como protagonistas de una gran aventura, una condecoración de papel que les daba el certificado de modernidad, un diploma extendido por la universidad de la jarana y el exceso que les acreditaba como trotamundos privilegiados: yo estuve allí donde todo era posible, desde bailar en las discotecas Joy o Barbarela hasta ver vedettes desnudas en El Tabarín y escuchar flamenco en Las Cuevas o en El Jaleo. Había diversión en todas partes y para todos los gustos, y una permisividad tan desconocida en el resto de España que la Iglesia puso el grito en el cielo y su máxima autoridad en la zona, monseñor Bocanegra, se dedicó a pasear por la costa con el hisopo, bendiciendo con agua bendita a los descarriados que llegaban de Gran Bretaña, Francia, Suecia o Alemania, esas nuevas brigadas internacionales que habían tomado sin armas Torremolinos y contradecían con sus existencias disolutas las reglas morales del nacionalsindicalismo.

—Aquí es que por una parte sobraba el trabajo, con tanta cama por hacer y mesas que servir, y eso nos venía de perlas, y por otra el jolgorio no se acababa nunca —continuó doña Violeta—, te subías en El Portillo, como llamábamos a la línea de autobuses de aquí, y te podías encontrar cada cosa que ni se la cuento... Unos iban al bar o la tienda donde estaban empleados, otros regresaban de su última farra... Esto era una Torre de Babel, un día llegaba el rey Faisal de Arabia, otro, Gracia de Mónaco o la emperatriz Soraya de Persia, que la había repudiado el Sah por no darle descendencia.

—Y el general Perón, ¿no?

—Sí, también, claro que sí, vivió una temporada en el Pez Espada. Yo conocí mucho al interventor, que me contó que charlaba con él casi todas las tardes, mientras los botones del hotel le paseaban a sus caniches, y que siempre alardeaba de la ayuda que él y Evita le habían dado «a la madre España». Se cuenta que le gustó tanto el sitio que una tarde quiso comprarlo, sacó una chequera y le preguntó al director qué cantidad tenía que escribir para que se lo vendiesen. Cuando se fue, le regaló un reloj de oro. Pero me da a mí que él no le interesaba mucho a nadie, la gente estaba ocupada siguiendo de aquí para allá a las actrices esas del cine, que montaban un revuelo de padre y muy señor mío por donde iban; a la Rita Hayworth te la encontrabas en la sala de fiestas El Copo; la Ava Gardner dormía la cogorza en La Roca; Greta Garbo iba al Tres Carabelas, que ahora es el Meliá, y Raquel Welch al Tropicana. Y había otros, estaban el Nautilus, el Panorama... Yo le podría acompañar a usted a todos esos sitios, si me llevan en coche.

—No será necesario, Violeta —le dijo Isabel, acariciándole una mano—, con lo que nos ha contado basta y sobra, es un material de primera.

—¿Entonces les interesa Perón? —insistió—. Pues sepan que volvió por aquí en 1970, en agosto, ¿lo sabían? Vino desde Madrid en un Citroën Tiburón, que entonces era el último grito, y volvió a alojarse en el Pez Espada. Él se fue a las dos semanas, pero su señora se quedó todo el verano. Quien lo trató sabe que era un auténtico caballero, un señor de los que ya no quedan. Eso lo decía siempre Rosario Álvarez, ¿ustedes saben de quién hablo? Pues era una de las empleadas de la limpieza del hotel, que le gustó a la María Estela cuando estuvieron aquí por Semana Santa y se la llevó de mucama, como ellos la llamaban. Era de Antequera y trabajó para ellos más de veinte años. Dicen que estaba con el presidente cuando falleció, que lo había levantado de la cama y de repente se cayó de la silla y empezó a gritar: «¡Me voy, me voy!», y que ella se puso a abanicarlo y pidió socorro a voces y apareció un ministro que se llamaba López Rega y le dijo al médico de guardia: «¡Si lo sacás de esta, te hago conde!». Y también estuvo con su señora cuando la metieron presa en una base militar y contaba que un día le pidió que le diese su rosario, uno de oro que le había regalado el papa Pío XII a Evita, y le pidió que se fuera y se tomó un frasco entero de Valium, pero ella se olió algo raro, volvió a donde estaba y le salvó la vida, corrió a llamar a los médicos y le hicieron un lavado de estómago. Esas cosas las sabemos los de por aquí.

En realidad, casi nada de eso era nuevo para nosotros, que nos habíamos documentado bien, conocíamos hasta el detalle del Tiburón, que era el coche favorito del general e *Isabelita*, incluso habíamos comentado la curiosidad macabra de que un año después, en 1971, el furgón fúnebre que llevó el cuerpo de Evita de Milán a Madrid fuese de la misma marca y el mismo modelo, sólo que en versión ranchera. Y también sabíamos el pago que le había dado la presidenta derrocada a su asistenta Rosario Álvarez Espinosa: despedirla nada más llegar a Madrid. Pero mi futura mujer no quiso estropearle el cuento de hadas a doña Violeta, porque ella es así de amable y de considerada, y por eso me gusta, aparte de por todo lo demás. Tampoco queríamos seguir acumulando datos, al menos de momento, sobre la llamémosla rama argentina de nuestra investigación, porque los dos estábamos deseando terminar con el asunto de Muñecas Quintana para dedicarnos en cuerpo y alma a los preparativos de nuestra boda... y yo, además, a seguir investigando el asunto de las manos del general, de cara a mi siguiente novela, que tal vez acabe siendo esta que están leyendo u otra diferente, quién puede saberlo todavía.

—Una cosa más —intervine—, me gustaría preguntarle, ya que estábamos hablando de salas de fiesta...

—¡Uy, Cristo del amor hermoso, las salas de fiesta...! Ahí se cortaba el bacalao —me interrumpió—, del bueno y del malo... Los dueños del Papagayo, los de El Remo... Esos tenían el dinero por castigo... El del Serafino se hizo famoso porque cuando había actuaciones llevaba el ritmo de la batería con la caja registradora.

—¿Y qué sabe de otra que aún sigue abierta y se llama La Imperial?

Pronunciar ese nombre fue mencionar la soga en casa del ahorcado. Un chispazo de ira le incendió la mirada y le enfureció las manos, que se crisparon igual que si estrujase un papel en el que hubiera escrita una mala noticia.

—¡El infierno! Ese cuchitril es el infierno y de ahí salió el diablo con sus venenos. Mi pobre hijo, que iba para médico —empezó a decir, pero se le quebró la voz—... Si nunca hubiese cruzado aquella puerta... Y esa víbora, el chulo ese del argentino, todavía se atreve a presentarse aquí cada mañana... A cobrarse la deuda café a café y copa a copa... Y a que le haga de chófer, porque si no, me lo matan... ¡Si no fuera por mi pensión y los cuatro cuartos que nos quedan de aquí, nos moriríamos de hambre!

El camarero abandonó su puesto tras el mostrador, dejando tras de sí un estrépito de vidrios golpeados, se acercó a nosotros en dos zancadas discontinuas y la tomó del brazo con una delicadeza inesperada. «Es suficiente, madre, vuélvase a casa, tiene que descansar», le susurró, mientras la ayudaba a incorporarse. Parecía abrumado, uno de esos seres sin expectativas, reducidos a la mera condición de supervivientes; sus ojos eran una hoguera apagada; se movía de forma extraña, desacompasada, con una rigidez de marioneta, como si fuese incapaz de seguir el ritmo de alguna música que sólo oía él, y al hablar se expresaba dando la impresión de hacer un gran esfuerzo para construir hasta la frase más simple, igual que si estuviera hecho de fragmentos desconectados entre sí o tradujese lo que decía a un idioma que no dominaba.

Acompañó a la anciana a la puerta y allí se cruzaron con Salvador Córdoba Montenegro, que llegaba en ese instante. Doña Violeta se paró frente a él, enfrentándolo; le temblaban los labios de rabia, como les ocurre a quienes tratan de contenerse para no proferir un insulto o una maldición, y parecía a punto de abofetearlo; pero el antiguo policía mantuvo el tipo, esbozó una sonrisa burlona y le ofreció la mejilla a la manera de quien pide un beso, retándola a golpearlo. El tiempo se detuvo sobre ellos y la tensión llenó el aire de espadas de Damocles, hasta que ella bajó la cabeza, él soltó una carcajada de urraca y le cedió sarcásticamente el paso con una reverencia de actor de vodevil, recreándose en la humillación causada. Me hubiese gustado tomar cartas en el asunto y cantarle las cuarenta, pero Isabel me chistó para detenerme. Los dos nos habíamos hecho la misma composición de lugar: ese demonio metió en las drogas al hijo de doña Violeta, que ahora le debía dinero, y Córdoba Montenegro se lo iba cobrando en género: se pasaba por allí a comer y beber gratis, se pavoneaba, hacía su papel de mafioso de barrio y luego le mandaba que lo llevase a La Imperial o a su casa. Incluso puede que lo forzase a hacer de camello, con la amenaza de que si le desobedecía, iba a tener que vérselas con el personal de su antro, dos tipos tan poco apetecibles como eran el camarero con dragones y calaveras tatuados y el matón pelirrojo de la camisa hawaiana y la cola de caballo, llamado Omar, que nos había echado a la calle con muy malos modos cuando aparecimos por allí.

—¡Pero qué sorpresa, si son los periodistas de tres al cuarto! ¿No me digan que pasaban por acá y han entrado a saludar? —soltó, dejándose caer en la silla libre de nuestra mesa con postura de gañán. Iba vestido con un chándal de color verde botella, zapatillas deportivas y un pañuelo anudado al cuello. Sin embargo, parecía más sereno que la última vez. Y así seguiría, porque en esta ocasión nosotros no íbamos a emborracharlo.

—¿De qué hablaban con esa loca? —continuó, señalando a su espalda con el pulgar—. No le hagan caso, delira... Es una vieja cotorra, como tantas... La gente es mala y comenta, como dice el tango. ¿Eh, qué les contó? Se lo pregunto a usted, no se haga el sota conmigo.

—Señor Córdoba, me cae usted bien —mintió Isabel—; por eso nos gustaría ayudarle.

—No se preocupe, es normal, no hay mina que se me resista... Pero ayudarme, ¿de qué modo? No los necesito, yo soy un hombre que se viste por los pies y lo hace solo. ¿O me van a ofrecer más dinero? ¿A cambio de qué? —dijo, observando con desconfianza a los dos hombres que acababan de entrar al establecimiento y se acercaron al mostrador a pedir un par de cafés.

—¿No le parece que ya es hora de que le den el sitio que le corresponde? ¿No le gustaría devolverles a quienes lo han afrentado golpe por golpe? —dijo mi novia, dándose dos veces en la palma de la mano con el puño de la otra, lo mismo que si se dispusiera a empezar un combate.

—¡Mirala cómo vino de brava, con la fusta bajo el brazo! ¿De qué hablan? ¿Quién me quitó qué cosa? No se confundan conmigo, ¿eh? Puede que la otra vez yo estuviera en poco entre San Juan y Mendoza, ¿lo pillan? Pero hoy estoy sereno y sin ganas de pavadas.

—Hablamos de hacerle justicia. ¿No cree que hay quien tiene cuentas pendientes con usted? ¿No piensa ya que todo lo que hizo merecía algo más, que otros se llevaron el bocado del león y se quedaron con su parte?

Se removió en su asiento, nervioso. Empezaba a olerse algún tipo de encerrona. Pero también le complacía que lo reivindicaran.

—Las penas son de nosotros, las vaquitas son ajenas —citó, tratando de parecer desenvuelto.

—No me diga que no se siente menospreciado por su jefe —tomé el relevo—, que no se pregunta por qué Muñecas Quintana tiene tanto y usted, tan poco.

—¿Pero qué decís, concha tu madre...? ¿Yo menospreciado? ¡Si soy su mano derecha!

—Debería ser su socio.

Miró más allá de mí, a un infinito donde todo era color de rosa y él no era un cero a la izquierda. Si los coyotes sueñan, hubiera jurado que tenía un aspecto soñador.

—Y, además, ¿quién le ha dado ese nombre? —dijo, masticando las palabras como si fueran frutos secos.

—Estamos bien informados.

—Usted no sabe nada, no conoce el paño, sólo toca de oído —respondió, pero su tono dejó claro que vacilaba.

—Si usted nos ayuda, nosotros le ayudaremos. Juntos podríamos matar dos pájaros de un tiro...

—¡No son juntaletras, son polis! ¿Es eso? Pues se pueden ir por donde han venido. Ya les dije a los que se presentaron en La Imperial que no volvieran sin una orden del juez.

—Somos los Reyes Magos —dije, poniendo sobre la mesa, tras mirar a mi alrededor, la mochila en la que llevaba la droga de Sansegundo. Abrí la cremallera lo suficiente como para que pudiera ver el paquete, asegurado con cinta plástica de embalar, y le invité a probar la mercancía. No se lo pensó dos veces, lo hizo con una navaja que apareció como por ensalmo en su mano, la clavó, tomó un poco de droga y la aspiró. Su cara de placer lo dijo todo: parecía al borde del éxtasis.

—2CB... ¿Dónde la consiguieron?

—Cocaína rosa, seis kilos —dije—. Sin marcar, sin historia, sin nadie que la busque. Y tan pura como la virgen María. Con sus contactos y su experiencia en el mercado negro, sacar algo más de medio millón de euros será un juego de niños. Más que suficiente para empezar una nueva vida.

Trató de arrebatarme la mochila, pero yo fui más veloz, cosa que en realidad, dado su estado, no tenía gran mérito. Le señalé a los dos hombres de la barra, los que el comisario nos había puesto como escolta por lo que pudiera ocurrir. Uno y otro lo observaban con ojos neutros de cazadores y mantenían una mano colocada de tal manera en la cintura que sólo podía estar ahí si era para tener a su alcance un arma. Córdoba Montenegro se recostó en su silla, a la vez retador y derrotado.

—¿Quiénes son? ¿Son yutas de la secreta? ¿Qué quieren? Igual fallaron, no me comí el amague. ¿Me creen tan estúpido como para caer en su trampa?

—No hay ninguna trampa. Su jefe tiene algo que nos interesa. Dénoslo y será casi rico. Así de fácil.

Soltó otra de sus carcajadas secas, desabridas.

—No saben de lo que hablan ni a quiénes se enfrentan. Esa gente no hace prisioneros. Por curiosidad, ¿qué pretenden que le robe? ¿Y de dónde han sacado la merca?

—Sembramos unas amapolas en los tiestos del balcón —bromeé.

—No se haga el listo conmigo —me amenazó, señalándome con el dedo—: no le conviene.

—A usted, en cambio, le vendría muy bien aceptar nuestra proposición. Le aseguro que este tren sólo pasará una vez por su puerta. Háganos caso: tome lo que le ofrecemos, véndalo lo antes posible, abra una cuenta en Argentina, ingrese el botín en ella y tome un avión a Buenos Aires. Aquí la policía no irá a por usted y allí todos sus asuntos pendientes han prescrito.

Tenía los ojos clavados en la mochila y tamborileaba con los dedos sobre la mesa, haciéndosele la boca agua de pensar cuánto más podía llevarse adulterando el narcótico. Me fijé en los dos anillos que lucía: una cruz celta y un *totenkopfring* o «cabeza de la muerte». No le faltaba detalle.

—Es mucha plata... Pero también mucho riesgo.

—Es otro mundo dentro de este, otro nivel; es dejar de pasar necesidades, tener de sobra, darse los caprichos que quiera; y es también un modo de vengarse de quienes le han negado el pan y la sal... —le tentó Isabel, con voz de hipnotizadora.

—Y usted no tiene más que abrir la caja fuerte de La Imperial y buscar unos papeles de Muñecas Quintana procedentes de Suiza —añadí—. También se llevará el dinero que haya, para simular un robo. Pueden ser miles de euros y puede quedárselos.

—Imposible. Ni modo. Sabrían que he sido yo. Si lo hiciesen Omar o Fonollosa, les descubriría en diez minutos.

—Usted es mil veces más listo que ellos —le regaló el oído Isabel.

—Y le hemos preparado una coartada: la policía lo detendrá por tráfico de estupefacientes y por resistencia a la autoridad esa misma noche, a la puerta del local, cuando salga a fumarse un cigarrillo; sus colegas lo verán o se lo contará algún cliente... A todos los efectos, quedará claro que mientras asaltaban La Imperial usted estaba en el calabozo.

Volvió a mirar la mochila. Pidió una copa al camarero, con un ademán despótico. Sus ojos mostraban un brillo febril. Estaba haciendo cálculos.

—No es una caja fuerte, son dos, una dentro de otra. Están escondidas en la bodega. En la grande es donde metemos cada noche la recaudación del día. De la pequeña no sabemos la combinación.

—Eso se soluciona con una ganzúa...

—No les digo que no. Así abrimos muchas madrigueras de los subversivos, allá en la Argentina. Era como cascar una nuez. Y sobre lo demás... Si alguien quisiera robar en La Imperial, los domingos son un buen día, entra más dinero del fin de semana y hasta el lunes no se lleva al banco —dijo, como si más que hablarme a mí pensara en voz alta y saltando sin orden ni concierto de una cosa a la otra. Las sirenas de la avaricia cantaban para él y me pareció que ya conocía la canción: seguro que había pensado antes en cometer un desfalco, probablemente cada vez que el síndrome de abstinencia le sacaba las uñas.

—El domingo, entonces.

—¿Y eso? —dijo, señalando otra vez la droga—. Lo quiero por anticipado o no hay trato.

—¿Por quiénes nos toma, Salvador? La entrega será un intercambio, mano en mano, y se hará en un lugar seguro para todos, que ya le indicaremos. Antes de darle lo suyo nos enseñará los documentos, para estar seguros de que son los que buscamos.

—¿Y si no lo son?

—Estamos dispuestos a correr ese riesgo. Si nos equivocamos y ahí no hay nada, se llevará igualmente lo prometido.

—Díganme qué hay allí y por qué lo quieren.

—Ya se lo dije: cosas de periodistas. Nos interesan las viejas historias de Torremolinos y esos papeles hablan de una de ellas. Nada que ver con usted ni con su pasado.

—¿Qué saben ustedes de ese tema?

—Todo. Lo sabemos absolutamente todo, de la a hasta la zeta. Pero no se preocupe, ese no es nuestro problema.

—Me podrían dar un poco de eso como adelanto. —Volvió a señalar la mochila y a echarle un vistazo a los dos hombres de la barra—. Tengo algunos problemas de salud que me traen por la calle de la amargura y así los olvidaría.

—No puede ser, Salvador, no estamos autorizados a hacer eso —le dijo Isabel, bajando el tono—. Pero tal vez, extraoficialmente, podamos hacerle un obsequio.

Y deslizó cien euros hacia él, que los atrapó al vuelo y sin tener escrúpulos: en los vicios no existe la dignidad. Después encendió un cigarrillo, lanzó una gran bocanada de humo al aire y cuando el desdichado camarero se acercó, con sus andares enfermizos, suplicándole que no fumara, «don Salvador, que si pasan los municipales nos sancionan», Córdoba Montenegro se puso hecho un basilisco, su piel se tiñó de rojo y bufó entre dientes, igual que si hiciera un esfuerzo sobrehumano por no formar la de San Quintín: «¿Pero cómo te atrevés, pelotudo? ¡Largo de aquí, yonqui taradito de mierda, bobo del orto, mal cogido! ¡Andate a la re mil puta concha de la lora vieja de tu madre!». Después vació su copa de un trago, respiró hondo y pareció recuperar la calma.

—El próximo domingo es un buen día —repitió, otra vez con la mirada perdida en el infinito—. Esa noche no habrá moros en la costa... Tiene una cena en su casa... Ayer martes me lo dijo por teléfono: que el sábado le mandara a Fonollosa con varias bolsas de hielo.

—¿Una celebración familiar?

—Una reunión de viejos amigos. La hacían todos los años por estas fechas él y su esposa, doña Guadalupe, aunque era ella quien se ocupaba de los detalles, como de costumbre. A mí me volvía loco con sus «Córdoba, tráigame esto o aquello del supermercado; Córdoba, vaya a la lonja, encárguese de no sé qué, búsquenos dos camareras que se sepan comportar, lave el coche, vaya al aeropuerto a buscar a este o al otro...». ¡Qué latosa!

—¿Y quiénes son los comensales?

—Normalmente vienen desde Italia, Francia, Alemania... Cada vez son menos, con la pandemia esos carcamales han caído como moscas... —Se rio con ganas, hasta atragantarse; luego se puso serio sin solución de continuidad, igual que si sus estados de ánimo se pudieran encender y apagar con un interruptor—. Pero los que queden no faltarán. Yo tampoco me perdería un festín como el que van a darse esos chetos, si hubiera sido invitado.

—Disculpe, Salvador, ¿y me puede decir quién les preparará la comida? —dijo Isabel.

Los dos la miramos con el mismo asombro, pero cada uno por una razón distinta. Cualquiera que no la conociese pensaría que lo que acababa de hacer era una pregunta ociosa o extemporánea, resultado de una curiosidad trivial; pero yo me sabía de memoria aquella expresión alerta, los ojos que centelleaban y el tono a medio camino entre la falsa inocencia y el puro desdén que usa cuando quiere demostrar su teoría de que la gente se pone en guardia si nota que algo suyo te interesa demasiado y se abre cuando no demuestras mayor interés; así que les puedo asegurar que no tuve la más mínima duda: a mi novia se le había ocurrido algo y era una idea brillante. Pronto sabría que, además, era una idea peligrosa.

Capítulo dieciséis

Era verdad que Pascual Muñecas Quintana no parecía el mismo, quién lo es cinco décadas más tarde, pero todavía lo encontré imponente, no porque fuese un hombre alto, era más bien de estatura media, ni corpulento, aunque sí macizo, sino por el halo de agresividad que flotaba en torno suyo como un campo eléctrico. Sus ojos eran mortecinos, opacos, dos pizarras donde no había nada escrito, carecían de la más mínima afabilidad y casi se echaba de menos en ellos el fulgor de lo vivo. Su mirada, sin embargo, era siempre vigilante, desconfiada, la de quien no quiere dormirse en los laureles y en cuanto se ve entre extraños se pone en guardia, listo para repeler un ataque. O tal vez era yo quien, al sentirlo como un resucitado de otra época, una criatura anacrónica, emergida del pasado, le atribuía una fortaleza imperecedera, la conservación de todos sus antiguos poderes, como si de verdad pudiera haber sobre la capa de la tierra alguien exento del desgaste de los años. Él y sus compañeros de fechorías, sin embargo, como el propio *Billy el niño* y otros cuyas imágenes de la época en que se mantenían en activo reproducía en esos días la prensa a causa de las denuncias interpuestas contra ellos tras la promulgación de la nueva ley, nunca habían sido personas atléticas, hecho más ejercicio físico que el absolutamente imprescindible —aunque González Pacheco se aficionaría a los maratones populares, con la edad— ni modelado sus cuerpos en un gimnasio; claro que tampoco daban la impresión de estar especialmente dotados en ningún otro sentido, excepto para la crueldad y la barbarie. Aunque, eso sí, no se puede negar que eran muy capaces de hacer cualquier cosa para sacarle ventaja a su brutalidad, seguros de que sólo podrían aspirar a aquello que consiguiesen a base de golpes y por las malas. Es decir, que sus actos se ajustaban como un guante a la mentalidad típica del malhechor, con el agravante de que ellos, como su colega argentino Rodolfo Almirón, eran policías. Mi madre, tan aficionada al refranero, hubiese recordado ese que dice que Dios los cría y ellos se juntan.

A *El electricista*, ahora sí con la autorización del comisario Sansegundo, lo había visto por primera vez en Madrid, al día siguiente de nuestro último encuentro en Torremolinos con Córdoba Montenegro, en la recepción del hotel donde se alojaba siempre que estaba de paso por la ciudad, y lo había seguido hasta la cafetería, donde le vi tomar «un descafeinado de sobre», hojear los periódicos deportivos y mantener una larga conversación telefónica de la que no podía oír desde mi posición más que frases sueltas, aunque sus ademanes obsequiosos traslucían que hablaba con alguien importante, tal vez muy mayor o por quien sentía reverencia, a quien incluso resultaba palpable que cedía de forma recurrente la palabra, dejando sus propias frases a medio concluir, y a quien me pareció escuchar que daba ceremoniosamente el tratamiento militar de «mi teniente coronel». ¿Sería uno de los invitados a su cena del domingo? Seguramente, dado que lo despidió con un «será un honor recibirlo en mi casa, que es la suya» y un «a sus órdenes siempre».

Mientras lo observaba, con su mala imitación de persona respetable y tan venido a menos, descarté mentalmente tres cuartas partes de lo que ese individuo había sido —torturador en la Puerta del Sol y en Buenos Aires, guardaespaldas de *Isabelita* en la Casa Rosada y profanador de la tumba de Perón en el cementerio de la Chacarita— y me quedé con la última: ser uno de los asaltantes al Congreso de los Diputados el 23 de febrero de 1981. El icono de aquel intento de golpe de Estado, el oficial de la Guardia Civil que secuestró quince horas el Parlamento al grito de «quieto todo el mundo», Antonio Tejero Molina, era de Alhaurín el Grande, Málaga, se había quedado viudo en noviembre de 2022, vivía retirado, a sus casi noventa y dos años, no muy lejos de allí, en Torre del Mar, y para redondear la lista de coincidencias, su graduación en el momento de su entrada a las Cortes, pistola en mano, era justo esa: la de teniente coronel.

La conexión era obvia, además, porque Muñecas Quintana había estado a sus órdenes durante el ataque al Parlamento, casi con toda certeza junto con Rodolfo Almirón, que aparece como parte de la trama en el proceso seguido contra los insurgentes, algunos de los cuales se reunían bajo su mando, para preparar la conspiración, en la empresa de seguridad en la que él trabajaba, Aseprosa, donde también eran habituales los dos torturadores más célebres de la dictadura, *Billy el niño* y Roberto Conesa, este último el mandamás, en sus horas libres, de la banda paramilitar Brigada Antiguerrillera. Ya sabemos que *El pibe*, como lo apodaban, que también había apretado el gatillo contra los carlistas en Montejurra, Navarra, en mayo de 1976, durante la llamada Operación Reconquista, vivió en Madrid y Valencia sin que nadie lo molestara y que sería reclamado por la justicia argentina como fundador de la Triple A, pero sus amigos lo protegieron dándole la nacionalidad española en 1979 y, como es sabido, un poco más tarde, en 1985, el antiguo ministro de la dictadura y luego fundador de Alianza Popular, Manuel Fraga Iribarne, lo designaría jefe de su custodia personal.

Tejero, al que ya se había condenado en 1978 a siete meses de cárcel por otra conjura sediciosa, la llamada Operación Galaxia, fue sentenciado tras el 23F a treinta años, cumplió la mitad de su pena entre los castillos de la Palma, en Mugardos, Ferrol, y San Fernando, en Figueras, en Alcalá de Henares y en la prisión naval de Cartagena. Durante ese tiempo se dedicó a empezar y no concluir la carrera de Geografía e Historia, a cultivar huertos, a escribir supuestamente una autobiografía que sigue inédita y a pintar unos cuadros con cierta influencia de Dalí que sus camaradas de la ultraderecha le compraban por dos mil quinientos euros la pieza.

Nunca se había arrepentido de sus actos, porque era un hombre bravo, de armas tomar, esto último literalmente. Cuando, durante el intento de asonada, el entonces aún jefe del Gobierno saliente, Adolfo Suárez, se levantó para intentar hacerse con el mando de la situación, Tejero le amenazó: «Usted ya no es el presidente de nadie. Yo sólo recibo órdenes de mi general. No me provoque». En 1982, todavía desde la cárcel, montó un partido de extrema derecha, Solidaridad Española, que se presentó a las elecciones generales y obtuvo veintiocho mil votos. Y cada vez que ha reaparecido en público ha sido en convocatorias de la Falange; en una polémica comida organizada en su honor y para conmemorar su «hazaña» de 1981 por uno de sus cinco hijos, también militar, en el cuartel donde estaba destinado; o en el segundo entierro del dictador Francisco Franco en el camposanto de Mingorrubio, tras haber sido desalojado del Valle de los Caídos. La misa la oficiaba otro de sus hijos, que es sacerdote.

En sus últimas declaraciones, que yo había leído muy recientemente en el Montevideo, se quejaba, desde su retiro de Torre del Mar, de haber sido traicionado por sus compañeros del 23F; volvía a afirmar que el rey Juan Carlos I «estaba al corriente de todo»; sostenía que fue él quien detuvo la sublevación en marcha cuando se enteró de que «iba a haber políticos de izquierda en el proyecto» y que, por ese motivo, impidió personalmente entrar al Congreso al general Armada, que iba a autoproclamarse jefe de un Gobierno de concentración nacional. Y, para terminar, anunciaba haber interpuesto una denuncia en los juzgados contra el presidente actual del Partido Socialista Obrero Español, «por incumplir la Constitución» —de la que él, paradójicamente, se declaraba no partidario— y «por hacer maniobras antiespañolas al negociar con partidos independentistas» a cuyos líderes «hay que meter en la cárcel». Para conseguir sus objetivos, el modelo que promovía era indudable: «Una junta militar que ponga las cosas en su sitio».

Su demanda fue tomada a broma entre la clase política y por los medios de comunicación, no despertó más que hilaridad y choteo, casi hasta cierta conmiseración porque fue interpretada como el simple desvarío, tal vez senil, de una vieja gloria cuartelera atrapada en su propio rencor, la última gansada y salida de tono de un personaje disparatado que intentaba paliar sus limitaciones con un afán de notoriedad enfermizo y que, muy probablemente, se engañaba tratando de convencerse de que gente como él e ideas como las suyas tenían una nueva oportunidad al calor de la indudable ola reaccionaria que recorría el mundo. Y el caso era que yo me preguntaba más o menos lo mismo: ¿podían aún darnos miedo estos nostálgicos del horror? ¿Además de estar trasnochados, eran peligrosos?

La respuesta era muy importante, porque lo que había concebido Isabel era infiltrarse en la cena de Muñecas Quintana, aparecer por allí como una de las camareras encargadas de servir el catering que había contratado para ese domingo. El plan no estaba nada mal y contaba con una ventaja, que era su condición políglota, algo interesante si los asistentes, como se nos había dicho, provenían de Italia, Francia y Alemania, tres países cuyo idioma dominaba mi futura mujer, que anotaría cuanto se dijeran unos a otros sin tomar precauciones, al creer que ella no les entendía. Pero es que además *El electricista* quería justo eso, buscaba mujeres atractivas y que no hablasen más que de forma muy rudimentaria el español, para que no oyesen lo que no debían: un requisito que era fácil de conseguir en un lugar como Torremolinos, lleno de turistas extranjeros y, entre ellos, de jóvenes estudiantes dispuestos siempre a ganar unos cuantos euros con cualquier trabajo eventual que se les pusiera a tiro. Por otra parte, colarla en la fiesta sería pan comido para nuestro confidente, dado que era el encargado de buscar la empresa de comidas a domicilio y al personal para servirla, tal y como le había pedido un año más su jefe, con la ventaja para nosotros de que no contaba ya con la supervisión minuciosa de su mujer. Los dos teníamos la impresión de que, una vez superadas sus dudas y aprensiones, Córdoba Montenegro no sólo no renegaba ya de su papel de Judas, sino que lo estaba disfrutando: al fin se iba a tomar la revancha con quienes lo habían ninguneado.

Por supuesto, Sansegundo no estaba al tanto de esa segunda línea de actuación, que ni a él ni a Martínez Olvido les hubiese gustado: ya sabemos que el ministro quería que me centrase en el asunto de la casa robada a los Murgades y que mi misión no era otra que hacerme con los registros que llevaron *El electricista* y González Pacheco de sus actividades en la Dirección General de Seguridad. Pero yo, además de en su Ley de Memoria Democrática, pensaba en mi novela y quería saber algo más del asunto de las manos de Perón y sobre la escultura que Muñecas Quintana había escondido durante tres décadas en Ginebra, Suiza. Sólo imaginar que podía resolver ese misterio, justo cuando estaban a punto de conmemorarse los cincuenta años de la muerte del tres veces presidente de Argentina, era demasiado incitante como para resistirme a intentarlo. Si el comisario se enteraba, le diríamos que Isabel estaba en el lugar de los hechos para asegurarse de que nadie salía de allí en dirección a La Imperial y nos pillaba con las manos en la masa.

¿Por qué organizaba aquella cena nuestro hombre, en su villa robada, cuando se encontraba anímicamente tan decaído por la falta de su esposa? ¿Pensaba, tal vez, que el resurgimiento en España y en todo occidente de las ideologías más reaccionarias y la llegada al poder municipal, autonómico o nacional, en varios países de la Unión Europea, de partidos neofascistas constituía una nueva oportunidad que ni pintada para regresar a las tinieblas y allí reverdecer sus laureles? La Real Academia había elegido como palabra del año el sustantivo *polarización*, que era el nuevo nombre de las dos Españas de toda la vida. Las aguas, sin duda, bajaban agitadas y las orillas estaban llenas de oportunistas de la peor ralea con la esperanza de que volviera a ser verdad eso de que a río revuelto, ganancia de pescadores. Un grupo de antiguos estudiantes de la Universidad de Málaga, que en su día militaron en la resistencia antifranquista y fueron reprimidos por ello, acababan de remitir un escrito a la Fiscalía General del Estado para requerir la apertura de una investigación al líder de la ultraderecha por unas declaraciones realizadas en Argentina en las que aseguraba que «habrá un momento en que el pueblo querrá colgar de los pies» al presidente del Gobierno.

En cualquier caso, era igual que si *El electricista* quisiera rememorar con aquellas invitaciones a su casa de Torremolinos las famosas veladas madrileñas en la Quinta 17 de Octubre que aglutinaban en torno a Perón a nazis, camisas negras, falangistas y otras figuras de la ultraderecha de toda Europa, porque

Córdoba Montenegro nos había dicho que entre los que habían sido convidados, una lista de la que él estaba al tanto porque su jefe le encargó hacer las invitaciones en la misma imprenta donde les fabricaban la cartelería y los posavasos de La Imperial, estaban el último ministro aún vivo de la dictadura, el leonés Fernando Suárez González, el abogado Juan Germán Hoffmann, hijo de un oscuro personaje que fue amigo personal de Hitler, y nada menos que el presidente del Senado de Italia y un nieto de Benito Mussolini.

El primero, Suárez González, de la misma edad que Tejero, fue vicepresidente del Gobierno, ostentó la cartera de Trabajo y se contaba entre los imputados por la querella argentina contra los crímenes del franquismo, acusado de ser corresponsable de las últimas sentencias de muerte del régimen, dictadas en septiembre de 1975. Su larga carrera política continuó en Alianza Popular, bajo cuyas siglas resultó elegido diputado y miembro del Parlamento Europeo. Era miembro de la Real Academia de Ciencias Morales y Políticas y acababa de publicar sus memorias, *Testigo presencial.*

El segundo, Hoffmann, condenado a cinco años de presidio y a una multa de dieciocho millones de euros por su participación en el llamado Caso Malaya, un asunto de corrupción urbanística llevado a cabo en Marbella, estaba en busca y captura tras fugarse a Alemania y haber denegado las autoridades de aquel país su extradición. Según Córdoba Montenegro, pese a que sus propiedades en Benalmádena e Ibiza habían sido embargadas y subastadas, venía a menudo a España con un pasaporte falso y por carretera, para esquivar los controles de los aeropuertos y las estaciones de tren. Pero aparte de su propio historial, que como tantos otros relacionados con delitos económicos se cerraría cuando prescribiese y dejándole impune, lo más relevante de su biografía era ser hijo del diplomático y empresario Hans Hoffmann Heinkeder, agente secreto de la Gestapo, oficial y piloto de guerra de la Legión Cóndor, con la que tomó parte en el bombardeo de Guernica en abril de 1937; miembro de la División Azul en el frente ruso, donde llevó a cabo trabajos de intérprete, labor que haría en numerosas ocasiones en las que sirvió de enlace entre militares franquistas y del Tercer Reich, y responsable en nuestro país de la Red Ogro, cuyo fin era mantener vivos los ideales del nacionalsocialismo entre la colonia alemana y castigar a los díscolos. Establecido en Málaga, donde moriría en 1998, se dedicó hasta el final de sus días a los negocios inmobiliarios en la Costa del Sol y a hacer de cónsul honorario de la República Federal de Alemania. Los Aliados se lo habían reclamado en 1947 a España, que se negó a entregarlo. También se sabe que utilizó una fundación pantalla a través de la cual derivar fondos al partido de Fraga Iribarne, que, como se puede comprobar, estaba en todas las salsas y pisaba todos los charcos.

El penúltimo de los convocados era Ignazio Benito La Russa, de setenta y seis años, fundador de Fratelli d'Italia, antiguo ministro de Defensa, presidente de la cámara alta de su país tras la victoria de los neofascistas en las últimas elecciones; que ostentaba su segundo nombre en homenaje a Mussolini y tenía en su casa una estatua de bronce del dictador y otros símbolos totalitarios que él defendía como una simple reliquia familiar: «*Per me non è un busto del duce: è un ricordo di mio padre*».

Finalmente, se habían puesto en contacto, a través de la embajada de España en Roma, con Cayo Julio Cesar Mussolini, exoficial de la Marina, político y hombre de negocios en Abu Dabi, nacido en 1968 en Argentina, donde emigraron sus abuelos al acabar la Segunda Guerra Mundial, y bisnieto del tirano «asesinado por comunistas en 1945», cuya memoria defiende con pasión y más a cara descubierta desde la llegada de los ultras al Palazzo Chigi. Para Muñecas Quintana, como rezaba en sus rimbombantes tarjetas, hechas en papel de fibra de algodón y coronadas con una bandera preconstitucional en relieve, «sería un auténtico privilegio recibirlo como huésped».

Sin embargo, los dos primeros habían declinado asistir, excusándose mediante un correo electrónico de acento protocolario, quizá ni siquiera escrito por ellos sino por una secretaria, y los otros ni siquiera se habían dignado a responder, algo que el presunto anfitrión recibió como una gran ofensa. «El muy huero, qué se creía, hay que ser perejil», se regodeó Córdoba Montenegro. «¿Por qué no invitó a los reyes también, el muy magallanes? O al presidente de los Estados Unidos, ya puestos», cloqueó el zafio, provocándose otro atragantamiento con su risa de ave rapaz. Pero, en el fondo, seguramente tenía razón y las personas de la clase de Mussolini y La Russa, incluso los Suárez y Hoffmann que hay en este mundo porque de todo tiene que haber en la viña del Señor, puede que en el fondo sean lo mismo o al menos defiendan las mismas cosas que Tejero o *El electricista*, pero no se juntan con ellos. Unos y otros sueñan el retorno de las sombras, pero en camas separadas.

Nuestro hombre, por lo tanto, jugaba en otra categoría y, a tenor de ella y de sus posibilidades reales, tendría que bajar el listón de su fiesta o, como él lo definía pomposamente, «banquete de confraternidad», lo cual a mí me preocupaba por Isabel: eso iba a llenarse de tipos parecidos a él, y cuanto más chabacana y más hosca, esa gente es también más inestable, más fanática y virulenta si cabe y, por lo tanto, menos predecible. «Para causar daño», razoné, «no hace falta ser joven: un puñal lo blande cualquiera, una pistola la puede disparar hasta un moribundo». Y de esa duda venía mi inquietud: aquellos facinerosos, seres ayer satánicos y hoy ya viejos, débiles y mermados por los achaques y limitaciones propios de su edad, ¿aparte de lúgubres, malévolos y bribones podían seguir siendo temibles?

Pero, de cualquier modo, para que todo eso pudiera dilucidarse, aún quedaban tres días, y antes de dejar de nuevo Madrid para volver a Torremolinos todavía nos restaba por hacer una visita muy importante que era, en cierta medida, un viaje en el tiempo. O, más bien, para ver cómo lo hacía Muñecas Quintana, ese ser como salido de las ultratumbas de la historia cuyos pasos iban a dar a un pasado tétrico. Sólo teníamos que seguirle y llegaríamos hasta donde estaba el fantasma.

Capítulo diecisiete

Hubo un tiempo en que todos sabían quién era, aunque nadie estuviese muy seguro de conocerla; ahora, se había vuelto invisible. A sus casi noventa y cuatro años, María Estela Martínez Cartas, más conocida como *Isabelita* Perón, presidenta de Argentina entre julio de 1974 y marzo de 1976, vivía en España de incógnito y completamente retirada de la escena pública desde hacía más de cuatro décadas, tres de ellas en su casa de Villanueva de la Cañada, a veintisiete kilómetros y menos de media hora en coche desde Madrid, en una propiedad de alrededor de doscientos cincuenta metros cuadrados, más otros cien de jardín donde pasaba los días cuidando sus flores, después de mudarse a esa zona residencial tras vender la Quinta 17 de Octubre en los años noventa y después de pasar por dos apartamentos situados junto a la iglesia de San Jerónimo el Real, donde solía asistir a misa, y un tercero que estaba en las proximidades del estadio Santiago Bernabéu, que nunca pisó: al que le gustaba el fútbol era al general, que entretuvo sus últimos días siguiendo por televisión los partidos del Mundial de 1974: es decir, viendo a su Argentina perder con Polonia, Holanda y Brasil, empatar con Italia y ganar tan sólo a Haití. Las tablas con la República Democrática Alemana, que certificaron su eliminación del campeonato, ya no pudo verlas, porque ese encuentro fue el 3 de julio y él había fallecido el día 1.

La casa frente a la que Isabel Escandón y yo estábamos aparcados tenía perennemente bajadas las persianas de los ventanales que dan a la calle. En esa fachada pegaron sus carteles, en el año 2007, los manifestantes que responsabilizaban a la viuda y sucesora de Perón de los crímenes cometidos por la Triple A durante su mandato. Pero salvo ese escrache, un arresto de tres horas y una declaración ante la Audiencia Nacional producidos ese mismo año, cuando la justicia de su país reclamó que fuera extraditada «a causa de las violaciones masivas a los Derechos Humanos cometidas bajo su presidencia, en el marco de los crímenes de la Triple A», su exilio había transcurrido sin grandes sobresaltos, que cada vez fueron menos, a medida que ella se volvía más inasequible a la prensa y a los curiosos, relacionándose sólo con un círculo muy reducido de amistades y con las personas a su servicio, una asistenta y un chófer, que en la actualidad eran las únicas con las que tenía contacto frecuente. Siempre hermética, a menudo esquiva y difícil de descifrar, parapetada tras su sonrisa estándar y su apariencia impecable, cuando no perdida en las nieblas de la mística y los laberintos mentales del esoterismo, se movió entre intrigas palaciegas y conspiradores sin descomponer jamás la figura ni dejarse llevar más que en casos contados por sus emociones, logrando que nadie supiera realmente si era una mujer de hierro o de paja, si manipulaba a los demás o era su marioneta, sobre todo la de López Rega. Con su salida de Argentina y su enclaustramiento en España, su metamorfosis, por lo tanto, consistió en pasar de enigma a espectro.

Tras aquellos muros que vigilábamos con unos prismáticos había un personaje contradictorio, pero también fascinante, que casi parecía una quimera, de puro inusual y con tantos ángulos, tan poliédrico. En la adolescencia había dejado a su familia para vivir con un matrimonio aficionado a las ciencias ocultas, que la adoptó e hizo que se interesara por lo sobrenatural, dando origen a una de las peculiaridades que marcarían su existencia: sin ese vínculo, muy probablemente, *El brujo* no hubiese entrado en escena. Poco después se hizo bailarina, comenzó a participar en giras por toda Latinoamérica y en una de ellas conoció a Juan Domingo Perón, que estaba huido en Panamá. Él tenía sesenta años y ella, veinticuatro, pero el escudo de la edad no detuvo el flechazo y no volvieron a separarse. María Estela compartió con él su peregrinación por Nicaragua, Venezuela y la República Dominicana, hasta establecerse en España, donde se casaron en 1961.

Antes de instalarse en Madrid ya sabía lo difícil que era ocupar el lugar de un mito omnipresente como el de Evita, pero cuando el cadáver momificado y ultrajado de esta llegó a la casa de Puerta de Hierro y María Estela tuvo que soportar la dura prueba de convivir con una muerta inmortal, el problema pasó a otra dimensión. El día que fue devuelto el cuerpo de la casi santa, por intermediación del capo de la P2 Licio Gelli y en una ranchera Citroën DS Tiburón conducida obviamente por uno de sus sicarios —aunque él declaró a la prensa que lo filmaba que era empleado de la empresa de pompas fúnebres—, *Isabelita* vio con espanto la lucha desesperada de su esposo por abrir el ataúd, hasta que le sangraron las manos, y cómo se derrumbó al descubrir el estado en el que se hallaba el cuerpo embalsamado, tras sufrir distintas vejaciones llevadas a cabo por sus enemigos. «¡Miserables, miserables!», murmuró entre dientes, al tiempo que el histriónico López Rega gritaba: «¡Esta no es Evita! ¡General, no firme el acta, no firme nada, no es Evita!». Pero él lo mandó callar. María Estela, con la ayuda de las hermanas Duarte, que habían sido avisadas para la ocasión, tuvo la entereza de desnudar a la momia, lavarla, ponerle ropa limpia y cepillarle el pelo. Después, cuando su cara fue restaurada por el mismo doctor que la había embalsamado en su momento en Buenos Aires, el aragonés Pedro Ara, aún debió de pasar por el trance de ver a Perón ser más el viudo de la otra que su marido, sentado durante horas junto a la reliquia, quién sabe si rezando o haciéndole confidencias o pidiéndole consejo. Por no hablar de las ya referidas «sesiones de transmisión de aura» a las que le obligaba a someterse *El brujo*, para que la energía mental, el carisma y las facultades de una pasaran a la otra.

Extrañamente, cuando Perón retornó a su país no llevó consigo a Evita, sino que la dejó en Puerta de Hierro, y quien la repatrió, tras la muerte del mandatario, fue la propia María Estela, que además mandaría retocarla una vez más, y de manera ya definitiva, al taxidermista Domingo Tellechea, especificando que «debía ser presentada ante el público sin ninguna señal de que hubiera recibido cualquier tratamiento cruel o poco digno, en el deseo de no reavivar las heridas y los odios entre los argentinos, y muy especialmente del pueblo peronista, hacia las Fuerzas Armadas».

Por supuesto, *Isabelita* también siguió al general en su retorno a Argentina y al poder, hasta tal punto que se presentó a las elecciones como su vicepresidenta, y cuando no había transcurrido ni siquiera un año y él murió, ella tuvo que asumir la jefatura del Estado, siendo la primera mujer latinoamericana en alcanzar esa dignidad. Su leyenda oscura, sin embargo, comienza ahí, bajo el calamitoso influjo de López Rega, que supuestamente la dominaba a su antojo y al que permitió o, como mínimo, no impidió montar la Triple A. Ella, en cualquier caso, parecía superada por los acontecimientos, pasaba largos periodos acostada en sus habitaciones de la Quinta de Olivos, con un cuadro agudo de depresión, insomnio, jaquecas, fatiga paralizante y unos severos desarreglos gastrointestinales, tan persistentes que a menudo los consejos de ministros y otras reuniones con los miembros del Gobierno se hacían en su dormitorio. En la calle, mientras ella dormitaba en la isla de nunca jamás de los somníferos, los problemas se acumulaban, la economía se hundía y la violencia crecía. Los asesinos de la Triple A sembraban el pánico y ella callaba, pero en cualquier caso firmó un «decreto de aniquilamiento» que admitía que las fuerzas del orden pudiesen utilizar la tortura. La situación era tan desesperanzadora que el golpe militar que la derrocó fue recibido con entusiasmo, o al menos alivio, por buena parte de la población, que aún no sabía en manos de qué carniceros sanguinarios había vuelto a caer.

Tras ser depuesta, María Estela estuvo cinco años y medio detenida en diversas residencias oficiales y cuarteles, primero sin cargos específicos y más adelante por malversación: «*La señora*», declararía mucho después el dictador Videla, «llevaba el apellido de Perón y, a pesar de su incapacidad, estando libre podía movilizar voluntades políticas y gremiales contra el Gobierno militar, por eso permaneció presa». Durante su cautiverio vivió aislada, bajo custodia las veinticuatro horas del día, le raparon dos veces al cero el cabello, que era su seña de identidad más reconocible, «para evitar los parásitos», y acometió un intento de suicidio. Lo único que se le permitió fue que se introdujera en el sarcófago de Perón el poema que le había escrito, cuando sus restos fueron separados de los de Evita, con los que se exponían al culto y homenaje públicos en la residencia de Olivos, y trasladados a la Chacarita.

Cuando al fin la liberaron, ya en 1981, se trasladó a España y no quiso saber nada de nadie, incluido López Rega, a quien consideraba responsable de la pesadilla que había sufrido, despidió a la asistenta española que la había acompañado durante veintiún años, desde que ella y Perón la conocieron en un hotel de Torremolinos que pudo ser El Pinar o el Pez Espada; y tomó de mayordomo, el mismo cargo satírico que le atribuía Perón a *El brujo*, al criminal de guerra Milo de Bogetich, o Mile Ravlic, protegido y protector de la pareja, su sombra en Madrid y en Buenos Aires —en la fotografía histórica de la llegada a Ezeiza, el 17 de noviembre de 1972, se le ve tras el general y junto al sindicalista Rucci, que le cubre con un paraguas— y miembro muy destacado de la red terrorista de los ustachas, formada por croatas nazis que habían asesinado a cientos de miles de personas en la antigua Yugoslavia bajo la protección de

Hitler y Mussolini, y volverían a hacerlo, más de cuatro décadas después, en la guerra de los Balcanes.

María Estela sólo volvió muy esporádicamente a Argentina, por ejemplo, para apoyar a Raúl Alfonsín cuando este alcanzó el poder. El recibimiento que tuvo fue aceptable, pero la despedida, por razones obvias, debió de espantarla. Corría el mes de junio de 1984, la democracia tenía seis meses de vida y, como hemos visto, estaba en serio peligro por los efectos devastadores de una inflación creciente que tenía con el agua al cuello a gran parte de la población; por la asfixia que provocaba en las cuentas públicas la enorme deuda externa contraída por los sucesivos Gobiernos militares y por la amenaza de los líderes de la Junta Militar, para quienes la impunidad estaba más lejos al haber anulado las nuevas autoridades la amnistía declarada por el último de sus sátrapas, el general Reynaldo Bignone. En esa nación convulsa, aún al borde del abismo del que acababa de salir y que ella visitaba con aprensión, algunos fieles despidieron a pie de pista el avión que debía de llevarla de vuelta a Madrid, con fotografías suyas y carteles de «Isabel Perón, presidenta, unidos triunfaremos». Pero el vuelo no terminaba de salir y pronto se supo que era porque allí había algo más que pancartas y ramos de flores, como explicaba en un comunicado la Policía Federal: «En el día de la fecha, personal de la División Brigada de Explosivos intervino en el Aeropuerto Internacional de Ezeiza, desde donde la Policía Aeronáutica Nacional solicitó la concurrencia de personal especialista, ya que había sido hallado un artefacto a bordo de una de las aeronaves, programado para estallar cuando la máquina estuviese en el aire. Los artificieros lo detonaron sin que se produjeran lesiones ni daño alguno». La bomba había sido colocada en el Jumbo 747 donde iba de pasajera la viuda de Perón, que al aterrizar en España se limitó a repetir ante la prensa que la esperaba el refrán «nadie muere en la víspera», que resume el principio de que la vida de una persona está predeterminada por el destino o por los dioses que lo manejan y que, en este caso, representaba muy bien las dobles creencias esotéricas y religiosas de una mujer tan aficionada a las misas como a las cartas astrales. Sin embargo, la procesión iría por dentro: al fin y al cabo, habían intentado matarla.

Pero *Isabelita* no perdió en absoluto el tiempo, ni esa ni las otras veces que regresó a su país, unas visitas que aprovechó para negociar con el Estado una indemnización por el trato sufrido durante su confinamiento, para recobrar un anillo de diamantes que había quedado en la Quinta de Olivos y, sobre todo, para que se desbloqueasen y le fueran reintegrados los fondos que le habían sido decomisados a su esposo y a ella, un montante de ocho millones y medio de dólares. Eso, unido a otros cuatro que estaban en una cuenta en Suiza, a nombre de los dos y esta sí conocida, y sumado a la modesta pensión vitalicia como expresidenta que le fue otorgada, le cubría de sobra las espaldas y le aseguraba un futuro desahogado, aunque una parte del dinero que logró reunir tras ese largo tira y afloja lo tuvo que repartir con las hermanas de Evita, que reclamaban su tanto por ciento de la herencia que les pertenecía.

Pero aparte de sus asuntos económicos, tan favorablemente solventados, tenía que solucionar sus cuentas pendientes con la ley, y en eso también supo barrer para casa. Su vuelta a Argentina, en diciembre de 1983, para participar de la celebración de la investidura de Raúl Alfonsín y de este modo darle la bendición del peronismo, también tuvo su premio: el nuevo inquilino de la Casa Rosada firmó un decreto mediante el cual el Estado desistía del cobro de otros nueve millones que María Estela había sido condenada a restituir por el juzgado que la encontró culpable de desviar esos fondos públicos a su cuenta del banco de Santander. Una semana después de esa lluvia de oro, ella firmó, como presidenta del Partido Justicialista, el llamado Acta de Coincidencias, comprometiendo al justicialismo en la tarea de estabilizar el proceso de transición democrática. El acuerdo incluía la promesa de la magistratura de no convocarla como testigo en la causa de la Triple A.

En esos viajes hizo declaraciones, casi siempre a la carrera, que hoy en día pueden verse en la red, en las que le preguntaron de forma recurrente si pensaba volver a la arena política y que ella respondía con evasivas. Más tarde, *Isabelita* fue olvidándose de un país que a su vez ha tratado de olvidarla a ella. En la Casa Rosada hay un salón llamado Galería de los Bustos Presidenciales donde falta uno: el suyo. A su marido, Juan Domingo Perón, se le venera, aunque tenga sus adversarios, se le reprochan errores y se le reconocen aciertos. A ella se la culpa de la violencia parapolicial y de haberle abierto la puerta a los militares asesinos de la Junta. Pero ¿no empezó la pesadilla con él aún al mando? ¿No era esa duda coherente con lo que hizo desde el exilio, apoyando a diversas formaciones violentas, que no le interesaron más cuando le dejaron de servir? ¿No era el autoritarismo del caudillo una de sus características esenciales, por mucho que la encubriese con su sonrisa cautivadora y su actitud campechana? En internet pueden encontrarse también las imágenes de una rueda de prensa suya de 1974, a la que comparece flanqueado por su mujer y vicepresidenta y por su ministro López Rega. Una reportera llamada Ana Guzzetti le interroga acerca de «la escalada de atentados fascistas cometidos por grupos parapoliciales de la ultraderecha» y él le pregunta: «¿Usted se hace responsable de lo que dice? ¡Me lo va a tener que demostrar!», y ordena inmediatamente a uno de sus colaboradores: «¡Tómele los datos y que se inicie enseguida una causa contra esta señorita!». Luego, la señala como «parte de la ultraizquierda» y vuelve a amenazarla con meterla entre rejas: «Lo que tiene que hacer este Gobierno es detenerlos a ustedes». Ella, manteniéndole el pulso, le dice la verdad, que milita en el movimiento peronista desde hace trece años y el mandatario, mientras fuma cada vez más contrariado, le replica, de nuevo tajante: «¡Pues lo disimula muy bien!». Quince días después fue secuestrada, durante el allanamiento y clausura del diario para el que trabajaba, *El Mundo*, sufrió torturas y no fue liberada hasta veinte días más tarde.

—Pero ya nunca volvió a ser la misma —dijo Isabel, sentada junto a mí en nuestro coche, frente a la casa misteriosa de Villanueva de la Cañada—. Se retiró a Río Ceballos, en Córdoba, y luego a un lugar más remoto aún, en Trenque Lauquen, a cuatrocientos cincuenta kilómetros de Buenos Aires, donde algunos compañeros solidarios lograron que se la nombrase corresponsal de la agencia de noticias Télam. Pero las cosas no le iban bien, su salud flaqueaba, comenzó a dar síntomas de problemas mentales, se sentía sola y paranoica, tomaba más alcohol del debido y no era muy difícil encontrársela perdida y desorientada, a medianoche, vagando por las calles vacías de aquel pueblo. Murió allí en 2012, a los sesenta y ocho años.

»Y escucha esto —continuó del tirón, para evitar que la interrumpiese—: he encontrado una carta suya impresionante que le envió al propio presidente, desde su cautiverio. Mira, dice cosas como estas, las he anotado: "Vi caer a mis compañeros gritando '¡Perón o muerte!'. Por eso yo no voy a callarme. No me asusta que me echen del Movimiento. Tampoco me asusta caer presa; ya lo estuve antes como militante, es un riesgo que he asumido siempre con dignidad. General, mientras usted estaba en Madrid nosotros hicimos la resistencia, nos tragamos tres dictaduras militares..., y toda esta lucha no se la vamos a regalar. Nos costó cárcel, torturas, muertes... ¿Se acuerda? Éramos las gloriosas formaciones especiales, los héroes. Cayeron muchos, eran los que daban su sangre para la liberación de esta patria que hoy usted quiere entregar al imperialismo y a los desleales. Sí, general, soy peronista y no dejaré de serlo. Pero lo que no seré nunca es una traidora".

»¿Qué me dices? Es un texto muy crudo, que cuenta otra versión de la historia, ¿no te parece? A lo mejor a Perón se le perdonan muchas cosas por ser un hombre y contra María Estela se cargan las tintas por ser una mujer, lo mismo que se la hace siempre de menos y se la trata con tanta condescendencia:

que si era medio boba, que si era un títere de este y el otro, que si fue una mala imitación de Evita, que si no daba la talla ni hizo otra cosa que firmar lo que le pusieran delante…

—Bueno, mi amor, pero eso casi le vendría bien —dije—, porque de algún modo la exoneraría, al menos en parte, de los horrores que se produjeron durante su mandato. Quizá ella misma haya fomentado esa imagen porque sabe que le beneficia: mejor tener la cabeza hueca que las manos manchadas de sangre. Quizá se resuelva el crucigrama cuando aparezcan, si es que lo hacen, esas memorias de las que habló en su día, «mis recuerdos y pensamientos» los llama ella, y parece ser que dedica todas las mañanas a redactarlos. «Se pasa el tiempo en una habitación repleta de retratos enmarcados de ella con Perón», según he leído que dijo una de las amigas con las que, mientras su salud se lo permitió, iba a la iglesia o a los rastrillos solidarios de la alta sociedad, «y se dedica muchas horas a escribir en un cuaderno que no le muestra a nadie».

—Pues mientras se publica esa autobiografía yo tengo unas cuantas preguntas —contraatacó mi futura esposa, pasándome los prismáticos y sacando un cuaderno lleno de notas, antes de lanzarse a una enumeración que volvería a demostrar por qué su manera de proceder se basaba en el lema «documentarse con rigor para argumentar con datos».

—A ver —dije, preparándome para la andanada que me veía venir como quien afirma los pies en el suelo ante la inminencia de una embestida.

—Si era tan poca cosa, ¿cómo es que llegó tan alto? Si era tan simple, ¿por qué le confió misiones tan complejas su marido? ¿Por qué la envió desde Madrid a Buenos Aires, por ejemplo, para que negociara las condiciones de su regreso del exilio? ¿Por qué fue con ella de candidata, codo con codo, a las elecciones que ganaron con cerca de un setenta por ciento de los votos? ¿Por qué hay historiadores que la defienden y aseguran que promovió decretos que brindaron protección a los obreros y, en particular, a las trabajadoras? ¿Por qué es reivindicada, sobre todo, por los sindicalistas? ¿Se puede considerar débil a quien se negó a firmar la renuncia que le exigían los militares, demostrando un valor del que alardeaba ella misma? «Tengo el orgullo de decir que yo no entregué mi bandera, yo no entregué mi sitio, me lo quitaron». ¿Puede ser tan frágil y tan pusilánime alguien cuyo lema era: «Tengan confianza, porque yo los llevaré, pese a quien pese y caiga quien caiga, a la felicidad»? ¿Alguien que proclamaba en sus discursos: «Yo a los antipatria que se me opongan les daré con el látigo, como a los fariseos del templo»? O una aún más peleona: «Mi esposo decía que es mejor persuadir que obligar; pero yo le respondo hoy, de aquí a donde se encuentre, que si tengo que obligar los voy a obligar».

Por supuesto que era interesante lo que planteaba, y digno de un análisis tranquilo; pero todo eso iba a pasar a un segundo plano cuando la puerta de María Estela se abriera ante nuestros ojos para Pascual Muñecas Quintana, a quien nosotros habíamos seguido hasta aquella urbanización desde su hotel del Paseo de la Castellana. ¿Por qué a él le iba a franquear el paso esa misma persona que no recibía a nadie bajo ningún concepto, ni tenía vida social, ni

daba entrevistas desde hacía ya muchos años, ni con-
testaba cartas de admiradores o descolgaba el teléfono, tal vez despechada por algunas puñaladas que le
habían dado por la espalda supuestos partidarios
suyos o harta de las críticas que unas veces la ridicu-
lizaban y otras la definían como un monstruo; abu-
rrida de todo o simplemente escarmentada y sin
ganas de tropezar dos veces en la misma piedra tras
su extraña aventura como jefa de Estado, su derrocamiento y su cautiverio de un lustro, y que a lo
largo de cuatro décadas no se dignó recibir a ninguno de los innumerables compatriotas que una y otra
vez trataban de visitarla para presentarle sus respetos,
y mandaba tirar a la basura los ramos de flores que
dejaban en su umbral los justicialistas de paso por
Madrid? Si ni siquiera había querido ver a quienes
habían sido sus colaboradores más cercanos en la
Casa Rosada ni a los más firmes defensores del legado de su marido o del suyo propio cuando empezó
a surgir una cierta onda reivindicativa que sacaba la
cara por ella y se quejaba de que hubiera sido borra-
da literalmente de la historia de su país, ¿qué tenía
de especial *El electricista* para que con él hiciera una
excepción?
 Al antiguo policía de la Brigada Político-Social
lo habíamos visto llegar en un coche de alquiler conducido por un chófer, un joven recién salido de la
adolescencia, que nos pareció un chico bien que se
hacía el malo imitando las poses y los movimientos
de un macarra y al que no le salía del todo eso de
andar balanceándose con resabios de hércules de
gimnasio. Me pareció uno de esos cachorros de la
extrema derecha que por aquellos días montaban

altercados menores para protestar contra la amnistía que el Gobierno iba a darles a los nacionalistas catalanes que habían tratado de proclamar la independencia y luego habían escapado a diversos lugares de Europa. La patria se rompía, según gritaban en sus concentraciones, donde coreaban vivas a Franco y se exhibían símbolos preconstitucionales.

El automóvil donde iba Muñecas Quintana aparcó, de forma inexplicable, a cierta distancia del chalé, a unos treinta o cuarenta metros, aunque había sitio libre de sobra en la misma puerta, igual que si sus ocupantes aún no quisieran alertar de su presencia ni ser divisados desde las ventanas de la casa. El muchacho que iba al volante apagó el motor, salió a fumar un cigarrillo apoyado cinematográficamente en la carrocería, sobre el maletero, y esperaron los dos, uno fuera, lanzando a las alturas bocanadas de humo tempestuosas, y el otro dentro, echándole miradas impacientes a su reloj de pulsera, ajustándose de forma compulsiva el nudo de la corbata y retocando su peinado con la ayuda del espejo retrovisor, aunque era imposible saber a qué o a quiénes aguardaban con tanto ahínco y, al parecer, tantos nervios. Nosotros los vigilábamos a distancia, con nuestros prismáticos.

Un cuarto de hora más tarde apareció, como salido de un museo o de una exposición, un vehículo sorprendente, una verdadera antigualla para coleccionistas, pintado de un negro azabache tan sólo interrumpido por un par de líneas blancas decorativas en las aletas traseras y por el lustre plateado de las piezas cromadas, con su aerodinámica de época, los faros jactanciosos y su empaque a la vez futurista y arqueológico, y nada más identificarlo *El electricista* echó pie a tierra, chasqueó enérgicamente los dedos para ordenarle a su subordinado que se pusiera en marcha, se dirigió a la entrada y llamó al timbre, mientras su acompañante recibía de los recién llegados un macetero rectangular, metálico, del que sobresalían dos o tres docenas de claveles de cuatro colores: blancos, teñidos de azul, rojos y amarillos. Abrió una asistenta, vestida de uniforme, y tras ella, como aparecida desde el más allá, pudimos distinguir a *Isabelita* Perón, cogida del brazo de su empleada. Fue como ver materializarse ante nuestros ojos a un ser legendario, difícil de creer incluso aunque se la tuviese delante, emergida de una realidad paralela o convocada por arte de brujería para hacerla venir al presente desde un tiempo remoto o un mundo imaginario. El visitante le besó ceremoniosamente la mano, igual que se le presentan sus respetos a una reina, señaló con el dedo el regalo que le traía y con la cabeza hacia el coche en el que había llegado, y al verlo ella se llevó las manos a la cara, con el gesto misceláneo de quien trata de reprimir un grito, expresar su sorpresa u ocultar sus lágrimas; después, abrazó como a cámara lenta al visitante y este le dijo algo al oído que nos pareció que la hacía reír y llorar de manera conjunta. Luego desaparecieron en el interior de la vivienda.

Y yo supe que lo que habíamos contemplado podía ser cualquier cosa menos una casualidad; entendí que más bien era una puesta en escena grandiosa, tal vez irónica, sin ningún género de duda simbólica, la segunda versión, en cualquier caso, de una obra que ya se había representado una vez, en otro lugar, en otras circunstancias y con otros actores como protagonistas absolutos; era un homenaje al pasado, una oda a la nostalgia, un tributo ofrecido como muestra de cortesía y reverencia, un ritual privado que se celebraba en honor de *La señora*, como siempre le había agradado que la llamasen. Nuestro hombre no había ido a regalarle nada a su anfitriona, sino a devolvérselo, y lo había querido hacer repitiendo la secuencia dramática de la entrega a Perón, en su casa de Puerta de Hierro, más de medio siglo antes, del cuerpo de Evita: en un Citroën DS ranchera, un Tiburón de aquellos en los que tanto les gustaba viajar de Madrid hasta Torremolinos a él y a su tercera esposa, sólo que adaptado para su uso como furgón fúnebre, es decir, idéntico al que en aquellos instantes veíamos alejarse parsimoniosamente de la casa de María Estela Martínez y disolverse en el horizonte igual que si regresara al purgatorio de los objetos extinguidos.

Hubiera apostado cualquier cosa a que en ese macetero, bajo los claveles con los colores de las banderas argentina y española, estaban ocultas las manos robadas del general.

Capítulo dieciocho

Eran trece comensales, como Jesucristo y sus doce apóstoles en la última cena, quién sabe si por casualidad o de forma intencionada, teniendo en cuenta la afición irrefrenable de esa gente por lo alegórico: para demostrarlo, la mesa estaba engalanada con velas de cera negra, banderitas de los cuatro países a los que pertenecían los invitados y un jarrón con brunonias —las célebres flores azules del maíz que llevaban en la solapa los primeros nazis para reconocerse entre ellos cuando su partido era ilegal—, que tenía en el centro una placa de cobre con el anagrama masónico de la logia P2, o sea el compás, el ojo de Horus que todo lo ve y la escuadra, los atributos que simbolizan, respectivamente, el espíritu de fraternidad entre los hermanos, el poder omnipresente de la congregación y el respeto a la disciplina.

En una de las cabeceras se sentaba, en señal de deferencia hacia su persona, el exteniente coronel Tejero Molina, parapetado tras su invariable gesto cariacontecido y a la vez apático, como si nada le gustase y sin embargo todo le diera igual, y a su derecha el propio Muñecas Quintana, ataviado con una intencionada camisa azul de reminiscencias falangistas; los otros once eran dos alemanes, un italiano, un francés, las esposas de todos ellos y tres españoles que habían sido compañeros del anfitrión tanto en la Brigada Político-Social como en la Dirección General de Seguridad. También eran, dentro de lo que cabe, los más jóvenes de la fiesta, con sus setenta y tantos años, porque los otros andaban todos al borde de los noventa, cuando no por encima de ellos.

El italiano ocupaba la otra presidencia del banquete y daba la impresión de llevar la voz cantante en la reunión, por el modo en que hablaba, con un retintín didáctico, y por la manera en que les imponía silencio y atención a los demás, que interrumpían sus conversaciones entre dos cuando él se dirigía de forma evidente al pequeño auditorio en conjunto. Sus frases, construidas con una combinación laboriosa, pero más o menos inteligible, de su lengua y el español, solían empezar, siempre que se ponía serio, por una exhortación: «deberíamos intervenir», «tenemos que recuperar el terreno perdido», «es necesario pararles los pies», «no podemos seguir de brazos cruzados»... Tenía facciones de exboxeador, el rostro castigado de quien una vez fue temible y ha sobrevivido a mil y una peleas, lo que le hacía asemejarse al de las estatuas públicas desgastadas por las inclemencias y rigores del clima. Se notaba a la legua que había sido un hombre enérgico, de carácter avasallador, pero ahora se movía con muchas limitaciones, lo que le restaba credibilidad a sus gestos, que pretendían ser tajantes y en cambio eran lentos y arrítmicos, inarticulados, como los de quien trata de seguir el ritmo de una música que no sabe bailar. Los ojos, escudriñadores, del color del anticongelante, le lloraban de continuo y debía secarlos una y otra vez con un pañuelo en el que estaban bordadas sus iniciales. Llevaba teñido de un castaño fuerte el pelo, a todas luces injertado, que al combinarse de manera poco natural con su piel marchita le daba una apariencia extraña, indecisa, como si fuese él, de forma simultánea, en dos épocas diferentes de su vida. Su vestimenta era pulcra, aunque en armonía con todo lo demás mostraba una elegancia obsoleta, chapada a la antigua y previsible en alguien de su edad, pero que trataba de disimular combinando con su traje cruzado una camisa moderna que tenía un llamativo dibujo de margaritas, la cual se apresuró a explicar que le había regalado su señora. Debía de tener, entre otros problemas de salud, asma o algún trastorno pulmonar crónico que provocaba que más que respirar jadease, pero eso no le impidió fumarse un cigarro habano a los postres, o al menos mantenerlo ostentosamente encendido entre los dedos para darle caladas ocasionales. En suma, era todo un comediante, un hombre acostumbrado a ocupar allí donde se hallase el centro de la escena y que además se portaba igual que si mantuviese una lucha sin cuartel contra la biología, a la que culpaba de imponerle una realidad que no cuadraba con la imagen de sí mismo a la que estaba aferrado. Había, sin embargo, algo que no podía disimular en modo alguno: iba en una silla de ruedas.

El resto de aquella tropa de viejas glorias era similar, estaba cortado por el mismo patrón y sufría limitaciones y trabas parecidas, al menos en lo que se refiere a los varones, porque las dos mujeres parecían bastante mejor conservadas, quizá porque no eran tan mayores como sus parejas, debían de andar, mes arriba o mes abajo, por el final de la sesentena, y también gracias a que ambas guardaban ecos notables de una belleza anterior retenida con la ayuda de algunos tratamientos de belleza y apuntalada a golpe de talonario por las buenas artes de un cirujano plástico. Cada cual lucha contra el tiempo con las armas que tiene a su alcance.

Isabel no perdía detalle de lo que allí ocurría. Se encargaba de llevar de la cocina hasta el comedor las fuentes cubiertas con cúpulas plateadas, poniendo los cinco sentidos al servir los platos, para no mancharle a nadie el traje pero, sobre todo, para no llamar la atención, y de rellenar las copas de vino blanco o tinto de renombre que todos bebían con avidez: un día es un día, como proclamó ampulosamente Muñecas Quintana. El resto del servicio estaba formado por otras dos chicas, unas hermanas noruegas de pupilas transparentes, largas piernas y ni que decir tiene que rubias como los ojos amarillos de un búho, claramente seleccionadas por su físico: «Ya me entienden, yo le busco esas pinturitas al jefe, que quiere alegrarles un poco la vista a estos matusalenes, que por otro lado es lo único que a esas alturas se les puede ya alegrar», nos había dicho, ahogándose de risa, Córdoba Montenegro, e Isabel lo recordó cuando uno de los dos alemanes, ya con más alcohol en el cuerpo del que sabría manejar, le acarició la pierna al irle a llenar su copa, aprovechando que no podía revolverse si no quería derramar el vino sobre el mantel, subiendo por su muslo, bajo la falda, como una araña se aproxima hacia el insecto atrapado en su tela. Se tuvo que contener para no cruzarle la cara con la paleta que había dejado allí mismo para repartir la tarta de Santiago que coronaba el menú, lo maldijo por dentro en su idioma, como si el viejo lascivo pudiera escuchar sus pensamientos, y le echó una mirada fulminante que venía a decir lo mismo, aunque fuese sin palabras: «*Wenn du mich noch einmal berührst, werde ich dir den Kopf brechen*». Como me vuelvas a tocar, te rompo la crisma.

Más allá de ese acto de violencia, que dejaba claro qué tipo de individuos eran aquellos, en su vete y ven alrededor de la mesa durante toda la noche, Isabel, que según lo convenido había simulado ser una turista inglesa recién llegada a Torremolinos que hablaba y, sobre todo, entendía muy poco el castellano, apenas lo justo para poder desempeñar aquel trabajo, y nada en absoluto el resto de idiomas que se usaban en aquella habitación, pudo escuchar algunas confidencias entre los cuatro antiguos policías de la DGS, dos de los cuales, al parecer, se encontraban entre los denunciados, al calor de la nueva Ley de Memoria Democrática, por la familia de un hombre al que dejaron paralítico, a golpes, en la Puerta del Sol. «Esta gentuza viene a por nosotros», mascullaba uno. «Pues yo lo tengo claro: ¡leña al mono! Hay que pararles los pies, por lo civil o por lo militar», le respondía otro. «Si no hubiésemos dejado uno vivo cuando teníamos la sartén por el mango...», se lamentaba el tercero. Aunque lo que más alarmó a mi novia fue el consejo que le oyó dar al que parecía más cercano a *El electricista*: «Yo que tú, lo quemaba todo».

Hubo algunos discursos, más subidos de tono según las botellas se vaciaban. Los dos alemanes chapurreaban con cierta soltura y mucho desparpajo el castellano, porque uno tenía su casa de veraneante en Benalmádena, donde ya pasaba más de la mitad del año, y el otro en la Costa Brava; y al francés lo traducía la esposa del italiano. Los parlamentos, en cualquier caso, se podían adivinar fácilmente, aunque no se entendieran, dado que seguían caminos trillados, siempre en la misma dirección: el mundo va hacia el desastre, el comunismo ha vuelto, están destrozando los valores por los que dimos nuestra sangre... Los dos que más repetían los cinco españoles eran: «Los rojos quieren ganar ahora la guerra que perdieron en 1939» y «Si no los detenemos, los independentistas van a romper la patria». A Tejero Molina lo trataban como a un héroe: «Qué pena, mi teniente coronel», le jaleó uno de ellos, «que a usted lo traicionaran en el ochenta y uno, porque si lo del 23F hubiera salido como Dios manda, hoy no tendríamos por castigo esta democracia y nuestra España sería mucho mejor». «¡Pues seguiremos tirando de la cuerda hasta que vuelva a ser lo que fue!», le secundó Muñecas Quintana. «¡Una, grande y libre!», coreó el resto.

Isabel no sabía si reír o llorar, tenerles miedo o lástima. Esa gente en concreto tal vez estuviese acabada, puede que fueran más ruido que nueces, unos dinosaurios que no hacían más que dar sus últimos coletazos; pero el veneno aún estaba ahí, sus ideas no se habían extinguido y, con muy pocos matices, eran la inspiración para esas nuevas generaciones que en aquellos días danzaban al son de la ultraderecha, cuestionaban ciertos aspectos de la democracia e incluso exhibían en sus manifestaciones símbolos franquistas.

«Esa es la actitud, queridos compañeros de tantas batallas difíciles, para que esta de ahora se pueda ganar también», dijo el italiano, tomando la palabra con su pronunciación tambaleante, pero con la seguridad de quien repite una soflama que ya ha lanzado en muchas ocasiones. «Y yo os digo que la ganaremos, porque es justo y necesario que así sea; porque en verdad nos enfrentamos a seres perniciosos, pero también incapaces, que nos han metido en un atolladero del que ahora no saben salir y porque si no nos sacamos nosotros no lo hará nadie y menos estos advenedizos que ni tienen conocimientos, ni tienen recursos, ni tienen agallas. No son personas limpias, por eso Dios no se refleja en ellas y ellas no creen en nada; no tienen valores, ni principios, ni categoría, ni la educación y la templanza que hacen falta para dirigir una nación. Y entonces, ¿qué nos queda? Yo os voy a responder: nos queda nuestro valor, nuestro patriotismo. Si esa chusma no sabe resolver el problema, habrá que dárselo resuelto. Y si no quieren echarse a un lado, ¡habrá que apartarlos de un empujón!». Hubo más aplausos, pero los acalló de nuevo con un gesto apaciguador. «Si las cosas se hacen bien, los resultados llegarán, y más pronto que tarde, porque a las nuevas generaciones, machacadas por el desempleo y la falta de oportunidades, se les ha caído la venda de los ojos, por fin se han dado cuenta de que les engañaban con promesas que eran papel mojado, y sienten que son súbditos de unos Estados débiles, controlados a distancia por los árabes, los judíos o los rusos; que viven en sociedades sin moral, sin principios; que les amargan la existencia con el feminismo, los derechos de las minorías, los gais...; que se abren las fronteras para que vengan los moros, los sudamericanos, los chinos y media África a quitarles el pan... Esos muchachos estaban anestesiados, pero les hemos abierto los ojos y cada vez nos entienden y nos apoyan en mayor número y con más convencimiento. La ola del cambio es imparable. En mi país ya estamos en el Gobierno, Roma es nuestra, ¡y pronto lo será toda Europa!».

Esta vez lo ovacionaron sin reservas, levantaron con un alborozo de hinchas sus copas de licor, aunque en aquel momento de euforia también se habrían bebido sin darse cuenta un trago de limpiacristales, y se pusieron a entonar, algunos ya notablemente ebrios, un himno que, por algunos versos sueltos que recordaba Isabel, debía de ser la famosa cantata que Mozart hizo expresamente para los masones: «les unen fuertes cadenas», «hacen el bien como espigas», «y construyen su gran obra / como obreros de la paz». Al final, Muñecas Quintana y sus compañeros, que no parecían saberse muy bien la letra entera, gritaron con fervor un estribillo que sería lo más memorizable de la versión española: «Vibre el canto siempre bello / que con mágico destello / ilumina el corazón. / Que se estrechen nuestras manos / y que el título de hermanos / eternice nuestra unión». Con tanta rima fácil, bien podría haber sido otro poema de María Estela Martínez de Perón.

—Señores —dijo Muñecas Quintana, levantándose con mucha ceremonia—, yo quiero proponer un brindis por un soldado del bien, un ejemplo de patriotismo y rectitud que nunca se doblegó ante nadie y siempre defendió nuestra bandera con honor, lealtad y sacrificio. ¡Por nuestro Antonio Tejero Molina! ¡A su salud, mi teniente coronel!

Los tres antiguos policías de la Brigada Político-Social lo secundaron con ardor guerrero, aunque no tanto los demás, que lo miraban con indulgencia y hasta con un cierto sarcasmo. El aludido se agarró las manos, queriendo parecer satisfecho y humilde, expresar su gratitud y quitarse importancia, y a petición de su público recordó cómo había preparado minuciosamente el asalto al Congreso, consultando los planos, estudiando sus medidas de seguridad, y adquiriendo, un par de semanas antes, seis autobuses de segunda mano para transportar a las fuerzas que iban a tomar el edificio, así como doscientas gabardinas destinadas a camuflar sus uniformes. «Eso sí», concluyó, «reconozco que me faltaba resolver un detalle: no tenía conductores. Los conseguí esa misma mañana». La anécdota fue muy celebrada.

—Por mi parte —salió al quite, de nuevo, el líder de la manada, probablemente para resaltar la irrelevancia del antiguo guardia civil en comparación con la trascendencia y la magnitud del personaje a quien él se disponía a exaltar—, me permito recordar a quien fue el guía de nuestra organización y modelo de comportamiento para todos nosotros, el campeón de las causas nobles en Italia, España y la Argentina, el héroe de los Camicie Nere, la Banda della Magliana, la Falange y la Triple A, esas escuadras de valientes que quitaron de en medio a tantas alimañas estalinistas: nuestro siempre añorado y venerado Gran Maestro, el señor Licio Gelli.

Ya sabemos que más allá de esa versión edulcorada de su biografía, cuando aquel mafioso que escribía rimas en la onda del decadentismo ultranacionalista de Gabriele D'Annunzio falleció en 2015, a los noventa y seis años, seguía bajo arresto domiciliario, porque había estado involucrado en algunos de los mayores escándalos y tragedias de una época martirizada por su célebre «estrategia de la tensión», desde los crímenes de la red terrorista Gladio hasta el secuestro y asesinato del político democristiano Aldo Moro, pasando por algunas operaciones de la Cosa Nostra y por la quiebra del mastodóntico Banco Ambrosiano, a cuyo presidente se encontró ahorcado en las cercanías del distrito financiero de Londres, con los bolsillos llenos de piedras y quince mil dólares en efectivo. Para que no hubiese que hacer muchas cábalas sobre quiénes lo habían ejecutado, su cuerpo colgaba del puente Blackfriars y los miembros de Propaganda Due se llaman igual: *frati neri*, monjes negros. Que era, por cierto, el otro apodo con el que en Buenos Aires se nombraba en clave a *El brujo* López Rega. Sus vínculos con los golpes de Estado producidos en los años setenta en Latinoamérica estaban sobradamente probados y le generaron enormes beneficios: al morir, su testamento reveló que poseía grandes propiedades de miles de hectáreas en Argentina, Paraguay, Uruguay y Brasil, cuatro países víctimas del llamado Plan Cóndor; y antes la policía había localizado en su mansión de Arezzo, durante un registro, ciento setenta y ocho barras de oro, de un kilogramo cada una, cuyo origen nunca pudo ser establecido con certeza. Al precio de hoy, su valor sería de nueve millones setecientos cincuenta y seis mil ciento ochenta euros.

Gelli también había ordenado profanar la tumba de su amigo Perón, ya fuese para alentar otro levantamiento militar en Argentina o como parte de un ritual que condenase al alma del general a vagar sin descanso por el reino de las sombras, y por si quedaba alguna duda de que Muñecas Quintana fue uno de los que habían cumplido esa orden y de que se había introducido en la logia, esa incertidumbre quedó por completo descartada a la vista de la parafernalia de aquella cena, con el logotipo de la P2 y el enaltecimiento de su líder histórico como inspirador de los presentes, pero sobre todo por lo que él mismo dijo a continuación, quizá para darse el gusto de jugar con la concurrencia al sacar un tema del que él lo conocía todo y el resto no sabía de la misa la mitad, tal y como pudo comprobarse a tenor de sus reacciones.

—El Gran Maestro era un hombre de palabra, no hablaba nunca por hablar, por eso lo seguíamos a ciegas —dijo *El electricista*, resaltando con astucia su cercanía al mito—. No hay más que ver lo que hizo con el general Perón, ¿os acordáis?

—Más que «con él», yo diría «por él» —puntualizó uno de sus interlocutores, enmendándole la plana.

—Es correcto, y por ahí iba yo también —siguió él, sin inmutarse—. Una tarde fue a su casa de Puerta de Hierro, le preguntó si quería en serio el fiambre de Evita, al que llevaba dieciséis años esperando y le aseguró que él se lo podía hacer llegar en tres días. Y a los tres días lo tuvo. Le preguntó más adelante si quería acabar con su exilio y volver a ser presidente de su país y al responderle Perón que sí, le organizó y pagó la vuelta a casa.

—Y el muy necio —intervino uno de los alemanes, el del chalé en la Costa Brava— se creyó que condecorándole con la orden de no sé qué libertador y poniéndole una banda de raso en el pecho quedaban en paz.

—Pero lo que quería a cambio el Gran Maestro era la representación comercial de la Argentina en Europa —dijo el francés, traducido por la esposa del otro alemán, el de Benalmádena.

—Y entonces —concluyó el italiano— fue cuando el general dijo eso de: «¡Antes de pagar con los intereses de la Nación un favor personal, me cortaría las manos!».

El grupo estalló en una carcajada.

—¿Qué sería de ellas? —dijo una de las mujeres, cuando los ánimos se serenaron—. Por lo que yo sé, nunca aparecieron.

—Sí... —dijo Muñecas Quintana, con un tono compungido que sonó sarcástico—. Buena pregunta... Qué sería de ellas...

—Y ahora, si se me permite que me tome esa licencia —volvió a reclamar la atención de los presentes, con su oratoria ampulosa, el hombre de la silla de ruedas—, creo que hablo en nombre de todos si considero llegado el momento de honrar la memoria de una auténtica dama que, por desgracia, ya no está entre nosotros, pero sí dentro de nuestros corazones; una mujer de una pieza, compañera fiel y apoyo indudable, para lo bueno y para lo malo, de Pascual Muñecas Quintana, nuestro querido anfitrión: la señora Guadalupe Maestre, que bendecirá nuestra victoria desde el cielo.

Al margen de la algarabía, las recias palmadas en la espalda y los vítores ahora estrepitosos que desencadenó semejante arenga, Isabel se preguntaba, de camino a la cocina, si es lícito sentir algún grado de lástima por individuos como aquellos. En sus años de plenitud habían sido la encarnación del mal, unos seres depravados y abusivos, culpables de aprovecharse de un sistema totalitario para maltratar, y algunos de ellos, por añadidura, extorsionar a personas indefensas; habían defendido con uñas y dientes el fascismo y lo seguían haciendo, como demostraba aquel cónclave de nostálgicos del horror. Sin embargo, a ella le era imposible dejar de pensar que a día de hoy se trataba de un grupo de ancianos, personas muy mayores que pasaban por la última estación de su vida como lo hace todo el mundo, llenas de dolencias y limitaciones, quién sabe si también aterrorizadas, a pesar de su petulante envoltorio de chulería y orgullo, por la inminencia de la muerte y por la soledad en que se iban quedando los que sobrevivían, y que para hacer más llevadero su ocaso seguían haciéndose los caballeros templarios, puesto que la otra posibilidad era pasarse las mañanas echándoles de comer a los pájaros en las plazas.

Porque allí seguían sin colgar los hábitos, dale que te pego con sus obsesiones, *piduisti* de una P2 que ya no existía y devotos de unos rituales entre cómicos y melodramáticos que tal vez para sus ídolos nunca fueron más que el pretexto usado para mover los hilos de las sociedades que manipulaban y enriquecerse a su costa. Pero ellos fingían seguir la estela de sus mentores, profiriendo amenazas, lanzando desafíos y maquinando sublevaciones como si estuvieran en disposición de capitanearlas o de volver a ser los gallos de algún corral; hablaban con humos de estadistas, se rasgaban las vestiduras y se repetían como un disco rayado «ante la crisis moral y territorial de una España que se está yendo a pique, la están poniendo a la altura del betún, se resquebraja porque esos entrometidos vuelven a las andadas una y otra vez y tanto va el cántaro a la fuente que al final se rompe»; peroraban sobre la afrenta del independentismo, la pérdida de valores y el descrédito internacional de la nación y para solucionar tantos yerros, herejías y afrentas se amparaban en cada uno de los tópicos del manual del buen insurgente, que seguían a rajatabla y sin dejarse nada en el tintero: hay que tensionar a la opinión pública, que los medios afines cierren filas y echen leña al fuego; hay que promover y financiar un pronunciamiento que corte por lo sano, tomar La Moncloa y las Cortes, reunir un Gobierno de concentración nacional que haga borrón y cuenta nueva... Y todo ello dicho con ínfulas de abanderados o caciques, lo mismo que si ellos en persona fuesen a comandar la revuelta, a estar al pie del cañón, cuando la cruda realidad era que uno se desplazaba en un carro de inválido y parecía estar más bien entre la espada y la pared; a otro, de los dos alemanes el que llevaba un bastón con empuñadura de plata en forma de águila, le habían tenido que ayudar las camareras de Oslo a sentarse y levantarse de la silla; el francés disolvió una tableta efervescente en agua al terminar de comer y se bebió el líquido naranja resultante con cara de amargura, mientras se apretaba con aprensión el estómago; a varios, Isabel los vio tomarse pastillas y cápsulas de diferentes colores antes de empezar el ágape y la mujer del italiano le puso una inyección subcutánea de insulina. «Así que me temo que, a pesar de los pesares», concluyó para sí misma mi novia, «hoy ya son más dignos de piedad y conmiseración que de ninguna otra cosa, aunque eso no los absuelva ni haga desaparecer su pasado».

Y entonces, en mitad de esos pensamientos y antes incluso de volver a entrar al salón comedor, supo que algo grave pasaba cuando, de pronto, el bullicio se acabó en un visto y no visto, con la inmediatez con que la oscuridad toma una casa de la que se ha ido la luz en mitad de una tormenta. Las voces se acallaron y se hizo el silencio. Un silencio fulminante, de aula en la que entra el profesor y cesa el alboroto. Mientras colocaba unos vasos y varias piezas de cubertería en el lavavajillas había oído la puerta, aunque pensó que eran las dos noruegas, de las que acababa de despedirse, que ya se marchaban, y después unos pasos apresurados, firmes, como de botas militares, que cruzaban el recibidor. Y luego, el vacío y unos murmullos aislados que corroboraban la mudez de los demás. La cocina tenía una salida directa al jardín, pudo haberla usado, llegó a girar su picaporte..., pero dio marcha atrás, quiso saber qué ocurría, por qué aquellos bravucones se habían interrumpido cuando las espadas del festejo estaban en todo lo alto. Así que volvió por donde había venido. Y, como suele decirse, la curiosidad mató al gato.

Al entrar, vio que todo el mundo miraba expectante hacia Muñecas Quintana, que permanecía en el mismo sitio, igual que los demás, ocupando su asiento; pero junto a él había dos personajes nuevos, dos rufianes de mala catadura; uno, el pelirrojo de la cola de caballo y las botas de ganadero, le hablaba al oído y, a juzgar por la expresión de contrariedad con que su jefe escuchaba, le tenía que estar diciendo algo preocupante; su compañero, el forzudo con los brazos cubiertos por tatuajes de dragones y calaveras, estaba al otro lado de la silla; y los dos miraban a la recién llegada con una cara que pasó en un instante de la sorpresa a la sospecha y de ahí a la rabia pura y dura: eran Omar y Fonollosa, el matón y el camarero de La Imperial. Y habían reconocido a Isabel.

Capítulo diecinueve

Después, cuando fuese demasiado tarde y el último tren ya hubiera pasado, Salvador Córdoba Montenegro se iba a acordar de aquella camisa de lunares. Al volver a probársela, después de tantos años, se había sentido bien con ella, importante, un actor de serie de gánsteres que se ponía en situación, frente al espejo de su camerino, para afrontar la escena más decisiva de la temporada. ¿Cuándo se la había comprado? Lo recordaba perfectamente: nada más llegar a Málaga, en una tienda del aeropuerto. Le había pagado el billete de avión Muñecas Quintana, compañero de tantas batallas en Buenos Aires, «en los tiempos de la restauración del orden y la lucha contra los subversivos». Su ayuda, en aquel momento, le pareció lógica, porque allá habían acogido con los brazos abiertos a ese *gallego* reservado y poco hablador, pero tan habilidoso con la picana, que llegaba desde España recomendado ni más ni menos que por Rodolfo Almirón y con el aval de haber sido asiduo de la Quinta 17 de Octubre, lo cual eran palabras mayores. Él lo tomó bajo su tutela, le enseñó los secretos de la ciudad, desde los mejores locales para pedir un trago hasta las madrigueras donde poder esfumarse sin dejar rastro cuando las cosas venían mal dadas; le explicó los códigos del oficio, sus normas no escritas y el quién es quién de la organización, como ellos llamaban a la Triple A. Y ahora el viejo camarada iba a corresponderle, demostrando que tenía el don de la oportunidad porque había aparecido para salvarle sobre la campana, en el momento en que más necesitaba que le echasen un cable, ya que lo cierto era que estaba con el agua al cuello, metido en deudas con gente pendenciera a la que ya no podía dar más largas y, por resumirlo de la manera más gráfica posible, tambaleándose al borde de su propia sepultura. Tras haberles retirado las nuevas autoridades de su país la asignación que cobraban hasta entonces, con lo que sacaba como vigilante de seguridad en Madrid se las veía y se las deseaba para pagarse un hostal de tercera en el que dormir las mañanas, el menú de un restaurante económico donde comía, en el mejor de los casos, una sola vez al día y, sobre todo, las drogas con que alcanzaba un estado de felicidad química que le permitiese olvidar sus miserias y vivir en una nube que, sin embargo, amenazaba tormenta. Una dosis y los problemas se evaporaban. Pero al pasarse su efecto no sólo seguían estando ahí, sino que habían crecido. La tarde que supo de buena fuente que su antiguo compadre estaba de paso en la capital y, ni corto ni perezoso, se presentó en el hotel del Paseo de la Castellana donde se hospedaban *El electricista* y su esposa para pedirles amparo y un préstamo se encontraba, había que reconocerlo, en un callejón sin salida.

No estaba muy seguro de cómo había llegado a convertirse en un adicto y en un paria, aunque sus justificaciones eran diversas: la mala suerte, la combinación desdichada de varios infortunios, la injusticia, la falta de gratitud de aquellos por los que se había sacrificado, los vaivenes de la historia... Pero el caso era que la aparición de Muñecas Quintana fue providencial y le había sacado las castañas del fuego, naturalmente con el permiso de su mujer, Guadalupe Maestre, que era quien a la hora de tomar las decisiones importantes asentía o negaba, ponía el dedo pulgar hacia arriba o hacia abajo. A él le dio el visto bueno, tal vez un poco obligada por las circunstancias: a fin de cuentas, eran compatriotas y él había estado a las órdenes de su padre en la Policía Federal. «Te vamos a dar algo mucho más valioso que el dinero: la posibilidad de ganarlo», le dijo, tras escuchar sus lamentos y antes de hablarle de La Imperial, la sala de fiestas de Torremolinos donde estaban resueltos a ofrecerle el puesto de encargado. Les preguntó, de forma retórica y porque estaba abierto a lo que fuese con tal de poner tierra de por medio entre él y sus acreedores, cómo podría pagarles su generosidad. «El cincuenta por ciento con tu trabajo y el otro cien por cien con tu lealtad», le respondió la mujer. No hacía falta ser doctor en Matemáticas para entender a qué le comprometía esa suma distorsionada con trazas de juramento.

En la Costa del Sol, Córdoba Montenegro quiso ser un hombre nuevo y salir de la trampa de la heroína. Contra todo pronóstico, lo consiguió y tras unos meses de sufrimiento y abstinencia ya sólo consumía otros estupefacientes, dentro de lo que cabe, menos dañinos. Incluso bebía con cierta moderación. Por entonces La Imperial funcionaba a toda máquina y él volvía a sentirse útil y necesario. A menudo se ufanaba de su amistad con el dueño ante los otros empleados, que llegaron a sobrepasar la docena, entre camareros, personal de seguridad y encargados de los fogones, porque en aquel momento de bonanza la empresa solía ofrecer algunas tapas calientes a su clientela, incluso de madrugada. Y también estaban las actuaciones que se montaban en el minúsculo escenario que había al fondo, casi siempre espectáculos de flamenco a cargo de artistas locales que atraían al turismo extranjero menos proclive a la modernidad y más inclinado a la tradición y el folclore, siempre ávido de gitanas, palmeros y guitarristas. El negocio no era de los que se llenaba de estrellas de Hollywood, pero funcionaba. Y como sabemos, de vez en cuando se celebraban allí, en el reservado que había tras la barra y al que se accedía por una entrada trasera, encuentros que reunían a algunos capitostes de la ultraderecha, civiles y militares. Allí estuvieron en más de una ocasión los comisarios González Pacheco o *Billy el niño* y su superior e íntimo amigo Roberto Conesa, jefe de la Brigada Político-Social, cuyo expediente siniestro, aparte de las salvajadas que se hacían bajo su mandato en la Puerta del Sol, comenzaba en 1939 con la captura de las Trece Rosas —las jóvenes inocentes de las Juventudes Socialistas Unificadas fusiladas por la dictadura cuatro meses después de finalizar la guerra civil—, seguía por su colaboración con la Gestapo a mediados de los cuarenta y acababa con su nombramiento como encargado de la lucha antiterrorista contra las bandas criminales ETA y GRAPO, que llevó a cabo con métodos tanto legales como ilegales. También era famoso por su teoría de que a los que él llamaba «enemigos de España» se les podían confiscar sus bienes, una idea que, como sabemos, creó escuela entre sus subordinados. Sólo imaginar sus charlas en la sala de fiestas de Muñecas Quintana con los miembros de la Triple A, Rodolfo Almirón y el subcomisario Juan Ramón Morales, con el *ustasha* croata Mile Ravlic y con otros de su ralea, ya da miedo.

Con la muerte del dictador y el regreso de la democracia los próceres se transformarían en rémoras, de pronto eran un lastre, un anacronismo, un estorbo que obstaculizaba la carrera hacia el olvido que emprendió una inmensa mayoría de la sociedad, harta de mojigaterías y oscurantismos, ansiosa de dejar atrás una etapa indeseable y unos tiempos ya superados. Por el contrario, los privilegiados a quienes tanto benefició el régimen se vieron en peligro, se convirtieron en confabulados, en intrigantes que tramaban sin descanso una reinstauración inmediata del Movimiento Nacional. A finales de los años setenta, los grupos involucionistas ya aplicaban a tiros en España la famosa estrategia de la tensión de Licio Gelli; los pistoleros de Fuerza Nueva iban incrementando sus provocaciones, se permitían desfilar con símbolos fascistas por las calles de Madrid como si fueran un ejército alternativo y empezaban a cobrarse víctimas mortales. Y ya había sido desarticulado, mediante la célebre Operación Galaxia, un primer complot del propio teniente coronel Tejero Molina para tomar por las armas el palacio de La Moncloa cuando dentro estuviese el Gobierno en pleno, reunido en Consejo de Ministros. Algunos de los cónclaves en los que se urdió la siguiente intentona, el 23F, tuvieron lugar entre las cuatro paredes de La Imperial.

En ese ambiente, Córdoba Montenegro se encontraba en su salsa, hacía tareas de vigilante, se daba tono con los asistentes a aquellas juntas, se conto-neaba de aquí para allá, presentándose siempre como el hombre de la máxima confianza del propie-tario, su colaborador más próximo. Y por supuesto, participaba en el ruido de sables, daba su opinión sobre cómo soliviantar a los militares «igual que hi-cimos en nuestro país», se sumaba a la ira que le provocaba a esa gente la legalización del Partido Co-munista o de los sindicatos Comisiones Obreras y Unión General de Trabajadores o abogaba por la puesta en funcionamiento de más escuadrones para-militares que llevaran a cabo una lucha a sangre y fuego contra los grupos terroristas. «Un clavo saca otro clavo, pero la muerte de un policía no se iguala con la de un bandido», solía enfatizar, «así que para mí la proporción justa es: ¡por cada uno de los nues-tros, veinte suyos!». Esa exhortación, que solía reci-birse con regocijo y algunas palmas, la había copiado de las pláticas que les había dado en Buenos Aires su cabecilla, José López Rega.

Los juramentados, además, estaban crecidos ante la debilidad que la justicia mostraba con ellos. Los repetidos manifiestos antidemocráticos de la cúpula militar, que advertían continuamente al Go-bierno de que si sobrepasaba ciertos límites o se les pedía que rindiesen cuentas de sus actos sacarían los tanques a la calle, eran castigados con sanciones y arrestos decorativos; había tenientes generales que publicaban artículos, daban discursos o hacían de-claraciones contra la inminente Constitución o el propio sistema y, en el peor de los casos, se les cam-biaba de destino; a quinientos oficiales que fueron el 20 de noviembre, aniversario de la muerte de

Franco, a rendirle homenaje ante su tumba del Valle de los Caídos, no les ocurrió nada; y al propio Tejero, que en el juicio por la Operación Galaxia declaró que lo que preparaban «era un deseo, más que una hipótesis» y se vanaglorió de que, «de haberse materializado, le habría ofrecido al rey una nueva situación para que decidiera lo más conveniente», le cayeron siete meses y un día de arresto. Como ya los había cumplido mientras se hacía la instrucción de la causa y se iniciaba el proceso, al acabar el juicio se fue a celebrar el fallo con sus familiares y algunos correligionarios en un bar próximo al Gobierno Militar de Madrid y se reincorporó al servicio activo.

Apenas unos meses después del fracaso del 23F, a principios de julio de 1981, llegó a Torremolinos una invitada de postín: María Estela Martínez de Perón, que acababa de ser liberada por la Junta Militar argentina y se había trasladado a España, donde fijaría permanentemente su residencia. Nada más instalarse en Madrid, decidió bajar a Málaga con parte de su séquito y visitar Estepona y Torremolinos, donde tantos buenos momentos había pasado con su esposo. Volvió a alojarse en el hotel Pez Espada y allí, en contra de su costumbre, recibió sin poner traba ninguna a dos viejos amigos: Guadalupe Maestre y Pascual Muñecas Quintana. El saludo de su antiguo guardaespaldas a *La señora*, como jamás había dejado de llamarla, fue cuadrarse ante ella y a continuación hincar la rodilla y besarle la mano. Cuando se levantó, tenía su semblante de camorrista arrasado de lágrimas y su mujer le dijo a *Isabelita*: «Por estas cosas lo quiero».

El matrimonio invitó a la viuda del general a cenar en su domicilio dos días más tarde y ella aceptó, de nuevo sin reservas. «Y así hablamos de nuestras cosas», les dijo, mirándolos como se mira a un cómplice. La mujer de *El electricista* se puso de inmediato a organizar los detalles, con su meticulosidad clásica. Y en medio de los preparativos fue cuando le dijo a nuestro hombre una frase que cambiaría su vida. «Escúcheme, Córdoba, póngame el alma y los cinco sentidos en esto. Mañana tenemos que hacerle sentir como lo que es: una gran dama, un personaje histórico, la primera mujer presidenta de nuestra nación y de toda Latinoamérica. Que se sienta en su casa, entre argentinos que ayer la defendieron y hoy la respetan». Él se sintió parte de una misión de gran importancia y juró estar a la altura. «Déjelo de mi cuenta, doña Lupe», respondió, y se puso a realizar con esmero y a contrarreloj lo que le mandaban: buscar en Málaga, o si hacía falta en Sevilla —que fuese Omar en la furgoneta de la empresa—, un vino imposible de encontrar allí, varillas de incienso y unas velas aromáticas para iluminar y perfumar el jardín; mandar a Fonollosa a Granada para traerse unos dulces específicos que le gustaban a la invitada o encargarse en persona de localizar a una cocinera que les preparase el menú y un par de camareros que lo sirviesen.

Cuando todo estuvo listo y cada cosa en su lugar, Guadalupe le felicitó «por su diligencia y su esfuerzo», y le encomendó ir a recoger a *Isabelita* al Pez Espada con el anticuado pero suntuoso Mercedes-Benz que la familia tenía en el garaje de Villa Guapa, que era el acrónimo con que habían bautizado su mansión, juntando las primeras letras de sus nombres, Guadalupe y Pascual, y que estaba escrito sobre la entrada con caracteres de hierro forjado: «Y póngase elegante», le dijo, «que la ocasión lo merece». Él lo tuvo claro: había llegado el momento de estrenar su camisa, la que se había comprado al aterrizar en Málaga y que tenía guardada para una ocasión especial que, hasta entonces, no se había dado. Y añadió de su cosecha un ramo de flores para la viuda: unas dalias azules que le parecieron el no va más del buen gusto: bonitas y alegóricas.

El camino desde el hotel a la villa lo hicieron ella en silencio y él parloteando sobre temas que entendió que halagarían a su pasajera, básicamente reivindicando a Perón y el justicialismo, sus logros como presidenta de la nación y su confianza «en hombres leales como un servidor, si me permite, que se enfrentaban a los agitadores y subversivos contra la patria, que yo tengo conmigo que usted los hubiese erradicado si no fuera por esos milicos felones, con perdón». María Estela no dijo esta boca es mía, pero él estaba seguro de haber visto por el espejo retrovisor que insinuaba un mohín de complacencia.

Al llegar a su destino, el matrimonio Quintana Maestre la esperaba a pie de calle. Córdoba Montenegro le abrió galantemente la puerta del coche y se hizo cargo de la botella de champán que María Estela llevaba como presente.

—Vaya por favor a la cocina, Córdoba, y désela al servicio, que lo pongan a enfriar y le den a usted algo de beber —le dijo doña Lupe.

Fue allí, presuroso, sintiéndose una vez más indispensable, una pieza cardinal del mecanismo que movía los engranajes de aquel cenáculo de ilustres, y dio las instrucciones oportunas a uno de los camareros que él mismo había seleccionado, mientras le pedía a otro «una copa de blanco helado», que paladeó con afectación. «Y atentos esta noche, ¿estamos? No se me despisten un segundo, que los estaré vigilando, y pongan todo su talento en atender a nuestra invitada. Queremos que todo salga a pedir de boca».

—¿Córdoba? —dijo Muñecas Quintana, tras él. Se giró y lo encontró allí, mirándolo intrigado.

—Muy buenas noches, Pascual —respondió, haciendo un brindis al aire y tomándose la licencia de suprimir del tratamiento el *don* que siempre usaba con su jefe—. Acabo de traer sana y salva a *La señora*. Por supuesto, cuando acabemos la llevo de vuelta.

—No te preocupes —respondió *El electricista*, con cara de extrañeza—, ya la llevo yo mismo. Puedes retirarte.

Y entonces fue cuando Salvador reparó en la mesa del jardín, que brillaba con esplendor y misterio al otro lado de los ventanales, engalanada con la luz viva de sus velas aromáticas y envuelta en el perfume místico del sándalo, con algunas bandejas de aperitivos dispuestas ya en el centro, la cristalería de las grandes ocasiones añadiéndole a la noche su delicadeza de vidrios labrados, la vajilla de porte aristocrático y la cubertería de plata lanzando sus destellos suaves. No había ni un plato ni una silla para él.

—Pascual, ¿qué hacés ahí como un pasmarote? ¡Andá a cuidar a *Isabelita*! —dijo Guadalupe Maestre, entrando en el cuarto como una exhalación—. Y a vos, Córdoba, millones de gracias. Váyase a casa, no lo necesitaremos más. Y guarde el auto en el garaje, ¿sí?

Él bajó la mirada y asintió, comprendiendo cuál era su sitio y hasta qué punto se había hecho una falsa composición de lugar: en el plural que había usado la dueña de la casa —aquel «tenemos que»—, tampoco estaba incluido él. Le ardía la cara de vergüenza. O tal vez fuese de rabia.

—Y por Dios santo —gruñó entre dientes Muñecas Quintana, al pasar de largo junto a él—, ¿cómo se te ocurre presentarte ante *La señora* con esa blusa de macarra?

Con la espina de esa ofensa clavada profundamente en su orgullo, se dio la vuelta en silencio y salió cabizbajo de allí, con pasos de fiera herida que va a refugiarse en la espesura, dejando tras de sí una estela de despecho y humillación y con el golpe de gracia a su dignidad que supuso ver a unos camareros y una cocinera que luchaban por contener la risa, putos malcogidos, pelotudos del orto, la concha de su madre. Se había o le habían puesto en ridículo y ahora notaba la deshonra como si fuese un estigma, un sambenito.

Al girar la cabeza para aparcar el Mercedes-Benz en la cochera vio, abandonado en el asiento trasero, el ramo de dalias azules que había comprado para María Estela. Otro desprecio. Otra forma de ultrajarlo.

Salvador Córdoba Montenegro juró vengarse de aquella afrenta. Y ahora, tantos años después en los que había tragado mucha quina y soportado estoicamente más desaires y menoscabos, había llegado el momento que tanto esperaba, aquella noche en la que, mientras Muñecas Quintana daba otro ágape en su Villa Guapa, él se ponía por segunda vez la camisa de las grandes ocasiones como quien representa una ceremonia privada, para ir a La Imperial a robarle a su patrón aquellos documentos que, por lo que se maliciaba, podrían hacerle mucho daño. Se sintió pletórico, investido de un poder sanador, reconstituyente. «Es mi turno», se dijo. «La venganza ya está fría. Ha llegado mi hora».

Y en eso estaba pensando al salir de la sala de fiestas vacía, con los papeles que le habían encargado llevarse y dos fajos de billetes nuevos, de cien dólares uno y el otro de quinientos euros, que había en la caja fuerte privada de *El electricista*, más la recaudación del fin de semana que se guardaba hasta el lunes en la de La Imperial. Con eso y con lo que le sacase a la cocaína rosa de los periodistas, su vida daría un vuelco de ciento ochenta grados. Iba tan abstraído en sus planes y tan dispuesto a celebrarlo, de entrada, por todo lo alto, que no reparó en que alguien lo vigilaba desde las sombras, un testigo presencial que luego hablaría con la policía a la que él mismo había dado aviso, pero también con Omar y Fonollosa, a quienes aquel hombre que paseaba a su perro les refirió igualmente lo que había visto. Y ellos no tardarían en localizar a Córdoba Montenegro en un antro de mala muerte al que había ido a drogarse, para ejecutar las órdenes que les había dado Muñecas Quintana cuando se presentaron en su fiesta a informarle de lo sucedido: «Encontrarle. Y matadlo». Lo primero fue sencillo: Torremolinos es muy pequeño cuando llevas una camisa de lunares naranjas.

Capítulo veinte

Atada a la silla, con los brazos a la espalda y un esparadrapo en la boca que la hacía respirar de manera angustiosa, Isabel miraba con ojos como platos a los tres antiguos policías de la Brigada Político-Social que habían sido compañeros de Muñecas Quintana en los calabozos de la Puerta del Sol. Por supuesto, cuando la dejaron sola un instante había forcejeado con sus ligaduras intentando soltarse, salir de la mazmorra improvisada en la que la tenían y encontrar un modo de escabullirse, pero ni pudo hacerlo entonces ni vio después ninguna escapatoria en aquella diminuta habitación de servicio habilitada junto a la cocina, donde no había más que una ventana en forma de ojo de buey, un sofá cama, un armario, uno de esos taburetes que se transforman en escalera al desplegarlos, una bombilla desnuda y una vieja estufa catalítica, y en la que ahora ya la vigilaban los tres antiguos torturadores. Habían sido unas malas bestias. En sus buenos tiempos se decía que si ellos participaban, la proporción de tíos sin un hueso roto bajaba a uno de cada diez. Y aún ahora, en su declive, mantenían la chulería, continuaban siendo unos prepotentes, de esos hombres que se sienten dueños de la situación y van por el mundo pavoneándose, como si cualquier sitio en el que estén fuera suyo y cualquier persona con la que se cruzasen debiera mostrárseles sumisa por respeto a la autoridad. Pero, en aquel momento, lo peor era que estuviesen hablando de ella, pensó Isabel, cada vez más aterrada, como si ya no pudiese oírlos.

—No sé qué quiere, pero sé que oculta algo —dijo uno de ellos—. Y tengo el presentimiento de que sea lo que sea tiene que ver con todas esas denuncias que nos están poniendo.

—¡Zorra! Pues si lo oculta, ¿cuál es el problema? Se lo sacamos a hostias y vemos qué es. Y luego —dijo, acercando mucho su cara a la de ella, que pudo oler el güisqui en su aliento— te rajamos la barriga, te la llenamos de cemento y te tiramos al mar. Es pan comido.

—Venga, hombre, no seas tonto del haba y mantén la cabeza fría. Los chicos esos del garito de Pascual, comoquiera que se llamen, dicen que es una fotógrafa de un diario de esos de internet.

—¿Y qué pasa si lo es?

—Ya lo sabes: los medios, el cuarto poder...

—¡Qué poder ni qué leches! Esto lo arreglo yo en diez minutos, dejadlo de mi cuenta y la metomentodo acaba en el hospital enyesada desde las orejas a los tobillos. Y luego, que vaya y lo cuente.

—Venga, colega, eso era antes: si hoy no puedes ni con una bombona del gas butano. Y además las cosas han cambiado, los rojos le han dado la vuelta a la tortilla y ahora para nosotros pintan bastos.

—No debimos dejar uno vivo, ese fue el error.

—Pues no te digo que no. Pero ahora es otra película y te lo repito: no nos interesa para nada atraer la atención de la prensa y de las putas redes sociales, ahora menos que nunca. Hasta que caiga este Gobierno no queda otra que taparse y capear el temporal.

—A otro perro con ese hueso. A mí no me acoquina ni Cristo bendito. Y a esta, quitarla de en medio y que les sirva de escarmiento.

—¿Lo vas a hacer tú? Porque yo paso, ya te lo digo.

—Pues que lo hagan esos dos, los de La Imperial, que supongo yo que para eso están, ¿no?, y fin de la historia. Que le den un paseo en barco y listo. No sería la primera vez.

—¡Anda ya, si ni siquiera estamos seguros de por qué está aquí! Pascual les ha dicho a sus dos maromos: «¡Cogedla, que no escape!», y nosotros hemos ido detrás.

—Perdona, perdona, también ha dicho que es de las que están removiendo el pasado, que con esa ley nueva nos van a usar de chivos expiatorios y nos van a arruinar la vida. ¡Hijos de puta! Ahora que yo, como hay Dios que me llevo a tres o cuatro por delante.

—Tiene razón: si vienen a por nosotros, habrá que defenderse. Para empezar, a esta la llevamos a una obra, hormigonera que te crio y al hoyo, le echamos encima media tonelada de cemento y los demás ya tienen un aviso para navegantes: el que saque los pies del tiesto tendrá que atenerse a las consecuencias, que cada palo aguante su vela —dijo uno de ellos, paseándose a su espalda como marcan los cánones, con un sentido táctico del miedo, porque lo que sucede ahí, en ese ángulo invisible donde no alcanza la mirada, siempre provoca aún más terror.

—No seas animal y piensa un poco: tendrá familia, alguien sabrá que estaba aquí. Las otras dos camareras lo saben.

—¿Y qué? Estuvo aquí, cobró y luego hizo mutis por el foro. Le pasaría algo por ahí, a nosotros que nos registren.

—Lo que harían es interrogarnos. Y con nuestros antecedentes...

—¿Qué dices de antecedentes, gilipollas? ¡Somos policías condecorados!

—... A los que ahora llaman torturadores franquistas y quieren retirarles las medallas, no te olvides.

—Pues más a mi favor: si esta canta, nos arman la de San Quintín. La tenemos aquí, secuestrada...

—Nos denunciará y lo sabes. Nos pondrá a los pies de los caballos.

—Hay que liquidarla: es ella o nosotros.

La cháchara se interrumpió al entrar en el cuarto Muñecas Quintana. Su rostro era inexpresivo, pero su mirada ardía. Y en su mano derecha había una pistola.

—Salid —dijo, cortante, pero sin alzar la voz, y los otros obedecieron sin rechistar. Luego se quedó una eternidad parado en medio de la habitación y sin mirar nada en concreto, como si de repente hubiera olvidado cómo moverse, hasta que pareció volver en sí, avanzó hacia la prisionera y le arrancó sin contemplaciones la mordaza. Ella dejó escapar un grito de dolor y él se llevó un dedo a los labios, le puso el cañón en la sien y susurró: «Si chillas, te cierro la boca para siempre».

—*Why do you keep me here? Have you gone crazy?* —dijo Isabel, con un acento entre *cockney* y *farmer*. Y añadió, fingiendo que le costaba Dios y ayuda vocalizar en castellano—: ¿Qué he hecho?

—Dímelo tú. ¿Qué buscabas en mi casa? Y háblame en cristiano, si me dices una palabra más en inglés te vuelo la cabeza —dijo, a la vez que sacaba del bolsillo de su americana el carnet de identidad de Isabel y se lo ponía a la altura de los ojos. Esa careta, por lo tanto, había que quitársela.

—No busco nada —respondió—, ni siquiera sé quién es usted. He venido aquí a trabajar.

El electricista torció el gesto, decepcionado, a la vez que negaba con la cabeza y ponía una expresión compungida, como si le transmitiese sus condolencias por lo que iba a tener que hacerle, si le obligaba. Acercó el taburete y se sentó frente a ella. Parecía abatido.

—Yo, sin embargo, sí que sé quién eres tú. Y también sé que nos has engañado como a chinos, que te has hecho pasar por inglesa y has fingido no entender el español. Así podías espiarnos con toda comodidad. Qué viejos estúpidos somos, ¿a que sí?

—Lo hice porque necesito el dinero. Con lo que gano de fotógrafa no me llega ni para el alquiler.

—Mira —dijo él, simulando armarse de paciencia, mientras señalaba hacia la estufa—, en realidad no necesito meterte una bala en la cabeza y ponerlo todo perdido: esos cachivaches viejos son peligrosos, tienen fugas, así que hubo un escape de gas, tú estabas aquí cambiándote de ropa, sentiste el sueño azul, te pesaban los párpados... Luego, todo es muy rápido: te intoxicas, pierdes el conocimiento, nosotros no oímos nada porque estábamos en nuestra fiesta y creíamos que te habías marchado con las otras dos..., y todo habrá acabado para ti. Una verdadera desgracia.

Y, dicho y hecho, se levantó pesadamente, lastrado por su propio peso, abrió la espita del butano y apagó las resistencias soplando la llama. Inmediatamente el aire se llenó de un olor dulce y sedante. Él empezó a caminar hacia la puerta.

—¡No! ¡Espere!

Muñecas Quintana se detuvo y se dio la vuelta. Su gesto era inexpresivo, de una neutralidad que significaba: a mí me da igual si vives o mueres, no es asunto mío. Sin embargo, tras hacer que se lo pensaba, cerró la espita, abrió la ventana y se sentó de nuevo. Isabel se preguntó si realmente sería capaz de matarla, si después de tantos años entre bambalinas le convenía de veras verse envuelto en un escándalo.

—O eso, o me cuentas la verdad. Y si me parece que no lo estás haciendo, te irás a criar malvas, ¿me sigues? Te haremos desaparecer de la faz de la tierra y será igual que si jamás hubieras existido. Esos hijos de Satanás que son Omar y Fonollosa me echarán una mano con tu cadáver, son muy buenos haciendo desaparecer cosas —dijo, recreándose en el pánico de su rehén y hasta puede que sintiendo melancolía al evocar sus habilidades como verdugo en los calabozos de la Puerta del Sol o la Escuela de Mecánica de la Armada, en Buenos Aires. Para la gente normal, «echar una mano» significa ayudarte a empujar el coche que no arranca; para ellos se refería a encubrir un crimen.

A pesar del miedo, la cabeza de Isabel funcionaba a toda máquina. Se preguntó qué sabía él. Sin duda, lo que le habían contado sus empleados de nuestra visita a La Imperial, que él habría puesto en relación con el atraco de esa noche y sus evidencias:

el cristal roto, la alarma inutilizada, la caja de caudales forzada, la sustracción de lo que hubiese allí. ¿O es que Córdoba Montenegro se había ido de la lengua? Se arriesgó a probar con la primera opción.

—Ya sabe la verdad, ¿no es cierto? Soy fotógrafa de prensa.

—Sé que eres una embustera. A las pruebas me remito. ¿Qué hacías aquí? ¿Por qué nos espiabas? ¿O tu función era comprobar que no nos íbamos a otra parte? Por ejemplo, a tomar la última a algún sitio en el que me estuviesen robando.

—No le comprendo. ¿Qué es lo que..., qué insinúa?

—¡Si me tomas por estúpido te arranco los dientes y me hago un collar con ellos!

Eso lo dijo levantando la voz y la mano, como si fuese a abofetearla con un revés, pero se contuvo, o eso quiso aparentar, a duras penas, igual que si fuese dos personas distintas y una tratase de golpearla y la otra de detenerlo. Ella se fijó en el sello de ónix y oro que llevaba en la mano: era idéntico al anillo que usaba Perón, se lo habíamos visto en cientos de imágenes. Y también reparó en la fatiga que pareció causarle aquel esfuerzo, del que se recuperaba boqueando como un pez fuera del agua. Tal vez de forma incongruente con la situación en la que estaba, no pudo evitar sentir compasión e imaginarlo de nuevo como un hombre deprimido, que cenaba sólo cada noche delante del televisor, con una bandeja de comida a domicilio en las rodillas y una lata caliente de cerveza en la mano.

—Mira —continuó Muñecas Quintana, recuperando el control—, te voy a contar un secreto: a mí no me queda mucho, los doctores me calculan poco margen de tiempo... Así que todo me da igual, no me supone ningún problema tirar por la calle de en medio. Lo único que tengo pendiente es poner en orden mis asuntos y dejarle a mi familia resuelto el porvenir. No permitiré que nada ni nadie se crucen en mi camino, al que lo haga lo coso a tiros. Y me saldría barato, con mi edad y mi salud ningún juez va a meterme en la cárcel. Así que, si veo en ti o en el que fue contigo a La Imperial una amenaza para el futuro de mis hijos, mando que os rebanen el pescuezo y os cuelguen de un gancho y me siento a mirar cómo os desangráis igual que dos costillares de vaca en un matadero. Y que sea lo que Dios quiera. No cometas el error de dudarlo.

—Usted ya sabe que estuve allí porque preparamos un reportaje sobre Torremolinos.

—Eso también huele a mentira. Y mi paciencia se acaba.

—No, eso es cierto, lo juro. Pero luego me enteré de que ofrecían este trabajo de camarera y pensé... —dijo, haciendo una pausa y un poco de teatro con el fin de ganar tiempo: lo necesitaba, porque cuando Omar y Fonollosa se habían abalanzado sobre ella corrió a encerrarse a esa misma habitación, que era la que habían usado de vestuario al llegar, y antes de que forzaran la puerta había recuperado el móvil de su bolso —les habían prohibido llevarlo encima, hacer llamadas o consultar mensajes, tomar fotos o grabar a los presentes— y pulsó la alarma que les había mandado instalar el comisario Sansegundo, disimulada como si fuera la aplicación de una plataforma musical. Su uso no quedaba registrado y cuando uno de los antiguos policías de la DGS le revisó el teléfono, no encontró nada que le llamase la atención.

—¿Te enteraste? ¿Cómo? —dijo, y luego, hablando más para sí mismo, añadió: «Córdoba se ocupaba de eso...», y sonó a sentencia de muerte. Isabel se preguntó qué había sido o iba a ser de su confidente. Que no estuviera allí era un mal indicio. Trató de improvisar una coartada.

—Se lo oí decir a su encargado, por teléfono, debía de estar llamando a esas dos chicas noruegas. Y me ofrecí para ocuparme de su cena, eso es todo; en el diario nos pagan mal y lo hago a menudo para sacarme un extra, si quiere puede preguntarlo en un bar de Madrid que se llama Montevideo y su jefe le confirmará que me emplea con frecuencia, como refuerzo, para atender las reuniones de empresa. Es un señor uruguayo, se llama Marconi.

—Así que se lo escuchaste... ¿Y dónde fue eso?

—Coincidimos por puro azar con él en un bar al que entramos para seguir adelante con nuestra encuesta.

—¿En serio? Mira por dónde, qué casualidad.

—No es casualidad, es que hemos visitado ya más de cincuenta negocios. En ese estábamos haciéndole unas preguntas a la madre del propietario, una señora muy mayor que se llama doña Violeta. Y coincidió que él estaba allí tomando un aguardiente y que hablaba por teléfono de esta cena —dijo Isabel, tirando del clásico recurso de mezclar falsedades y datos verídicos para darle credibilidad a las invenciones.

—¿Y a la señora de esa cafetería, que es muy mayor y se llama Violeta, también le hablabas en guiri?

—Yo no hablo, sólo tomo imágenes. Los cuestionarios los hace mi colega.

—Vaya, vaya... Pues fíjate qué cosas: justo mientras tú estabas aquí controlándolo todo, han atracado La Imperial... Y algo me dice —ironizó, señalándose histriónicamente la sien con el dedo— que tú sabías lo que estaba pasando y quién lo estaba haciendo. Y que tu papel en la función era avisarle si salíamos de casa.

—¿Qué? No le entiendo... —empezó a decir, pero *El electricista* la interrumpió cogiéndola del cuello y dejándola sin aire. Sabía dónde poner el pulgar y el índice, la suya era una violencia estudiada, académica, y él, un profesional.

—De manera que no me entiendes... Pues, a ver cómo te lo explico: resulta que se han llevado bastante dinero y algunos papeles importantes para mí que no tendrían por qué haberles interesado. Pero como yo no estoy muy seguro de cuál de las dos cosas buscaban y qué se llevaron sólo porque estaba también allí, ¿me lo aclararías tú? —su tono era tan zalamero y letárgico como el de una serpiente.

—No... puedo... respirar...

—No te preocupes —dijo, tras sisear para imponerle calma y silencio—, porque si continúas por ese camino, dentro de muy poco ya no lo necesitarás.

—Por favor... —A Isabel se le salían los ojos de las órbitas, estaba aterrorizada y sorprendida: ¿era así como ocurrían estas cosas, así como se asesinaba y se era víctima de un crimen? Lloraba sin consuelo, desarbolada.

—Te lo voy a preguntar sólo una vez —dijo Muñecas Quintana, casi en un suspiro, representando de nuevo a alguien que hacía un esfuerzo titánico por no cruzarle la cara, o algo mucho peor—. ¿Cuánto os cobró esa rata por sus servicios y a cambio de qué? Y sobre todo, ¿qué sabes o sabéis de mí? Contesta sin trucos y sin rodeos, o sales de aquí con los pies por delante. Recuerda lo que te he dicho, a mí ya me da igual todo. Y ya que lo has mencionado, puede que vayamos a por tu compañero. ¿O es tu novio? Haré que lo traigan aquí a rastras, le obligaremos a ver cómo te violamos y te matamos, y luego será su turno. Así funciona aquí las cosas. Nosotros no hacemos prisioneros.

Y, tras decir eso, Muñecas Quintana la soltó, tal vez para no dejarle huellas o moratones. O, simplemente, para que le pudiese contestar. Isabel recuperó poco a poco el aliento. Tenía que ganar tiempo.

—Lo de los bares de Torremolinos es, en cierto modo, una tapadera —reconoció.

—¿Qué quieres decir con «en cierto modo»?

—Estamos investigando sobre ellos, pero no nos interesa su historia, sino que en algunos se trafica con drogas. Por ejemplo, en el suyo. De eso va nuestro reportaje.

El hombre le clavó una mirada inquisitiva, para dilucidar si era sincera o trataba de jugársela.

—¿En La Imperial? ¿Me tomas el pelo? —esta vez parecía realmente sorprendido.

—Su capataz, o como quiera llamarlo, es un camello. Vende y consume heroína y desde hace unos meses también la sustancia de moda: cocaína rosa —continuó, para intentar salvarlo acusándole de otra cosa. Muñecas Quintana pareció sinceramente intrigado.

—Así que Córdoba... En el fondo, no me sorprende. Ese cretino... ¿Y en mi propia sala de fiestas?
¡Será hijo de puta! Esto me pasa por buen samarita-
no, por recoger escoria del arroyo. A Lupe nunca le
gustó Salvador, pero le daba pena. Y claro, imagino
que al verse descubierto ha sabido que en cuanto me
enterase lo ponía de patitas en la calle y ha decidido
pirarse con el dinero. Pero ¿y los papeles? Volvamos
a ti —dijo, como si regresase de algún lugar remoto,
mientras le cambiaba la expresión para pasar de me-
ditabunda a astuta—. Te voy a repetir la pregunta
para que tú puedas cambiar la respuesta. Por segunda vez: ¿a qué has venido a mi casa?
    —Queríamos descubrir si usted está al tanto de
lo que ocurre en su local, comprobar si está al frente
de esas actividades. Suponemos que no, porque nos
han dicho que vive la mayor parte del año fuera de
España.
    Parecía dudar si creerla, cuando llamaron a la
puerta y entró Fonollosa para informarle de que ya
se había ido todo el mundo, excepto los tres antiguos
policías de la DGS, que aguardaban sus instrucciones. «¿Y el teniente coronel?», indagó. «Se lo llevó
Omar el primero de todos, a Torre del Mar». «¿Se
encontraba bien?». «Bueno, no habló mucho... Sólo
le oí decir que le preocupaba que esto pueda trascen-
der». «Entendido. Retírate y encargaos de lo que ya
sabéis. Tenme al tanto».
    Volvieron a quedarse a solas. Ella no quería decir
nada, era mejor que él madurase lo que acababa de
oír. No era la verdad, pero sí una historia coherente
fabricada con algunos datos ciertos. Muñecas Quintana se levantó con dificultad, lo mismo que si lo

hiciera por partes, ensamblando una a otra con paciencia y esfuerzo, y una vez en pie se dio la vuelta,
para pensar sin ser visto. Después, se acercó a la estufa y abrió de nuevo la espita del gas.

—Ya me sabe mal, señorita, pero tiene que en-
tenderlo —dijo, abandonando de forma preocupante el tuteo, igual que si ya le concediera el respeto que
se le tiene a los difuntos—: ha visto más de lo que
debía y no podemos arriesgarnos a que lo cuente.

Y salió del cuarto. El oxígeno se hizo otra vez
dulce, tóxico. Ella volvió a luchar contra sus ataduras
inamovibles y pidió socorro tan alto como pudo,
una y otra vez, pero no podía soltarse y nadie la podía escuchar.

«Mi vestido de boda era tan bonito», pensó Isabel Escandón, antes de desvanecerse.

Capítulo veintiuno

A las tres de la mañana aún no me habían llamado ninguno de los dos, ni Isabel ni Córdoba Montenegro, y ya empezaba a estar un poco preocupado por ella. Le puse un mensaje, aunque habíamos pactado de antemano que no lo haría: «¿Todo bien? Te quiero», le escribí; pero no me respondió. Era verdad que me había avisado de que entre las normas que les impusieron, muchas de ellas definidas como «estéticas» y todas de un machismo antediluviano, por ejemplo las de «usar falda corta, de color azul y siempre por encima de la rodilla; calzar zapatos de tacón alto; ir poco maquillada» o «no vestir nada de color rojo y llevar el cabello recogido», estaban otras como la de comprometerse a dejar los teléfonos móviles en el bolso y no tocarlos, bajo ningún concepto, hasta que acabase la jornada y estuviesen fuera del edificio. Evidentemente, no querían que les hicieran fotos ni los grabasen. Así que tampoco me inquieté en exceso porque no me contestara, supuse que no iba a tardar mucho, y que los invitados continuarían de sobremesa, pero, a su edad, no tardarían mucho en retirarse. Nadie puede «triunfar de la vejez y del olvido», escribió sor Juana Inés de la Cruz.

Estaba deseando hablar con mi novia para contarle que «la toma de La Imperial», como la llamábamos entre nosotros, había sido un éxito. Nuestro hombre debió de cumplir su fanfarronada de «abrir cajas fuertes como si fuesen latas de sardinas» y me había mandado como prueba dos fotos, una en la que se distinguían cuatro libros de contabilidad de los de toda la vida, con sus tapas de cartón jaspeado, su canto de tela y su etiqueta en la portada, y otra de dos de sus páginas. Al ampliar esta última, me dio un vuelco el corazón: se veía un listado manuscrito de fechas, que en esa hoja eran todas de los años setenta, nombres y apuntes que tenían una particularidad: estaban firmados con diferentes rúbricas que no podían ser sino las de los detenidos, a los que al parecer conminaban a ratificar lo allí expuesto, lo mismo que se suscribe una confesión. No cabía duda: aquello era lo que buscábamos.

Las imágenes las recibí sin más explicaciones y tampoco eran necesarias, porque los tres ejemplos que se veían en aquella muestra no dejaban margen para la duda: eran ambos la crónica pormenorizada de una delación. El primero de los arrestados, cuya identidad se descubría claramente en el informe, pero yo no revelaré, daba los nombres de tres militantes clandestinos del PCE residentes en Valencia, «tras ser informado de lo que ocurriría si no colaboraba»; y el segundo les había proporcionado la ubicación de un piso del extrarradio de Madrid en el que se ocultaba una *vietnamita*, una de las máquinas de ciclostil con las que elaboraban sus octavillas, carteles y publicaciones los sufridos antifranquistas. «No opuso resistencia», habían escrito en ese caso, «dos bofetadas y se echó a llorar, ni siquiera fue necesario aplicarle la picana: fue verla y cantó». Pero había algo más, un recibo aparte, sacado de una libreta de facturas, que de entrada me pareció que haría las veces de marcador, hasta que reparé en lo escrito bajo el epígrafe de *concepto*, que era «donación de la familia», y en la cifra que aparecía en el apartado de *minuta*: cinco mil pesetas. No era complicado deducir la relación entre esas dos anotaciones y la conclusión que se daba al expediente: «Sale en libertad».

Esos registros abominables demostraban con luz y taquígrafos que Muñecas Quintana y sus compinches habían añadido a sus otros abusos el chantaje, y que habían seguido la táctica común de todos los extorsionadores, que es guardar pruebas comprometedoras de sus víctimas, con la amenaza de hacerlas públicas si los denunciaban. La vergüenza de quienes no habían podido resistir el suplicio, cedieron al miedo o eligieron salvarse por puro y simple espíritu de supervivencia era utilizada por aquellos truhanes para cubrirse las espaldas. No hay indignidad alguna en quien no soporta un martirio, quien se rinde o quiebra ante los golpes de los torturadores, pero estos sabían jugar sus cartas, poner el terror de su parte e inculcar en sus víctimas la idea del oprobio, la promesa de una vida marcada por el descrédito de la traición, en la que el sufrimiento padecido se olvidaría, pero la deshonra iba a quedar para siempre.

Recordar a Lucía Murgades me hizo preguntarme qué haría cada uno de los herederos y descendientes de las personas que aparecían en aquellas siniestras antologías del mal que habían redactado *El electricista* y sus secuaces en las mazmorras de la Puerta del Sol. Al ver que los suyos habían claudicado ante el dolor y entregado a algún camarada que tuvo que padecer a causa de su chivatazo tormentos y años de cárcel, ¿cuántos de ellos exigirían justicia y quiénes aceptarían un olvido piadoso? ¿Quiénes defenderían el derecho de sus antepasados a rendirse y quiénes preferirían ocultarlo como se esconde un acto indecoroso?

Estaba pensando en eso cuando recibí la llamada del hospital.

Le preocupaban los detalles, por supuesto que sí, y las posibles complicaciones; pero, en el fondo, a Muñecas Quintana le había rejuvenecido y puesto una inyección de energía el interrogatorio que le hizo a Isabel Escandón. Estaba muy orgulloso de la forma en que lo había llevado, con firmeza y tiento, sin perder el control y sembrando el desconcierto en ella con giros continuos, tensando la cuerda y aflojando el nudo alternativamente, palo y zanahoria, igual que en sus buenos tiempos: quien tuvo retuvo. Y lo mejor de todo, lo más excitante, era que había vuelto a notar los efectos de su poder, esa sensación embriagadora al sentir cómo el miedo paralizaba a la joven y le llenaba el cuerpo de escalofríos, aunque tratase de ocultarlo. Dio gracias al cielo por otorgarle ese placer una vez más, quién lo iba a decir, a sus años y con pie y medio en el cementerio. La chica sollozaba y le gustó ver sus lágrimas, le hubiera agradado lamérselas, como hacía con su esposa cuando estaba disgustada, pero se contuvo.

Para él, los años transcurridos en la Dirección General de Seguridad habían sido los mejores de su vida, tiempos de gloria, de acción, de compromiso irrenunciable con una causa noble; momentos de felicidad y de exaltación, relaciones de camaradería, aventuras que implicaban riesgos y sacrificios que merecieron la pena, dado que los había corrido en defensa de unos valores sagrados, por mucho que ahora hubiese tantos que los desacreditaran. A él siempre le había hecho gracia que a sus tareas de entonces algunos indocumentados las llamasen «represión», como si detener a un criminal, impedir un atentado, limpiar las calles de escoria o sacarle información a un terrorista fuesen labores innobles. Muy al contrario, su cometido era aplicar la ley, asegurarse de que imperaba el orden, representar unos principios morales. Ahora podían darle a lo que pasó las vueltas que quisieran, desenterrar fusilados, quitar estatuas y nombres de calles a los héroes y los mártires, pero él nunca iba a sentirse un villano, sino alguien que siempre hizo lo correcto, que se dejó la piel por su bandera y su religión, que fue el paladín de una cruzada contra la perversidad, el odio y los enemigos de la razón. Nadie iba a convencerle de lo contrario.

Mientras jugaba a las cartas en el salón, para hacer tiempo y entretenerse un poco con los tres veteranos de la Brigada Político-Social, se decía que la culpa de todo lo que pasaba en nuestras sociedades degeneradas la tenían los políticos, incluso algunos renegados de la derecha, y tanto o más que ellos, los periodistas: esos eran quienes lo manipulaban todo, reescribían la historia como si tal cosa fuera posible y lanzaban consignas demagógicas de quita y pon, siempre arrimándose al sol que más calentara en cada momento. Por eso lo mejor era eliminarlos y que dejasen de regar el país con su veneno. En consecuencia, la tal Isabel Escandón debía desaparecer antes de ponerlo a él en el disparadero y de que se viese entre la espada y la pared gracias a su estúpido reportaje, donde de todas todas incluiría un relato sensacionalista y lleno de clichés e interpretaciones malintencionadas de la cena en la que se había colado.

Debían de haber transcurrido unos diez o quince minutos desde que la dejó encerrada en el cuarto de servicio. Se estima que el gas te mata en media hora, aunque supuso que ya estaría anestesiada y dormida, porque había dejado de gritar. «¿No queréis mucho a los judíos y os emociona tanto eso que llamáis el holocausto? Pues ahí tienes tu propio Auschwitz, disfrútalo», se dijo, riendo de buena gana, lo cual hizo que los otros lo mirasen con extrañeza. Qué sabrían ellos, pobres botarates, no podían imaginar siquiera los ratos tan estupendos que habían pasado Guadalupe y él burlándose de esas mamarrachadas de películas de nazis y campos de concentración, y más aún con las imágenes de época, las que decían que habían filmado los norteamericanos y los rusos en Mauthausen, Dachau o Bergen-Belsen, cómo se notaba que era todo un montaje, algo que jamás había sucedido. Y si pasó en alguna medida, pues qué se le va a hacer, en las guerras se muere y se mata, cada cual defiende lo suyo y los oficiales y sus tropas se limitan a hacer lo que se les ordena, eso siempre lo decía el general Perón, que encontraba un auténtico disparate juzgar a un militar por lo que hubiera hecho en el frente. Qué gran hombre era y qué honor fue estar a su lado en Madrid, protegerlos a él y a *La señora* en Buenos Aires y, Dios me perdone, también cortarle las manos para que tuviese la oportunidad de hacerle un último servicio a su patria, aunque fuera desde la tumba. Sólo él, en este caso su fantasma, era capaz de movilizar al pueblo para que este sembrase un caos que al final tuviera que sofocar el ejército, eso lo tenía claro el Gran Maestro, otro número uno, don Licio Gelli, que en paz descanse. Esa vez, sin embargo, no nos salió la jugada por muy poco, los justicialistas de izquierdas y los sindicatos se amilanaron, hicieron cuatro mítines y una misa, qué te parece, pero el caso es que los muy cantamañanas no salieron a hacer la revolución, como habíamos pronosticado que ocurriría, resultó que los gallos se habían vuelto gallinas ponedoras, así que las aguas volvieron a su cauce y los tanques se quedaron en los cuarteles. Pues muy bien, con su pan se lo coman, ahí tienes el resultado, una Argentina sin rumbo, que va de mal en peor, siempre teniendo que elegir el hambre o las ganas de comer, aunque, claro, no sé qué esperaban que ocurriese después de haber renegado de sus ídolos, sus benefactores, de haber tratado como a delincuentes a personalidades como don José López Rega, otro que tal, o a la misma doña *Isabelita*... Todo lo que les pase lo tienen bien merecido por ineptos, cómo no iban a caer en la red de los Videla y compañía, que eran unos mediocres y unos chapuceros, unos pisaverdes que arruinaron todo lo que nosotros habíamos construido. Así que lecciones, las justas. Qué me van a contar a mí, que he perdido dos países.

El electricista detuvo su monólogo interior para centrarse en «el contratiempo» que le ocupaba en esos precisos instantes. Miró el reloj: habían pasado veinte minutos. La entrometida tenía que estar con un pie en el más allá, si es que no estaba ya «en la olla de Pedro Botero», como decía siempre el inspector González Pacheco, el gran *Billy el niño*, qué cachondo, te partías con él. Y volviendo a la chica, qué pobre ingenua, ¿no? En algún momento debió de creer que iba a soltarla, como si tal cosa fuera posible después de lo que había visto y oído, que sin lugar a dudas estaría deseando cotillearle al mundo entero; como si él fuese a permitir que resultaran perjudicadas por su culpa, dado que el problema se había dado en su casa y a la fisgona la había contratado él, personas tan significativas y tan valiosas como el teniente coronel Tejero Molina, que bastante tenía ya con lo suyo, y el resto de sus invitados, entre ellos sus antiguos colegas de la DGS, que lo último que necesitaban era meterse en más líos, con la que estaba cayendo. Seguro que aquella simple, al verse perdida, también habría rezado por que llegase alguien a salvarla, esa gente ve demasiadas películas y sólo se acuerda de Santa Bárbara si truena, que es justo cuando lo que cae del cielo son relámpagos, no milagros.

Volvió a consultar la hora, después de cantar las cuarenta y ganar la partida. Había tenido suerte con los naipes y eso le pareció un signo de buen augurio. «En marcha», dijo, porque ya habían pasado los treinta minutos reglamentarios. Ahora les recalcaría a sus tres compañeros de tantas batallas que era básico, en esta ocasión tal vez más que nunca, seguir atentamente y paso a paso sus indicaciones: ponerse guantes de látex de los que se usaban durante la pandemia de coronavirus, que seguían en el botiquín, y mascarillas; encargarse del bulto, desatarla, quitarle la ropa, borrar todas sus huellas digitales y cualquier otro posible rastro de su paso por la habitación con lejía y trasladarlos a ella y la estufa al piso de Córdoba Montenegro, a quien ya debían de tener allí Omar y Fonollosa. Una vez reunidos los dos cuerpos del delito en ese cuchitril, los meterían desnudos en la cama, se asegurarían de dejar rastros de ADN falsos, arañando los hombros y la espalda de cada cadáver con las uñas del otro, le amarrarían a ella las muñecas al cabecero, con las mismas cuerdas que habían usado en Villa Guapa, para hacer ver que habían mantenido o, más bien, tratado de practicar ese tipo de sexo, consentido o no, y justificar las posibles marcas de su piel y, finalmente, les inyectarían a ambos una dosis de heroína de la que él hubiera comprado supuestamente en el tugurio a cuya salida lo estaban aguardando sus empleados de La Imperial. Después, abrirían la espita de la bombona de butano, dejarían fluir el gas y se marcharían. Los inspectores y los forenses no iban a tener muchas dudas: Isabel y Salvador se habían ido juntos de la fiesta, se habían drogado, se habían dormido, hubo un escape... Era una puesta en escena fantástica. Qué podía salir mal.

Cuando sus compañeros se levantaron para «iniciar el procedimiento», Muñecas Quintana se quedó solo en el comedor, recogiendo la baraja y apurando con desgana su último trago de coñac mientras sus hombres iban a cargar con el muerto. «Qué literal», se dijo, «ja, ja, ja, cargar con el muerto, lo que hay que oír».

El pabellón de Urgencias estaba como siempre, era un hervidero, un ir y venir continuo de ambulancias, pacientes, familiares, camillas, personal sanitario vestido con ropa blanca o verde... Se escuchaban lamentos, conversaciones telefónicas en voz baja, avisos por megafonía y el abrir y cerrar intermitente de las puertas mecánicas. La preocupación y el cansancio unificaban la expresión de las personas sentadas en la sala de espera, como si la ansiedad y el dolor nos hiciesen a todos parientes lejanos. Pagué mi taxi y, pasando a través de todo eso, corrí al mostrador de recepción para preguntar por Salvador Córdoba Montenegro.

—¿Fecha del ingreso?

—Lo han traído hoy, según creo hace menos de una hora.

—¿Es usted familiar?

—Soy amigo suyo, él ha insistido en que me llamaran. No tiene a nadie más.

—¿Motivo por el que se llamó al 112?

—No sé... Una reyerta, creo.

La enfermera o secretaria consultó su ordenador con pericia de taquimecanógrafa, moviendo los dedos sobre el teclado de manera que sus manos pareciesen arañas. Al encontrar lo que buscaba puso caras sucesivas de estupor, susto y desagrado, me miró con otros ojos y, pese a la mampara de plástico que la protegía en su cubil y que nos separaba, se echó, en un acto reflejo, hacia atrás, como temiendo que la atacase.

—Espere aquí, voy a dar aviso para que vengan a buscarle —dijo. Al hacerlo, a través del altavoz por el que se comunicaba con el público, sonaba a robot de hojalata.

Pasaron unos minutos hasta que apareció una doctora y me preguntó si era el señor Juan Urbano. La acompañaban dos policías nacionales y un inspector que, tras mostrarme su placa, me pidió mi carnet de identidad y después de analizarlo detenidamente, tanto su anverso como su reverso, igual que si pensara que podía tratarse de una falsificación, quiso saber cuál era exactamente mi papel en todo el asunto que nos ocupaba y de qué conocía «al sujeto en cuestión». Les conté quién era yo, un profesor de Lengua y Literatura de un instituto de Madrid que pasaba en el hotel Pez Espada de Torremolinos unos días de vacaciones junto a su novia, y que él era un viejo conocido de mis padres, que lo trataron de jóvenes durante un viaje a Argentina. También les informé, por si eso despertaba su vena corporativista y me ayudaba a ganármelos, que Córdoba Montenegro era colega suyo, un antiguo sargento de los federales de Buenos Aires. Y les dejé caer el nombre del comisario Sansegundo, quien, si necesitaban realizar alguna comprobación sobre mi persona, respondería por mí. Podían llamarle a la jefatura superior, a la mañana siguiente o, si querían hacerlo en ese mismo instante, les proporcionaría con mucho gusto su número personal.

Seguían observándome con suspicacia, pero ya se veía que atenuada por las referencias que les acababa de dar, y me explicaron que «el individuo» por el que preguntaba había sido «herido por arma de fuego», tras un tiroteo, «a la salida de un club de alterne», con dos hombres que «según testigos presenciales» le atacaron «sin previo aviso». Los agentes personados en el lugar de los hechos le habían intervenido droga y «una suma importante de dinero en efectivo». La primera hipótesis que manejaban era que el suceso parecía «un ajuste de cuentas relacionado con un asunto de estupefacientes» y, por todo eso, «el presunto sospechoso» se hallaba «bajo custodia». Su estado clínico era muy grave, pero el de los agresores era peor: él también había disparado «y demostró tener buena puntería».

—El paciente —añadió la médica— ha insistido en verle, afirma tener algo muy importante que poner en su conocimiento y dice que no hablará con ninguna otra persona.

—Pero usted comprenderá que eso no puede ser —puntualizó el policía al mando—, salvo que se haga en nuestra presencia e informándole por adelantado de que podremos utilizar como prueba lo que allí se diga.

—Quite el plural —le amonestó ella— le permitiré entrar a la UCI con el caballero sólo a usted, y no más de diez minutos.

Nos sobraron cinco.

El aspecto de Córdoba Montenegro era penoso. Su figura ya de por sí esquelética se había afilado todavía más, hasta llevarlo al borde de la invisibilidad. Su piel era de un amarillo marfil que evocaba la textura de la cera. Tenía una venda que le cruzaba el pecho, donde le habían alcanzado dos proyectiles; un brazo enyesado, suspendido en el aire y sujeto a un trapecio metálico; cables con electrodos adheridos a las sienes; varias botellas de medicamentos intravenosos colgando igual que murciélagos alrededor de la cama y un tubo de oxígeno burbujeante en la nariz, que se apartó nada más verme. Genio y figura hasta la sepultura, el desdichado, pese a estar ya, como dice el romance anónimo que copió Cervantes en la dedicatoria de *Los trabajos de Persiles y Sigismunda*, «puesto ya un pie en el estribo / con las ansias de la muerte», aún intentó una sonrisa ladeada, mientras me hacía señas impacientes para que me acercara y poder hablarme con su último aliento.

—Les di a esos pelotudos, ¿eh? Donde pongo el ojo, pongo la bala, listo y al toque. *El electricista* concha su madre me mandó a sus musculitos, ese par de afeminados... —dijo, a duras penas, tratando de incorporarse, sin conseguirlo, al tiempo que me agarraba la mano. ¿Cómo negársela? ¿Ustedes la habrían retirado? ¿Es legítimo decidir, en una situación como aquella, que hasta el ser más vil merece sentir una caricia que lo reconforte en su último suspiro? Hay que estar allí para saber la respuesta.

El policía trató de inclinarse sobre él, por el otro lado de la cama, para intentar entender lo que decía con el hilo de voz que le quedaba, pero lo espantó con una mirada de odio y un bufido que le provocó una catarata de toses, sofocos y convulsiones. La doctora le exigió al inspector que no lo excitase ni lo agobiara, o de lo contrario le expulsaría sin contemplaciones de allí. El agonizante me pidió que me acercase aún más y susurró la última broma de su vida:

—¿Qué van a hacer con la cocaína rosa? ¿Me puedo llevar unos gramos al infierno?

—No se preocupe, Salvador —respondí—, se recuperará. Ya sabe, mala hierba nunca muere.

—Mi nueva vida... Ya la tocaba con los dedos... Qué bajón, loco.

Noté que se iba. Escuché silbar la guadaña de *la huesuda*, como la llaman en México. Me acerqué a su oído. El inspector empezó a dar la vuelta a la cama articulada.

—¿Dónde están los cuadernos de contabilidad? Dígamelo, si quiere vengarse de Muñecas Quintana.

Puso los ojos en blanco y arqueó el cuerpo.

—¡Dios mío, ayúdame! —gritó—. ¡Violeta, lo veo todo violeta!

Fueron sus últimas palabras. El policía no entendió nada, pero yo lo entendí todo.

Antes de abandonar el hospital, quedé en pasarme a declarar por comisaría a la mañana siguiente. Ya me inventaría algo, se lo contaría todo al comisario Sansegundo y él me aconsejaría qué hacer. Después salí del sanatorio y paré otro taxi. Al alejarnos de las Urgencias nos pasó al lado una furgoneta del SAMUR. Su sirena ululaba rasgando la noche y sus luces rotativas centelleaban en la oscuridad. Dentro de ella iba Isabel Escandón.

Capítulo veintidós

Los ojos irían de un lado a otro, incrédulos, a derecha e izquierda, como la bola de una máquina recreativa o el personaje de un videojuego, saltando de una cosa a la otra y viendo, sobre todo, lo que no estaba allí, lo que se había volatilizado por arte de magia, igual que en una de esas novelas policiacas donde aparece una persona inexplicablemente asesinada en una habitación cerrada por dentro, sólo que al revés: aquí la puerta estaba abierta y lo que faltaba era la víctima.

—Pero ¿cómo que no está? ¡Cómo que no está! ¿Qué hostias me estáis contando?

La voz de Pascual Muñecas Quintana tronó, agigantada por la cólera o el pánico, y en el silencio repentino que se había hecho en la casa pareció dispersarse por todos los rincones de Villa Guapa como si las letras de las palabras que acababa de gritar fueran unos insectos sorprendidos al encenderse la luz y que huían a sus madrigueras.

—Lo que oyes: que no está, que se ha ido o se la han llevado —dijo uno de sus antiguos compañeros en la Dirección General de Seguridad.

—Ni ella, ni la silla —le secundó otro.

—Y la ventana, el ojo de buey ese, o como se llame, está roto, abierto de par en par —remató el tercero.

—No puede ser, a mí no puede pasarme esto, con lo poco que me queda —balbuceó *El electricista*, que no se quitaba nunca de la mente el diagnóstico que constaba en el sobre con membrete de un sanatorio privado que guardaba en un cajón de su mesa. «Pronto nos veremos», le había dicho, en su interior, a su esposa. Pero mientras ese momento llegaba, seguiría luchando por lo suyo y los suyos, y para decidir cómo, le daba vueltas a la cabeza y se movía de forma histérica de aquí para allá, evidentemente conmocionado por la noticia que le acababan de dar. Pero de forma súbita pareció volver en sí y recuperar la conciencia y la determinación, chasqueó los dedos en el aire dos veces, igual que si los sacara a todos, incluido él mismo, de un trance y empezó a impartir órdenes. Como solía reconvenirle su esposa, Guadalupe Maestre, siempre sería un sargento.

—Muchachos, hay que largarse de aquí. No hay tiempo que perder. ¡Venga, movimiento! ¡Todos al coche! Nos largamos a Alemania por carretera, a casa de mi hija, en Berlín. El aeropuerto de Málaga y las estaciones de tren estarán ya sobre aviso. Hay que mantener la calma, que nadie se ponga nervioso. Ahora lo único que importa es tomar las de Villadiego, hacer mutis por el foro. ¿Estamos? ¡Pues valor y al toro! Ya pensaremos algo cuando estemos allí. No perdáis un minuto. No hagáis preguntas porque no hay opción, ahora mismo es eso o la cárcel, nos piramos o nos trincan. ¡Venga, a cubierto! Y luego Dios dirá. A mí ya me da todo lo mismo, pero me sobra el dinero y puedo contratar abogados que a vosotros os sacarán de esta, no hay que preocuparse por nada, sólo habéis sido actores secundarios en mi película. ¡Vamos, vamos, vamos! ¿Qué hacéis ahí como pasmarotes? ¡Adelante!

Quién sabe si era o no un buen plan. En cualquier caso, nunca lo descubrirían, porque no les dio tiempo a ponerlo en práctica: al abrir la puerta, la policía ya estaba allí.

Cuando se los llevaron detenidos, el jardín se quedó en calma y unos pájaros negros bajaron de los árboles y se posaron en la mesa para comerse los restos del banquete. Los que yo había visto en el lago de Ginebra me dijeron que eran los espíritus de los marineros ahogados; estos tal vez fuesen el alma de los comensales que unas horas antes se habían sentado allí.

Tenía el miedo en el cuerpo y lo notaba moverse en mi interior, era un líquido oscuro, un ser venido del espacio que me había poseído y que me devoraba poco a poco por dentro. Los doctores que habían explorado a Isabel me tranquilizaban: no padecía «lesión irreversible alguna» ni ningún daño profundo, aparte de una crisis de ansiedad que era lógica después de una experiencia traumática como la que acababa de sufrir. La inhalación de gas había sido «significativa pero no prolongada», es decir, que la intoxicación no habría producido «una falta de oxígeno que impactara con violencia en sus órganos vitales» y, tras someterla «a todas las pruebas y exploraciones necesarias», la paciente «no mostraba trastornos respiratorios, cardíacos ni neuronales de consideración». Estaba, por lo tanto, «fuera de peligro». Sin embargo, yo seguía asustado, desconfiaba, porque aún no me habían permitido entrar a verla y no las tenía todas conmigo.

—Gracias, gracias y mil veces gracias, le habéis salvado la vida —les dije, pero no a los médicos sino a los dos agentes que la habían rescatado. Era la pareja que nos habían puesto como apoyo en Torremolinos, y seguramente para tenernos bajo control, el comisario Sansegundo y su ministro Martínez Olvido, es decir, los mismos que nos vigilaban desde la barra mientras le ofrecíamos a Salvador Córdoba Montenegro el pacto de la cocaína rosa, quienes se ocuparían de custodiarla y la recuperarían de manos de los traficantes que se la compraran, en cuanto nuestro hombre estuviese a diez mil kilómetros de distancia. Eran gente de acción, casi infalible, y cuando Isabel había pulsado en Villa Guapa la alarma con geolocalizador que antes de salir de Madrid nos habían instalado los informáticos de la Brigada Central de Investigación Tecnológica en nuestros teléfonos móviles, los agentes de élite Maraña y Aguilera, del Grupo Especial de Operaciones, se pusieron inmediatamente en marcha, sin titubear ni perderse en disquisiciones, y por el camino solicitaron refuerzos.

Así me lo habían contado, pero yo sospechaba que esa parte del relato no era del todo verdad y que no habían tenido que ir a ninguna parte por el simple hecho de que ya se encontraban allí: estaba casi seguro de que nos habrían seguido a Isabel y a mí por orden de Sansegundo, que no se fiaba de nada que no pudiera ver con sus propios ojos o con los de sus hombres y que me conocía lo suficiente para sospechar de mí; aunque él, cuando más tarde se lo quise preguntar, se salió por la tangente: «Mire, Urbano, confórmese con que todo acabó de forma satisfactoria», me respondió con sequedad, muy a su estilo, y añadió, en tono de reproche: «Pese a la poca ayuda que tuvimos por su parte, dado que se dedicó a hacer las cosas por su cuenta, a ocultarme información y, en resumen, a ponernos palos en las ruedas a nosotros y en peligro a su futura esposa». Lo acepté: tenía razón. «Y cállese —dijo, aunque ya más en broma—, no me replique o hago que lo detengan por obstrucción a la autoridad».

Pero regresemos a aquella noche en que los GEO saltaron el muro, ágiles y silenciosos como dos gatos negros, y avanzaron por el jardín con decisión y sigilo: dos siluetas indetectables. Tras ubicar a la rehén y evaluar los puntos débiles de su prisión, colocaron en la pared del cuarto donde la tenían secuestrada estetoscopios con sensores de audio y con esos micrófonos sofisticados y unos auriculares pudieron escuchar lo que hablaban ella y Muñecas Quintana: de hecho, todo estaba grabándose y ellos, listos para intervenir: acuclillados bajo la ventana, tenían preparados un explosivo para volarla, un bote de humo y sus pistolas con láser desenfundadas. Con el factor sorpresa de su parte y la casi seguridad de que en el interior sólo iba armado el dueño, tenían muchas probabilidades de salir airosos: «En peores plazas hemos toreado». Pero la suerte estaba de cara y la situación cambió a mejor, además, cuando *El electricista* abrió el gas y salió de la habitación. Forzar el ojo de buey fue «tan fácil como quitarle un caramelo a un niño» y también sacarla por el hueco tal y como estaba, con silla incluida: no andarse con sutilezas ahorra mucho tiempo. Media hora después, mientras los tres veteranos de la Brigada Político-Social entraban al cuarto de servicio en busca de la cautiva y su antiguo jefe maquinaba la fuga, Villa Guapa ya estaba tomada por las fuerzas del orden: no tenían salida.

Con Muñecas Quintana detenido, el testimonio en su contra de Isabel, corroborado por Aguilera, Maraña y su instrumental de alta precisión, y sumado a lo que yo le hice creer que había oído al inspector con el que entré a la UCI donde expiraba Córdoba Montenegro, era muy poco probable que el juez lo dejase en libertad condicional y casi imposible que tras el proceso que se iniciara en su contra se librase de una condena por incitar el asesinato del encargado de La Imperial, pertenencia a una organización criminal, secuestro y malos tratos, por no hablar del blanqueo de dinero y la evasión de capitales. Y luego, pensé, una cosa llevaría a la otra, su pasado ominoso saldría a la palestra y la denuncia de Lucía Murgades se convertiría en un caso emblemático que iba a provocar un efecto llamada que diera carta de naturaleza y sentido político e histórico a la reciente promulgación de la nueva Ley de Memoria Democrática, tal y como habíamos previsto. Y, por último pero no menos importante para mí, yo escribiría una novela que en parte sería esta que están leyendo y en parte otra que tuviera como eje central el asunto de las manos del general Perón, robadas de su sepulcro en el cementerio de la Chacarita justo hacía entonces cincuenta años. ¿Era eso, realmente, lo que Muñecas Quintana se trajo de Suiza y le llevó a María Estela o *Isabelita* a la casa de Villanueva de la Cañada?

Para que la segunda parte de todo eso, la del reintegro de la casa a los Murgades, fuera posible, antes hacía falta encontrar los libros de contabilidad. Y yo sabía dónde estaban: en el bar donde aquel demonio y pobre diablo iba a desayunar cada mañana. «¡Dios mío, ayúdame! ¡Violeta, lo veo todo violeta!», había dicho en la UCI, justo antes de expirar, cuando le pregunté por su paradero. Y efectivamente, la bolsa de deporte que contenía aquellos cuadernos, asegurada por un candado endeble pero disuasivo y con una instrucción concluyente escrita en un papel que había en su interior: «Si yo falto o algo me ocurriese, entregar sólo al señor Juan Urbano», la había dejado, tras abrir la caja fuerte de La Imperial y antes de irse a celebrar su éxito, en la lúgubre cafetería del hijo de doña Violeta, la mujer que conocía como nadie la historia de su ciudad. Llegamos a la conclusión razonable, tanto el inspector Sansegundo como nosotros, de que tuvo que ocurrírsele depositarlo allí, echándolo por una pequeña ventana de la cocina que hacía las veces de salida de humos, como medida de precaución, por si acaso a alguien se le ocurría ir a buscarlo a su casa.

En la bolsa también había un sobre con una buena cantidad de dinero y en base a la interpretación libre que hicimos de por qué estaba allí, después de hablarle maravillas de los milagros que hoy en día hacen las clínicas de rehabilitación con los drogodependientes e incluso de recomendarle una muy prestigiosa de las varias que existían en las afueras de la propia Málaga, y de la que Isabel contaba con muy buenas referencias directas porque era una de las que abastecía regularmente de metadona y buprenorfina la farmacéutica donde ella trabaja, González y Uribe, le pedimos a la anciana que se quedase con aquel fajo de billetes a los que hacía un favor, porque nunca soñaron valer para una buena causa. Según nuestros cálculos, había de sobra para pagar el centro de desintoxicación, convertir aquella covacha en un lugar decente y empezar de cero una nueva vida. La mujer no sabía qué decir, de forma que dijo que sí. Y nosotros pensamos que, en el fondo, qué mal hacíamos a nadie al propiciar, aunque fuera con trampas y tirando con pólvora ajena, que un tipo como Salvador Córdoba Montenegro hiciese al fin algo noble, aun a título póstumo, y a cambio existiera alguien en este mundo que pudiese recordarlo con una cierta gratitud.

Al día siguiente viajamos de regreso a Madrid y le llevé a Martínez Olvido lo que tan encarecidamente me había encargado. Yo se lo entregué como quien se quita un peso de encima y él lo tomó como quien recibe una bandera doblada en un homenaje a un soldado caído en el frente. La historia de sufrimiento y latrocinio, de rapiña y depredadores que contaban esas páginas era un inventario de la crueldad humana, la crónica de unos tiempos de pesadilla que, increíblemente, algunas personas, por fortuna no demasiadas ni con muchas luces, se atrevían a reivindicar. Tal vez cuando su contenido se hiciera público, lo sufrido por Ignasi Murgades, sus padres y hermana, y por tantos otros en los sótanos de la Puerta del Sol y en otras muchas salas de tortura de todo el país, sirviera de recordatorio y alarma: como suele decirse con toda la razón, si echas en saco roto la historia, te condenas a repetirla.

Sin embargo, pasaron las semanas y después los meses, y ningún medio de comunicación informaba del asunto. Después transcurrió un año, sin que nada se supiese. Yo estuve primero muy ocupado siendo feliz, después de nuestra boda, durante nuestro viaje nupcial a las playas de Argentina y en nuestro hogar recién estrenado; y poco después ambos nos reincorporamos a nuestros puestos de trabajo, yo en el instituto e Isabel en la multinacional González y Uribe. Por supuesto, le dedicaba algunas horas a la semana, nada del otro mundo, a esta novela y como aquel pacto de silencio me escamaba, en un par de ocasiones telefoneé al inspector Sansegundo para interesarme por el tema, pero se limitó a escurrir el bulto y a decirme las verdades del barquero: que se trataba de un asunto reservado que exigía la máxima cautela y que las cosas de palacio van despacio. Luego me preguntó qué tal nos iba la vida de casados y volvió a darme las gracias por invitarle a la ceremonia y al banquete. Me extrañó su actitud y me sorprendieron sus ganas evidentes de cambiar de tema.

La detención de Pascual Muñecas Quintana sí que había tenido eco en la prensa, aunque no excesivo, y el interés que despertó al principio duró poco, fue languideciendo frente a la actualidad parlamentaria, las discusiones sobre el estado de la economía o el aumento de la inflación, la crónica de otros sucesos y las noticias que llegaban de los frentes de guerra que había abiertos por todo el planeta. «Ninguna cosa despierta tanto el bullicio del pueblo como la novedad», dice Francisco de Quevedo. Me di cuenta, además, de que los artículos que se habían publicado en su momento incidían más bien en el asunto de las drogas, el trapicheo que se hacía con ellas en La Imperial y el supuesto ajuste de cuentas entre bandas de narcotraficantes, dejando de lado absolutamente el historial de torturador del, a esas alturas, ya único detenido —sus compinches habían sido puestos en libertad con cargos y se les había retirado el pasaporte—, algo que se trataba como un detalle anecdótico. Pensé que algunas filtraciones estaban dirigiendo el rumbo que seguían los diarios.

Como pueden imaginar, yo había fotografiado todas y cada una de las hojas de los cuadernos de contabilidad, durante nuestro viaje de vuelta desde Torremolinos. Las usaría como documentación para esta novela y me ayudarían a reconstruir los hechos sucedidos en la Puerta del Sol y la personalidad maquiavélica de *El electricista*. En lo que se refiere a Ignasi Murgades, constaba la fecha de su detención en Málaga y su ingreso en la Dirección General de Seguridad y se especificaba que una vez allí «fue sometido a un interrogatorio reglamentario, a solas y posteriormente en presencia de familiares para detectar y establecer posibles contradicciones en su declaración». Qué curioso, me dije, que esa vez no se mencionaran golpes ni picanas, lo mismo que si quisiera darse una imagen de legalidad y respeto escrupuloso a las normas..., que en realidad no existían porque la dictadura les había dado carta blanca a sus represores.

Lo que sí quedaba claro, aunque fuera en una línea, era cómo había llegado a conocimiento de Muñecas Quintana que los Murgades, pese a estar empadronados en Miravet, Tarragona, tenían una casa, supuestamente de veraneo, en Torremolinos, un lugar que empezaba a ponerse de moda y que despertó la ambición sin límites morales del policía: «Informa de su situación y bienes en la costa el confidente E. M. P.», se decía en esa nota. Cuando di con ella no podía saber que en esas once palabras y tres iniciales se encerraba toda la verdad. Ni que esta iba a resultar tan amarga.

Una mañana, durante mi tiempo libre en el instituto, me crucé como solía al Montevideo a tomar un café y leer los periódicos. En todos ellos se destacaba en la portada el fallecimiento del padre del ministro Martínez Olvido y se glosaban sus hazañas como sindicalista en la fábrica de la SEAT de la zona franca de Barcelona; su militancia en el Partido Comunista de España y su presencia durante dos legislaturas como diputado en el Congreso, algo que los analistas interpretaban como una prueba de que la democracia premiaba a quienes se habían enfrentado valientemente al régimen opresor, «todos ellos, de alguna manera, simbolizados por un hombre que dedicó su vida a la lucha antifranquista» y sufrió por ello «persecuciones, un hostigamiento incesante y torturas soportadas de forma heroica en el Gobierno Civil de Málaga, tras su detención en esa ciudad el primero de mayo de 1970».

Me quedé sin habla. Volví a oír a Lucía Murgades: «A Ignasi lo llevaron a la Alameda de Colón y de ahí al antiguo Gobierno Civil, donde estuvo cinco días en los que le daban tres o cuatro tandas diarias». «Lo normal hubiera sido que después lo trasladaran a la prisión provincial de Carranque, a la espera de juicio. Como mucho, podrían haberlo enviado a Cáceres o, en el peor de los casos, a Burgos. Sin embargo, a él lo llevaron a Madrid...».

Alguien, sin duda un presunto camarada o quien se hacía pasar por ello, con el cual coincidió en los calabozos durante aquel arresto del Día de los Trabajadores, se ganó su confianza y le sonsacó detalles de su vida que luego le había proporcionado a Muñecas Quintana, datos sobre él que le buscaron la ruina y desposeyeron a sus padres de su casa en Torremolinos. Alguien que era definido en los libros de contabilidad de *El electricista* y sus secuaces como un confidente y cuyas iniciales eran E. M. P. Las mismas que las del padre del ministro de Justicia, aquel joven prometedor a quien se consideraba delfín del presidente del Gobierno, aspirante a medio plazo a ocupar el palacio de La Moncloa y que siempre había jugado la carta de ser el orgulloso hijo de aquel icono de la resistencia que acababa de fallecer rodeado de alabanzas y parabienes: Ezequiel Martínez Panadero.

En ese instante supe que la documentación que tanto nos había costado lograr nunca iba a ser conocida, probablemente ya la habrían quemado. El ministro Martínez Olvido no la quería para restituirles a los Murgades lo que era suyo ni para afianzar la Ley de Memoria Democrática, sino únicamente para hacer desaparecer una prueba que comprometía la leyenda de su padre y, con toda seguridad, su carrera hacia el poder.

Nos habían engañado.

Capítulo veintitrés

—No lo sabía, y si piensa lo contrario me ofenderá —dijo el comisario Sansegundo, sentado frente a mí en la mesa junto a la ventana del Montevideo.

—¿Tampoco lo sospechaba?

Suspiró del modo en que lo hace quien está a punto de admitir algo que preferiría callarse.

—A partir de cierto momento me pareció que había algo raro, pero desconocía qué era.

—¿De haberlo sabido, me habría avisado?

—No, pero habría dimitido.

—Ahora ya lo sabe: se lo acabo de contar yo.

—Hablaré con el ministro y si está usted equivocado y no ha hecho desaparecer esa documentación, trataré de persuadirle de que no lo haga.

—¿Y si no?

—No me haga repetírselo: si es cierta su teoría, abandonaré ese barco.

—Usted sabe que lo es: blanco y en botella...

—Puede ser.

—¿Nunca le preguntó a Martínez Olvido por qué no salía a la luz todo el asunto?

—Los políticos de su nivel no son fáciles de abordar, cuando ellos no quieren, bajan el telón. Y cuentan con una red de asesores y secretarios infranqueable —dijo, con un poso de rencor, mientras Marconi nos traía un par de cafés.

—Pero tanta demora, ¿no le extrañaba?

—Más que el retraso, me daba mala espina su forma de evitarme: de pronto, en su agenda nunca había dos renglones para mí. Y ya estoy hablando demasiado, que luego usted lo cuenta todo.

—¿Y Lucía Murgades? No dejo de pensar en ella. Le he enviado un mensaje, pero no me ha respondido.

—Ha puesto su denuncia, pero sin esa prueba no sé bien si prosperará. Y sus fotos de los cuadernos, antes de que me lo pregunte, son papel mojado, no servirían de nada en un juicio y usted no puede justificar que estén en su poder sin confesar que para obtenerlos llevó a cabo un delito: sin el original, mucho me temo que no hay nada que hacer.

—La hemos decepcionado.

—Usted no tiene nada que reprocharse, cumplió con su cometido y ha hecho un buen trabajo.

—Estará indignada, y con razón —seguí, sin dejarme engatusar por el cumplido—: le hemos hecho perder el tiempo, le prometimos ayuda y lo cierto es que está igual de sola que antes; pero lo peor es que ni siquiera sabe por qué, puesto que le pedimos paciencia sin darle explicaciones.

—Ni lo sabrá nunca: no hace falta que le recuerde —dijo, clavándome una de esas miradas suyas irónicas— que esta era una misión encubierta, llevada a cabo y muy a mi pesar por medios irregulares que obligaban a traspasar muchas líneas rojas y saltarse muchos preceptos reglamentarios que de hacerse públicos dejarían en muy mal lugar al Ministerio de Justicia y probablemente al Gobierno entero.

Interpreté que en su lenguaje de dobles sentidos y lecturas entre líneas eso quería decir: al diablo con ellos, deles una lección, escriba su novela y póngale a ese presuntuoso ególatra pagado de sí mismo los puntos sobre las íes.

—¿Me ayudará? —dije, poniendo cara de cordero degollado.

—No sé a qué se refiere, pero sí, lo haré. Qué es lo que necesita de mí.

—Me haría un favor si me tuviese al tanto de las declaraciones de Muñecas Quintana y, si lo hay, que lo habrá, de las conclusiones del estudio mental que se le haga.

—Se llama Informe Pericial Psicológico.

—Pues eso. Lo que encuentren ahí los forenses me sería de gran ayuda para comprender al personaje. Quién sabe, igual el círculo se cierra y le dictaminan lo mismo que a su mentor López Rega, al que las especialistas que debían decidir su extradición le detectaron «hiperdemostrabilidad dramática».

—O sea, sin tanto adorno: que era un histrión.

—Sí, sí. Concluyeron, y cito de memoria, que «tenía ideas de grandeza, fabulaciones egocéntricas y una sensibilidad aguda pero superficial»; que sufría rasgos paranoides; que era «ambicioso intelectualmente» pero «su conexión con la realidad era evasiva» y, lo más importante, que todo eso no alteraba su sistema racional y, por lo tanto, «no afectaba a su capacidad de delinquir». Eso hizo que lo entregaran y que muriese entre rejas.

—En la medida en que me sea posible, cuente con ello, se lo debo: yo le metí en esto. Confío en su discreción.

Estaba furioso, lo habían utilizado y engañado igual que a mí, y ahora le gustaría vengarse, al menos todo lo que le permitieran sus códigos de honor, su sentido de la disciplina y todas las demás cosas que los Martínez Olvido de este mundo utilizan para aprovecharse de los honrados y los idealistas. Y, efectivamente, en los meses que siguieron me proporcionó informaciones que me han ayudado sobremanera a recrear las peripecias y, sobre todo, a dibujar la mentalidad de un ser tan convencido de su derecho a la maldad como Pascual Muñecas Quintana.

El comisario Sansegundo acabó su café en silencio, con la mirada perdida en algo que sólo veía él, se puso en pie y me tendió la mano.

—Sepa que no le reprocho nada y que estoy seguro de que actuó de buena fe en todo momento —le dije.

—Más le vale —respondió, antes de girar sobre sus talones y salir a las calles de una ciudad que cualquiera sabe si volvería o no a pisar el hombre al que habíamos tendido una trampa y ayudado a detener, aunque sólo fuera por el último de sus delitos. Los demás, intuí que iban a quedar impunes.

Tumbados en la cama, mirábamos las fotos de nuestra luna de miel. Habíamos sido felices en la costa de Argentina, disfrutando de las playas de Monte Hermoso, Mar de las Pampas y Piedras Coloradas, donde no pensamos día y noche nada más que en nosotros dos: el resto de las cosas de este mundo estaban entre paréntesis. Habíamos guardado el último tramo del viaje —que, por cierto, fue el generosísimo regalo de boda que nos hizo, sin admitir un no por respuesta, Diego Raúl González, el dueño de la farmacéutica González y Uribe— para conocer Buenos Aires y, ahora ya sí, acordarnos de que yo iba a escribir una novela llamada *El anillo del general*. Indagando por aquí y por allá sobre el robo de las manos de Perón en 1987, nos sorprendió lo presente que se tenía en el país aquel suceso traumático que competía en el campo de la memoria colectiva con el peregrinaje luctuoso de los restos de Evita. Y más aún cuando se conmemoraban los cincuenta años de la muerte del prócer en 1974.

Naturalmente, visitamos su tumba en el cementerio de la Chacarita, donde imaginamos los movimientos de los profanadores que llevaron a cabo el asalto, sobre todo los del que conocíamos, aquel español llegado del franquismo en el que se juntaba lo peor de las dos orillas, torturador en la DGS y en la ESMA, tan hábil con la picana que se ganó el apodo de *El electricista* y que había estado a punto de asesinar a mi esposa, que no pudo evitar las lágrimas ante el mausoleo del tres veces presidente.

—¿Sabes? —dijo—. Me acordaba de lo que ese hombre hizo aquí, lo imaginaba entrando en este sepulcro, abriendo el ataúd, todo ello algo que parecía ocurrido en otra era..., y me daba aún más miedo, tenía la impresión de que no era humano sino un fantasma que me iba a abrir en canal y a comerme el corazón...

—No hubiera podido: tu corazón no está ahí, lo tengo yo.

—Si añades que te lo di a cambio del tuyo, le pido prestada la sierra a Muñecas Quintana y te corto la lengua.

—Lo siento: soy un cursi. Culpa tuya.

—Pobre de ti el día que dejes de serlo. ¿Sabes de quién me acordé también? No lo puedes ni imaginar: de la viuda de *El brujo*.

—¿María Estela Cisneros? ¿Qué pintaba ella ahí?

—Pensé en el temor que pareció causarle, al final de nuestra entrevista a distancia con ella, la simple mención de su nombre, ¿no te acuerdas?

—Como si la estuviera viendo: le cambió el tono y se le fue el color de la cara.

—Fue a verla, estoy segura, y debió de amenazarla de tal forma que la dejó acobardada para siempre. Y no me extraña, en las distancias cortas ese tipo es un ser aterrador, te lo aseguro. La pobre, no tendría la más mínima duda de que él mismo o alguno de sus sicarios acabaría con ella sin parpadear, en cuanto les diese un motivo. Irían a su casa de Asunción, lo harían parecer un accidente y santas pascuas.

—Pero ¿y qué peligro representaba esa mujer para él? ¿Qué secreto podía guardar?

—A lo mejor supo algo de este asunto —dijo, señalando la tumba de Perón—. Si su marido estuvo implicado en el tema, o alguien le puso al tanto, se lo pudo contar a ella en una de las visitas que le hizo desde Miami. Y María Elena, por lo tanto, sabía que Muñecas Quintana estaba en el ajo. Quizá quiso chantajearlo, aunque no la veo en ese papel. O sencillamente es que *El electricista* supo que ella conocía el secreto y fue a advertirla. Me lo puedo figurar diciéndole: «No te voy a hacer nada, de momento, porque fuiste la pareja de don José, que fue para mí un segundo padre. ¿Lo entiendes? Te respeto por lealtad a él. Pero si me traicionas, yo y los míos te vendremos a buscar y te aseguro que no habrá rincón en la Tierra donde te puedas esconder de mí».

—Me gusta... Es una gran idea. Si ella estaba al corriente y él tuvo conocimiento de que iba a publicar sus memorias, las que leímos antes de la videoconferencia, la llamaría para prohibirle terminantemente que mencionara su nombre o algún detalle comprometedor que pudiese descubrir el pastel. Ten en cuenta que su obsesión durante todo este tiempo fue enterrar su pasado, menos cuando se juntaba con otros como él.

—¡Claro! Va a ser eso, sí señor. ¿Recuerdas lo que dijo, como si la hubiéramos acusado de algo y se esforzara en declararse inocente? «No sé nada de él, ¿no ven que no sale en mi libro?». El subconsciente la traicionó, que para eso está... Muy sagaz, marido. Algo me dice que has acertado. ¿A qué esperas para llevarme al hotel y recoger tu premio?

He estado meses documentándome sobre todos los episodios reales que se incluirán en este libro, para tener las cosas claras y una base firme en la que sustentar sus cimientos, antes de empezarlo. No he hecho otra cosa, más allá de impartir de lunes a viernes por la mañana mis clases de Lengua y Literatura en el instituto y disfrutar de mi existencia de casado. Tiene razón Isabel, cruzarte con alguien como Pascual Muñecas Quintana, con todo lo que representa, es similar a tener una experiencia ultrasensorial, porque ese hombre no parece de esta época sino venido del pasado; pero también es cierto que eso sólo vale si hablamos de nuestro país, si miramos más lejos comprobamos que los tiempos no han cambiado tanto y que en otros lugares del planeta hay ahora mismo, y por desgracia dará igual cuándo leas estas líneas, dictaduras como la que hubo en España durante treinta y ocho años y represores idénticos a *El electricista* que causarán tormentos sin fin a personas cuyo único delito, en la mayoría de los casos, es pensar de forma diferente a quienes ostentan el poder. Criminales que, en muchos casos, quedarán impunes.

Una novela no puede cambiar la Historia, pero sí contarla y evitar que caiga en el olvido. Hasta donde yo sé, la denuncia presentada por Lucía Murgades no ha sido resuelta aún. Será difícil que prospere sin los libros de contabilidad que la policía, según el plan del comisario Sansegundo, pensaba aducir que había encontrado en un registro en casa de Salvador Córdoba Montenegro, en el marco de una operación antidroga relacionada con La Imperial y cuando nuestro hombre estuviese ya al otro lado del océano Atlántico. En cuanto a Muñecas Quintana, no ha acudido a declarar por ese asunto, dado que sigue ingresado en el hospital donde se le llevó desde los juzgados y que los informes médicos que enarbola su defensa aseguran que ni está en condiciones de testificar, ni le queda mucho tiempo de vida: su enfermedad es irreversible y está muy avanzada. La justicia, una vez más, ha llegado tarde.

El electricista hubiese preferido morir matando, seguramente, aunque en su intento de homicidio contra Isabel hubiera otros factores: la rabia de ser desenmascarado, la defensa con uñas y dientes de sus intereses, el odio a la prensa, la soberbia natural del fascista, la locura de quien disfruta causando dolor a sus semejantes, la nostalgia de sus años de torturador... Nosotros mejor que nadie sabemos que exagera sus dolencias, que están ahí pero no impidieron que hiciese todo lo que hizo la noche de la cena en su casa, y que las está utilizando para retrasar su comparecencia ante el juez. También estamos seguros de que a su edad y en sus condiciones no irá a la cárcel e incluso no nos sorprendería que, al no tener otro domicilio en España, pueda cumplir la pena que se le imponga por ordenar el asesinato de su encargado, que de esa no le salvan ni la paz ni la caridad, y la que le caiga por el secuestro de Isabel, bajo arresto domiciliario..., en la misma casa de Torremolinos que les quitó a los Murgades. Ya lo veremos.

Y ahora, van a tener que disculparme: les dejo, porque debo empezar a escribir. Ha llegado el momento de inventar lo que ya sé, la hora de transformar la realidad en ficción y de elegir, entre tantas posibles, una forma de contárselo que sea la mejor. Espero acertar y que les guste el resultado.

Epílogo

El cuaderno estaba donde solía dejarlo, en la mesa de la antesala, y ella lo leía reclinada en el sillón. «Me dijiste tantas cosas y tan lindas», tenía escrito en una de sus últimas páginas, «que si las repitiese todas no acabaría nunca el cuento. Pero la que menos se me olvida, la que tengo más presente es esta: volá alto y tranquila, que no van a poder atrapar un cóndor con un cazamariposas. Dios mío, qué bella forma de explicar que nunca me conocieron, que me juzgaban sin saber quién era ni valorar lo que hacía y por eso ahora soy lo que pone en el cartel que me cuelgan siempre: una figura incómoda. Y hasta tal punto que no puede creerse: soy la primera mujer presidenta de Gobierno de la historia de Latinoamérica y la única que no tiene su busto en la Casa Rosada. Si creen que me importa, es que siguen sin entenderme.

»Yo creo que nos reprochaban a mí no ser Evita y a ti, haber vuelto a amar. Pues que rabien, porque por mucho que les moleste, por más tierra que me quieran echar encima, nosotros nos quisimos con todo el corazón y aún lo hacemos, la muerte no nos separó y sin embargo nos reunirá pronto, nuestros espíritus están atados, son una sola cosa. El día que te me fuiste, yo igual me quería morir. Y me hirió tanto que se atreviesen a decir que estaba contenta y que eso era lo que esperaba, ocupar tu sitio; que al fin colmé mis ambiciones. Qué necios, la única que tenía era estar a tu lado, pero al faltarme juré que iba a cumplir tu deseo de llevar adelante el país y continuar tu obra, ese era tu anhelo y lo hice mío. Ningún otro afán me guiaba y ese mandato tuyo lo defendí con firmeza. Incluso me enfrenté a los militares que vinieron a desposeerme, me negué a entregarles mi renuncia. Más de cinco años me tuvieron presa. Y fijate de qué forma me lo malagradecieron.

»A lo mejor me odiaban, más que por razones políticas, que no digo que no las hubiese, porque les resultaba insoportable que en su mundo de hombres mandase una mujer. Pues de poco les sirvió tanta maldad, destruyeron la Argentina y terminaron todos en la cárcel. Esto te va a encantar: ¿sabés que la celda de la Unidad 22 que dejó vacante el bobo de Videla resulta que la ocupó a continuación Lopecito? Uno salió de la cama y se metió el otro.

»¡Ay, *El brujo*! Eso sí que fue un error, y mío, lo asumo y lo lamento. Si pudiera volver atrás, te juro por todos los santos del cielo que esa trampa no la pisaría. No debí meterlo en nuestra casa, ni tú en el Gobierno, pensaste que te haría de recadero y resultó que él se creía predestinado para la gloria, un elegido de los astros que tenía un oído en el inframundo, conexiones mentales con el universo y no sé qué cosas más. A mí, reconozco que me cameló aprovechándose de mi misticismo, ya me conocés. Y luego, cuando me dejaste sola, todo se vino abajo, se torció, lo que yo hacía con las mejores intenciones él lo trastocaba, convertía el bien en el mal, se ve que ese era su único talento de alquimista. ¿Te acordás de Rosario, la mucama, que era tan religiosa? Pues ella siempre me alertaba, me decía que tuviese cuidado con él, y una noche me soltó de repente algo genial, una de sus ocurrencias: "Usted enciende una vela para rezar y él la usa para meterle fuego a la iglesia". Pues estaba en lo cierto, él fue quien me atrajo la desgracia y llevó las cosas por el mal camino. Ya sabés lo que se cuenta, la guerra sucia, los parapolicías, el estado de cosas que al final les puso una alfombra roja a los militares... Culpa suya, puedes estar seguro, yo no me lavo las manos, es que sé perfectamente que ese no era mi verdadero destino. Seguramente fue duro por mi parte comportarme de ese modo, pero cuando estuve en Buenos Aires por lo de Alfonsín y para recuperar lo que ya sabés, recibí un mensaje que me mandaba desde la cárcel donde lo tenían preso, suplicándome que lo fuera a ver para despedirnos, y le di la callada por respuesta. Ni se merecía mi perdón, ni yo estaba para aguantar sus desvaríos».

La asistenta personal de María Estela Martínez de Perón hizo una pausa, bebió con cuidado de no quemarse un poco de la infusión que tomaba siempre a esa hora y se dispuso a continuar leyendo, tal y como hacía todas las noches, los diarios de *La señora*, que dormía ya, con la ayuda de algún somnífero, en la alcoba contigua, después de que le hubiese dado la cena y el resto de su medicación. Antiguamente, cuando entró a trabajar en esa casa, *Isabelita* le contaba en persona los avances de su autobiografía, a la que dedicaba una buena parte de su tiempo libre por las mañanas; luego, cuando esa tarea se volvió más esporádica y se redujo a la inclusión de algunas notas en las ocasiones en que, por el motivo que fuera, un recuerdo trascendente del pasado se le venía a la cabeza, adquirió esa costumbre de fisgar en el manuscrito antes de acostarse. Sentía curiosidad, desde luego, y el orgullo de estar al servicio de alguien que había sido tan importante —no había nada más que teclear su nombre en internet para ver los miles de artículos que había en la red sobre ella—, así que disfrutaba el privilegio de ser la única persona del mundo que tenía acceso a esas memorias, tan esperadas que su autora le contó en cierta ocasión que una editorial muy prestigiosa le había ofrecido un cheque en blanco por ellas. La expresidenta, sin embargo, llevaba mucho tiempo sin añadirles nada, y ella tenía que conformarse con entretenerse hojeando aquellas páginas, de forma aleatoria, para revivir los pasajes que más le habían gustado.

Sin embargo, todo cambió de forma radical tras la visita de aquel hombre que le había llevado el macetero con claveles blancos, teñidos de azul, rojos y amarillos, y sobre todo la caja que las flores tenían oculta bajo la tierra en la que estaban metidas. No se olvidaba del coche antiguo en el que trajeron el regalo, ni de las lágrimas de alegría que había visto derramar a María Estela, tan frágil y con tantas afecciones a sus noventa y tres años que ella temió que alterarse así le fuera a sentar mal, que le subiera la tensión, le diese un vahído o hasta un infarto. Cuando el joven que había acarreado con el presente se marchó a esperar en su coche, el visitante y su anfitriona se encerraron en el pequeño invernadero de la parte trasera del jardín. Y al regresar al interior, llevaban esa escultura que ahora tenía *La señora* en su habitación.

La empleada doméstica bostezó, empezaba a tener sueño. Pero no quiso irse a la cama sin antes enterarse de lo que contaban las líneas nuevas que, tras un largo tiempo de silencio, había añadido María Estela a sus «pensamientos», como ella los llamaba, y con las que parecía estar dispuesta a dar por concluida su obra.

«Tengo una gran noticia, la mejor que podría darte: cuando vaya contigo, ¡por fin podremos descansar en paz los dos! ¿No te volvés loco de felicidad? Yo estoy radiante, si pudiese bailaría yo sola por mi cuarto, como tantas veces lo hacía para vos. Sé que no lo recordarás, con tantas cosas que tuviste en la cabeza, tantas responsabilidades y por encima de todas la de llevar el peso de la nación sobre tus hombros; pero había un español que nos puso de custodia el infausto Lopecito, algo bueno tenía que hacer, aunque fuera de casualidad, y que ha resultado ser un ángel de la guarda. Ese hombre aguantó junto a mí hasta el final, estaba allí con otros pocos leales cuando los de la Junta Militar vinieron a detenerme, pero, como supondrás, no había vuelto a saber de él, como no supe de nadie de esa época, ni durante mi encierro ni al volverme a España. Y resulta que ahora ha reaparecido.

»Te pongo en antecedentes. Su nombre es Pascual Muñecas Quintana y estuvo muchas veces en nuestra Puerta de Hierro. Un coloso con mirada de lobo. Era bastante amigo de Rodolfo Almirón, a ese sí que no lo podés haber olvidado. El caso es que ese *gallego* fue de la policía aquí, un agente de la ley al parecer con una hoja de servicios intachable, condecorado dos veces por sus méritos; y por si eso no fuera suficiente, resulta que además estuvo en algunas misiones especiales en Buenos Aires, con resultados igualmente satisfactorios, y eso hizo que terminase en nuestra escolta personal.

»En la Quinta 17 de Octubre se hizo devoto de nuestro Licio Gelli, igual que casi todo el que se lo cruzaba, que hay que ver con qué facilidad caía la gente en sus garras y ya no tenía vuelta atrás, a vos qué te voy a contar, si nos devolvió a Evita y nos llevó en su avión de vuelta a la Argentina, pero después no dejó nunca de cobrarse la deuda, o eso intentó, hasta que le paraste los pies. En fin, que Muñecas Quintana parece que entró, no sé en calidad de qué ni hasta qué punto, en su Propaganda Due, ese juego de masones que se traían los italianos y que a vos siempre te hizo mucha más gracia que a mí. Ya ves lo de fiar que eran, a la luz de lo que te hizo ese mafioso en cuanto no le diste lo que te pedía, que siempre era más dinero: vengarse cuando ya no podías defenderte.

»Pero a ese terrorista le ha pasado lo mismo que a tantos otros: me menospreció y le he vencido. Ese cobarde mandó cometer un sacrilegio contra tus restos mortales, fue él quien dio la orden de profanar tu reposo y cortarte las manos. ¡Lo que lloré por ti cuando supe de esa canallada, mi inocente y dulce marido! Pero volví a levantarme una vez más y le di mi palabra al Señor de que aguantaría en pie hasta recuperarlas. Hubiese durado hasta los cien años, si hubiera hecho falta; tampoco me queda tanto para alcanzarlos, pero ya no es necesario, así que a partir de ahora me conformo con lo que quiera darme la providencia. Cuando llegue mi hora y vuelva contigo, exigiré que se cumpla mi última voluntad mediante un testamento que consta de tres puntos.

Primero: debo ser sepultada a tu lado, como tu legítima esposa que fui y tu viuda que soy desde hace cincuenta años, en el mausoleo de la Quinta de San Vicente, y mirá que no es sitio de mi devoción, porque hay por ahí declaraciones tuyas en las que dijiste que los días más dichosos de tu vida son los que pasaste allí con Eva Duarte y también porque es uno de los lugares donde me tuvieron en arresto preventivo. Pero también me sobrepondré a eso.

»Segundo: debo ser inhumada con la escultura que me trajo Muñecas Quintana a Villanueva de la Cañada: representa unas manos, pero lo que se ve es un molde: dentro están las tuyas, mi bien, yo te las voy a devolver y así cesarás de vagar sin rumbo por el infinito y reposaremos de una vez por todas, sin que nada pueda ya separarnos y para toda la eternidad.

»Y tercera cláusula: mis bienes al completo pasarán a ser de titularidad de la patria, con la condición irrenunciable de que las dos condiciones previas se cumplan; de lo contrario, quedarán en poder del Estado español. Te aseguro que si no hacen lo que pido tienen mucho que perder. Quiero adelantarte que he invertido bien nuestro dinero y le he sacado grandes beneficios al patrimonio que atesoramos con tanto esfuerzo y coraje, lo pude salvar de las bandas de buitres que lo rondaban y he tenido buenos consejeros. Se comprenderá que no voy a entrar aquí en detalles que a nadie importan, pero entre lo que ya sabes, lo que me dieron como indemnización por las barrabasadas cometidas contra ambos y lo que saqué de las casas del lago Lemán, Puerta de Hierro y las de Buenos Aires, no dejamos una mala herencia, te lo aseguro; y eso en lo que se refiere a nuestro legado material, aparte quedan tu archivo y el mío, que ni se imaginan lo que guardo ahí, e incluso estas mismas confesiones, que les abrirán los ojos en más de un asunto.

»Me vas a preguntar cómo lo conseguí. Pues hice tres cosas que no sabe nadie y sin embargo las vio todo el mundo, porque ocurrieron ante testigos y, de hecho, se han contado cientos de veces en libros, artículos, documentales y qué sé yo dónde más. Una es el episodio feo de Lopecito cuando nada más entregar tú el alma al Todopoderoso te quitó el anillo que llevabas en la mano. Según él, se lo habías prometido. Le contesté que jamás oí tal cosa de tus labios y, como se enrocaba en la mentira y porfiaba en quedárselo, se lo tuve que reclamar enérgicamente, en presencia de los doctores y otras personas, y viéndose acorralado me lo reintegró de mala gana. ¿Sabes quién lo tiene ahora? Después de guardarlo tantos años se lo di a Muñecas Quintana, para que lo acompañe y lo proteja en su tránsito: está enfermo de gravedad, no le queda mucho. Tenías que haberlo visto besar la piedra negra mientras lloraba como un niño.

»Mi segundo ardid fue conseguir, tras muchos ruegos, que metieran el poema que te escribí en tu ataúd, cuando te trasladaron a la Chacarita. ¿Te gustaron los versos? Seguro que no mucho, eran muy malos, pero eso no importa, sólo eran una disculpa para incluir en ellos un mensaje criptográfico que ideé yo misma, aunque me ayudaron bastante mis conocimientos esotéricos y mis estudios sobre la cábala. Dos mil días de aislamiento dan para aprender muchas cosas. Tampoco pienso desvelar aquí el código, aunque me resigno a asumir que cuando esto se difunda ya habrá descifrador que lo consiga, pero diré que resolver el jeroglífico daba como resultado una secuencia de números con la que se abría cierta caja de seguridad y que era la misma que originalmente estaba grabada en el otro anillo de esta historia: la sortija de diamantes de mi propiedad que tú me compraste en uno de nuestros aniversarios, que se quedó en la Casa Rosada al producirse mi derrocamiento —me acordé de ella en el helicóptero con que me llevaron desde la terraza de Balcarce 50 al Aeroparque Metropolitano— y que tras ser localizada en su escondite había pasado a engrosar los fondos del Estado. Cuando supe que ese secreto estaba a salvo con vos, destruí el papel en que teníamos apuntados los dígitos mágicos, como los llamabas, en plan trabalenguas, para hacerme reír, y me quedé más tranquila. Si no recuperaba la joya, tendría que molestarte para ir en busca del poema. No sería tan difícil: una de las copias de las doce llaves que abrían tu féretro la tenía yo.

»Pedir que me restituyesen la sortija perdida fue mi tercer gran empeño. La prensa contó la verdad al decir que esa joya fue una de las cosas que le solicité al presidente Raúl Alfonsín a cambio de mi apoyo y el del justicialismo, e interpretó que mi solicitud tenía más motivos sentimentales que económicos. Mejor dejémoslo en un empate. En cuanto al político radical, lo apabullé con mi parloteo sobre la filosofía de los lapidarios y las propiedades sobrenaturales y curativas de las gemas, y mientras le contaba que el zafiro nos vuelve piadosos, la esmeralda mitiga la lujuria, la turquesa refuerza la vista, el topacio aplaca la melancolía y el jaspe ayuda a lograr la victoria, noté que me analizaba tratando de descubrir si le hablaba en serio, en broma o en clave. Por cierto, que la virtud que transmite el diamante es la caridad. A mí lo que me proporcionó fue la paz de tener de nuevo esa combinación en mi poder. Cuando en 1987 los saqueadores se llevaron de tu sepulcro el poema donde también estaba oculta, no sentí ninguna inquietud: la caja de seguridad llevaba cinco años vacía.

»Quizá te preguntás por qué tenía Muñecas Quintana la reliquia preciosa y qué le ha movido a entregármela. La primera cuestión es sencilla de adivinar: él fue uno de los asaltantes. Debemos perdonarle, me juró por sus hijos que Licio Gelli le había asegurado que lo hacían porque era necesario despertar al pueblo contra la falsa democracia que encaminaba la Argentina al comunismo y sólo vos lo podías acaudillar, hasta después de muerto, como el Cid Campeador. Después le pidieron que el botín lo guardara él, que era el menos sospechoso de todos, hasta recibir instrucciones, pero estas nunca llegaron. Ahora que se acerca su fin, ha querido lavar sus pecados, porque es un hombre de fe. Bendito sea. Y vos también. Muy pronto nos veremos, amor mío, y entonces ya todo será luz».

La mucama, como María Estela o *Isabelita* la llamaba, cerró el cuaderno y se asomó a comprobar que *La señora* estaba bien y respiraba plácidamente. Sobre la mesilla estaba la *Biblia* de la que nunca se separaba. «No sigas la senda de los impíos ni vayas por el camino de los malvados», decía el párrafo que había repasado esa noche, antes de apagar su lámpara. «Porque ellos no duermen tranquilos si no causan dolor, si no han hecho caer a un semejante. Porque comen el pan del crimen y beben el vino de la violencia. Aléjate de ellos, porque su destino son las tinieblas, mientras que tú dormirás el sueño de los justos».

*Ver llorar a un hombre
es como observar animales en un zoo.*

PAT PARKER

para Chus Visor, mi isla de los lunes

Bibliografía

El anillo del general es una obra de ficción en la que se cuentan algunos episodios reales y donde aparecen personas que existieron o en algunos casos aún existen de verdad, pero cuyas historias han sido usadas como material literario y se resuelven mediante una trama inventada en la que se mezclan hechos con fabulaciones. Algunas de sus palabras, por ejemplo, salen de entrevistas que concedieron, grabaciones en las que aparecen o textos escritos por ellas mismas, pero toda esa documentación se ha adaptado a las necesidades argumentales de esta novela. El resto de los protagonistas son producto de mi imaginación, aunque simbolicen a otros seres de carne y hueso que, unos por suerte y otros por desgracia, vivieron tanto en España como en Argentina, en los tiempos convulsos de sus dictaduras y sus democracias. Las fuentes principales de las que sale una parte trascendente de la información son las que siguen.

LIBROS

Conocer a Perón, destierro y regreso. José Manuel Abal Medina. Planeta. Buenos Aires, 2022.

La profanación, el robo de las manos de Perón: el secreto mejor guardado de la Argentina. Claudio R.

Negrete y Juan Carlos Iglesias. Sudamericana. Buenos Aires, 2017.

La segunda muerte: quiénes, cómo y por qué robaron las manos de Perón. David Cox y Damián Nabot. Planeta. Buenos Aires, 2006.

La trama de Madrid (Los documentos secretos sobre el retorno de Perón a la Argentina). Juan Bautista Yofre. Sudamericana. Buenos Aires, 2013.

Perón y los alemanes. Uki Goñi. Sudamericana. Buenos Aires, 1998.

Perón, testimonios médicos y vivencias, 1973-1974. Dr. Pedro Ramón Cossio y Dr. Carlos A. Seara. Lumen. Barcelona, 2000.

El gran secreto del retorno de Perón en 1973. Juan Bautista Yofre. Leamos, 2023.

Puerta de Hierro: Los documentos inéditos y los encuentros secretos de Perón en el exilio. Juan Bautista Yofre. Sudamericana. Buenos Aires, 2014.

Yo, Juan Domingo Perón: Relato autobiográfico. Juan Domingo Perón. Planeta. Barcelona, 1976.

López Rega, el peronismo y la triple A. Marcelo Larraquy. Sudamericana. Buenos Aires, 2019.

La fuga del brujo. Juan Gasparini. Norma. Buenos Aires, 2005.

López Rega, la cara oscura de Perón. José Pablo Feinmann. Legasa, Buenos Aires, 1987.

4.752 días junto a López Rega (124.048 horas de amor compartido). María Elena Cisneros Rueda. Amazon/Kindle, 2022.

Eva y las mujeres: historia de una irreverencia. Julia Rosemberg. Futurock ediciones. Buenos Aires, 2022.

Evita, realidad y mito. Felipe Pigna. Destino. Barcelona, 1983.

Evita. William C. Taylor. Ultramar. Barcelona, 1997.

Raúl Alfonsín, el planisferio invertido. Pablo Gerchunoff. Edhasa. Buenos Aires, 2022.

Propaganda Due. Carlos Manfroni. Sudamericana. Buenos Aires, 2016.

La resistencia malagueña durante la dictadura franquista (1955-1975). Alfonso Martínez Foronda. Fundación de Estudios Sindicales y Cooperación de Comisiones Obreras de Andalucía Unión Provincial de CCOO de Málaga, 2017.

Torremolinos, de pueblo a mito. VV. AA. *Revista Litoral.* Málaga, 2022.

Luis Gasulla. «Entrevista histórica con la viuda de López Rega: "Mi esposo tenía dos defectos, era demasiado peronista y demasiado patriota"». Infobae, 6 de enero de 2019.

Alejandra Dandan. «María Elena, la última Señora del brujo». Página 12. Buenos Aires, 9 de octubre de 2005.

María Eugenia Topete Contreras. «María Elena Cisneros nos revela una gran historia que cambiará la mentalidad de todo un país». Canal FVEE. (https://www.youtube.com/watch?app=desktop&v=LBdx7YsyanE), 2022.

Marcelo Larraquy. «Los últimos días de López Rega en la cárcel: "Todo el peronismo va a lavar sus culpas conmigo"». Infobae, 9 de junio de 2019.

Este libro se terminó
de imprimir en
Móstoles, Madrid,
en el mes de
mayo de 2024

«Para viajar lejos no hay mejor nave que un libro».

EMILY DICKINSON

Gracias por tu lectura de este libro.

En **penguinlibros.club** encontrarás las mejores
recomendaciones de lectura.

Únete a nuestra comunidad y viaja con nosotros.

penguinlibros.club